COLLECTION
LITTÉRATURE

Sous

CONTES DU QUÉBEC

Recueil de contes choisis

Présentation
Mathieu Simard
Professeur de français
Institut de technologie agroalimentaire
Campus de La Pocatière

E RPi Éducation ▸ innovation ▸ passion

5757, rue Cypihot, Saint-Laurent (Québec) H4S 1R3 ▸ **erpi.com**
TÉLÉPHONE : 514 334-2690 TÉLÉCOPIEUR : 514 334-4720 ▸ erpidlm@erpi.com

Développement de produits
Pierre Desautels

Supervision éditoriale
Jacqueline Leroux

**Révision linguistique et
correction d'épreuves**
Hélène Lecaudey

Direction artistique
Hélène Cousineau

Coordination de la production
Martin Tremblay

**Conception graphique
de la couverture**
Frédérique Bouvier

**Conception graphique de l'intérieur
et édition électronique**
Martin Tremblay

Photographie de la couverture
Roberta Murray

Pour la protection des forêts,
cet ouvrage a été imprimé sur
du papier recyclé

- contenant 100 % de fibres
  postconsommation ;
- certifié Éco-Logo ;
- traité selon un procédé
  sans chlore ;
- certifié FSC ;
- fabriqué à partir d'énergie
  biogaz.

Recyclé
Contribue à l'utilisation responsable
des ressources forestières
www.fsc.org Cert no. SGS-COC-003153
© 1996 Forest Stewardship Council

Dépôt légal :
Bibliothèque et Archives nationales du Québec, 2010
Bibliothèque nationale et Archives Canada, 2010
Imprimé au Canada

ISBN 978-2-7613-3560-7

1234567890 MI   13 12 11 10
20578 ABCD   ENV114

table des **matières**

Le conte au Québec

Qu'ont en commun *Harry Potter*, *Le seigneur des Anneaux*, la série hollywoodienne *Shrek* et l'adaptation cinématographique de l'univers de Fred Pellerin, *Babine*? Bien qu'elles diffèrent sur plusieurs points, toutes ces œuvres de fiction font appel à des éléments qui relèvent de l'imaginaire des contes merveilleux. Tout comme celle du livre — dont les oiseaux de malheur annonçaient l'extinction du fait de l'arrivée de la télévision et de l'ordinateur —, la flamme du conte, bien loin de s'éteindre, est attisée par les nouveaux médias, brûlant les planches et allumant de nouveaux foyers de diffusion.

Les contes sont de véritables matrices de l'imaginaire, des coffres au trésor qui préservent les clefs de la culture dont ils sont issus. Au Québec, par exemple, les nombreuses versions écrites ou chantées de la chasse-galerie, ce canot volant porté bien haut par l'entremise d'un pacte avec le diable, nous transmettent, par le filtre des auteurs ou des interprètes, des éléments perdus de la culture traditionnelle canadienne-française tels que l'isolement des chantiers, le rôle social de la religion ou l'importance des fêtes. Le thème du diable beau danseur, qu'on retrouve tant dans le roman *L'influence d'un livre* (1837) que dans les chansons *Rose Latulipe* (2000) et *Le Yâbe est dans la cabane* (2001) du groupe Mes Aïeux[1], continue de véhiculer la crainte de l'étranger ou de la séduction. Le collier de «vraies perles», présenté à Rose Latulipe par le diable dans la version la plus ancienne, a beau se muer en

---

1. Les textes des chansons figurent en annexe.

Ecstasy, l'univers de la fiction et les valeurs ont beau avoir changé, le message reste essentiellement le même.

Mais il faut lire les contes d'abord pour le plaisir qu'ils procurent, qui tient à la fois de leur facilité apparente et de l'équilibre entre le déjà-vu et l'inédit qu'ils incarnent. Ceux que nous avons rassemblés ici vous sembleront des airs connus: méfiez-vous! Sous leurs angles bien définis, ce sont des boîtes à surprises qui cachent leurs petits diables malicieux.

avant -propos

Il est bon de vous dire qu'il était une fois, il y a très longtemps, les gens qui savaient lire se rendirent compte que
les gens qui ne le savaient pas n'étaient pas pour autant
des ignorants. Ils avaient leurs histoires à eux, qui ressemblaient étrangement aux histoires des gens lettrés, à cette
différence près qu'il fallait, pour les connaître, ouvrir les
oreilles plutôt que les yeux.

À la manière des contes, cette entrée en matière évoque
les défis posés à la culture officielle par les premiers folkloristes, spécialistes des légendes, contes et traditions du
peuple, et par leurs précurseurs. La transposition des récits
de la Table ronde dans les romans de Chrétien de Troyes,
la rédaction des contes de Perrault, l'invention du *Volksgeist*
(génie du peuple) par les romantiques allemands, la transcription littéraire des *Hansel et Gretel* et autres *Petit
Poucet*, sont autant de rencontres fertiles entre culture
savante et culture populaire. D'un coup, là où on ne voyait
qu'ignorance, superstition et servilité à l'endroit des élites,
on découvre un savoir bien enraciné, un regard critique et
prêt à servir, une langue bien pendue et prête à sévir.
L'univers des mythes et des contes de fées, ressuscité par
le jeu du téléphone arabe de la tradition orale, est désormais perçu comme un lieu d'origine de la littérature, une
matrice qui en permet la production, un code qui en autorise la réception.

Au Québec, c'est d'abord sous sa forme traditionnelle
que le conte nous est parvenu. Longtemps transmis de
bouche de conteur à oreilles d'auditeurs ravis, dans les

veillées des villages comme dans les soirées de chantier, il attendra *L'influence d'un livre* de Philippe Aubert de Gaspé fils pour prendre une forme littéraire. Dans ce roman, l'intention de l'auteur se confond avec celle des romantiques français, desquels il se réclame. Aussi, sa préface s'accorde-t-elle avec l'esprit de son génial contemporain, Victor Hugo :

> Les romanciers du dix-neuvième siècle ne font plus consister le mérite d'un roman en belles phrases fleuries ou en incidents multipliés ; c'est la nature humaine qu'il faut exploiter pour ce siècle positif, qui ne veut plus se contenter de bucoliques, de tête-à-tête sous l'ormeau, ou de promenades solitaires dans les bosquets. Ces galanteries pouvaient amuser les cours oisives de Louis XIV et de Louis XV ; maintenant c'est le cœur humain qu'il faut développer à notre âge industriel[1].

Pour connaître ce « cœur humain », l'auteur prétend offrir « à [son] pays le premier roman de mœurs canadien ». Parmi les exemples de ces mœurs, de Gaspé cite deux légendes intégrées comme autant de chapitres, preuve s'il en est de l'importance des récits pour comprendre une culture. Mais il faudra attendre la deuxième moitié du XIXe siècle pour que l'imaginaire populaire soit de nouveau fréquenté par les écrivains. Après la répression de l'insurrection de 1837-1838, la création de l'Union (1840) et la proclamation de l'anglais comme seule langue officielle, un grand danger d'assimilation semble menacer la population canadienne-française. Par ailleurs, entre 1840 et 1860, en réponse à une situation économique peu florissante, plus de cent mille francophones quittent le pays pour la Nouvelle-Angleterre, à la recherche d'un travail et

---

1. Philippe AUBERT DE GASPÉ fils, *L'influence d'un livre. Roman historique*, Montréal, ERPI, 2008, p. 7.

d'une nouvelle vie; or, la population totale n'atteint toujours pas le million au début de cette dernière décennie. Dans ce contexte difficile, les élites appellent à la colonisation des espaces encore inoccupés du territoire et à la valorisation de l'agriculture. Certains écrivains, tels Patrice Lacombe (*La terre paternelle*, 1847) ou Antoine Gérin-Lajoie (*Jean Rivard, le défricheur*, 1862), participent à ce qui peut nous paraître aujourd'hui une véritable entreprise de propagande, le mouvement terroiriste. À Québec, un cercle de lecteurs avides et d'écrivains se forme à la librairie du poète Octave Crémazie. Inspirée par *L'histoire du Canada* de François-Xavier Garneau, l'École patriotique de Québec s'impose autour de personnalités comme Gérin-Lajoie et Henri-Raymond Casgrain, prêtre et fils du dernier seigneur de Rivière-Ouelle; deux revues sont fondées, qui se chargeront de colliger les articles, poèmes, romans à thèses, chansons et légendes offrant, toujours, une représentation idéalisée des mœurs canadiennes. Figure de proue de cette jeune littérature, l'abbé Casgrain en tirera, en 1861, ses *Légendes canadiennes*; il y campe, sous une forme qui nous paraît bien fleurie et empesée aujourd'hui, des récits recueillis sur son terroir natal. La voie est alors ouverte pour la publication de contes par les écrivains de la génération suivante, tels Pamphile Le May, Louis Fréchette, Wenceslas Dick ou Honoré Beaugrand, que l'on a tendance à considérer aujourd'hui comme plus talentueux.

Mais la connaissance de notre imaginaire traditionnel serait bien imparfaite sans l'apport de Marius Barbeau (1883-1969). Dès 1914, Barbeau, premier anthropologue canadien, recueillit sur disques de cire, de vinyle, puis sur bandes magnétiques les récits oraux des derniers conteurs traditionnels des régions de Beauce, Charlevoix, Bas-Saint-Laurent et Québec qui échappaient encore à la vie moderne. Transcrits aussi fidèlement que possible, ces récits sont à l'origine des premières Archives de folklore de l'Université Laval, qui seront rapidement augmentées par les recherches de Luc Lacoursière, Félix-Antoine Savard, Conrad Laforte ; les Archives constituent maintenant une réserve de savoir inestimable pour les folkloristes. À travers les exploits de Tit-Jean, de Criquette ou de Barbaro, en effet, c'est l'héritage de toute une Amérique française qui nous est offert. Une Amérique qui, bien loin de se borner à une idéologie nationaliste teintée de religion, ouvrait grand les ailes de son imaginaire d'un océan à l'autre, de la baie d'Ungava à la Louisiane, de l'Acadie à l'Alaska.

Qu'est-ce qu'un conte (ou qu'est-ce qu'il n'est pas) ?

Le conte est souvent confondu avec la **légende**. Le terme « légende » dérive du latin médiéval *legenda* et signifie « qui doit être lu ». Le mòt désignait au Moyen âge des récits de vie de saints *qui devaient être lus* pour servir d'exemples à suivre, et il connote toujours une égale prétention à la valeur de vérité de l'événement raconté. La légende, en effet, est présentée par celui qui la raconte comme s'étant bel et bien déroulée : son auditeur accepte (ou fait semblant d'accepter !) de le croire. Il n'est pas rare, du reste, qu'elle s'appuie sur des faits historiques, mais toutes les légendes ne peuvent pas compter sur un fait avéré. Pour rendre son récit crédible, le conteur dépeint un décor plus précis que dans le conte : dates approximatives, lieux réels et à proximité. Les personnages, de même, sont souvent mieux décrits que dans les contes : leurs traits de caractères sont plus affirmés, et il n'est pas rare que le conteur intègre quelques éléments biographiques pour accentuer son effet de réel. Enfin, il affirme parfois avoir connu les personnages ou connaître des gens avec qui ils ont été liés, à la manière de l'homme qui a vu l'homme qui a vu l'ours.

Ainsi, si on imagine une solide clôture qui marquerait la frontière entre la fiction et la réalité, la légende a un pied de chaque côté. Le **conte**, pour sa part, penche ouvertement du côté de la fiction : il est, d'une certaine façon, un mensonge assumé comme tel, tant par le conteur que par l'auditeur. Pour autoriser la communication d'un tel mensonge, un pacte narratif tacite est établi entre les deux parties. Pour Bertrand Bergeron[1], folkloriste du Saguenay-Lac-Saint-Jean, ce « permis de mentir » est concédé par le biais d'une formule, un rite d'entrée. En ouvrant par « Il était une fois », « Il est bon de vous dire » ou « Ma grand-mère disait », le conteur annonce à son auditeur qu'il l'invite dans l'univers de la fiction. De son côté, qu'il se confine immédiatement au silence ou qu'il relance d'abord la perche au conteur, l'auditeur accepte implicitement les conditions du pacte. Après, rien de ce qui est dit ne doit être remis en question : la magie est possible, diable et géant peuvent apparaître. Le conte peut suivre son cours et sa valeur ne peut être évaluée qu'à l'aune de sa cohérence interne, jusqu'à sa fin. Pour bien marquer le changement de statut de la parole du conteur, cette fin est signifiée par un rite de sortie : « Ils vécurent heureux et eurent beaucoup d'enfants », « Et Sacatabi, Sacataba ! Tant pis

---

1. Bertrand BERGERON (1996). *Il était quatre fois...*, Chicoutimi, Les éditions JCL, p. 34.

pour ceux et celles qui n'y croient pas !» Dès lors, le conteur redevient un simple citoyen, soumis au devoir de dire toujours toute la vérité, rien que la vérité… ou presque !

Le conte : forme orale *écrite*

À l'origine, le conte se crée dans un moment et un lieu donné entre un conteur et ses auditeurs. Ainsi, pour recueillir les contes, et qu'ils disposent, selon les époques, d'une plume ou d'une enregistreuse numérique, les spécialistes se trouvent à lui amputer une large part de ce qui fait sa spécificité, comme le résumait Jeanne Demers à propos de la transcription écrite : « Le conte oral transcrit ne fait sens que s'il est lu à haute voix. N'est-ce pas révélateur ? Lire un tel conte à haute voix, c'est le réactiver, le réanimer […]. C'est faire appel aux diverses intonations de la langue, s'appuyer sur la gestuelle, jouer des silences jusqu'à faire languir son auditoire — et mesurer qu'on l'a bien en main — c'est vraiment conter[1]. »

Créations artistiques distinctes des contes oraux, bien qu'ils en soient souvent les héritiers, les contes littéraires se définissent donc par leur imitation à des fins artistiques, laissant quelque peu de côté la visée sociale du genre. En effet, sous l'aspect spectaculaire et festif du conte oral subsiste une fonction qui s'approche de la catharsis, ou « purification »[2]. La mise en scène du conte, à laquelle il a consenti par le rite d'entrée, permet au spectateur d'accéder à un espace où il peut éprouver

---

1. Jeanne DEMERS (2005). *Le conte. Du mythe à la légende urbaine*, Montréal, Québec Amérique, coll. En question, p. 42.

2. On doit cet ancien concept au philosophe Aristote, qui l'a développé dans sa *Politique* à propos du pouvoir apaisant de la musique.

ces sentiments en toute liberté. Ainsi, le spectateur est réconforté, sa personnalité se voit intégrée dans l'expérience d'une sorte de solidarité avec les autres spectateurs, celle de l'espace public.

En outre, le fait que la langue même du conte soit le plus souvent de registre familier ou populaire — langue *punie* plutôt que *châtiée*, pour reprendre l'expression de Gilles Vigneault — accentue la force de ce lieu commun, tissé à même les thèmes, les mythes et les clichés véhiculés par les contes. Lieu du défoulement, de la transgression des règles, le théâtre du conte oral traditionnel autorise et même encourage la verdeur du langage. On recourt aux expressions populaires, on fait plus ouvertement que d'ordinaire allusion au sexe et à l'alcool, on sacre. En abordant des sujets tabous, en déplaçant des termes relatifs au mobilier et aux concepts de la religion catholique romaine, le conteur traditionnel et son auditoire dédramatisent les interdits qui régissent la vie quotidienne de la société canadienne-française ou québécoise. Ainsi, le conte est à plus forte raison un espace à part, un lieu hors du temps normal qui permet à ses participants de renouer avec leur communauté d'une manière, en apparence du moins, plus humaine, moins corsetée. Par ailleurs, la transgression effectuée par le juron, de même que son appartenance au registre familier, donne une valeur de vérité particulière au récit. Pour tout locuteur québécois, qu'il ait ou non les oreilles sensibles, « crisser son camp » est un énoncé plus fort et plus authentique que « s'en aller sans demander son reste ». Enfin, celui qui sacre recherche, consciemment ou non, un certain prestige. Il tente de s'imposer comme un individu qui est libre des codes moraux et qui est, par conséquent, plus susceptible de dire la vérité... en apparence.

Parce qu'il désigne aussi un récit bref et en raison d'une ambiguïté historique, «conte» peut être compris comme un synonyme de «**nouvelle**». Mais le conte littéraire se distingue de cette dernière justement parce qu'il imite, par divers moyens, les effets du conte oral, notamment sur le plan de la narration. Dans la plupart des nouvelles, comme dans le roman, on distingue dans la relation de communication au lecteur deux niveaux de narration. Dans le roman, l'auteur (1) délègue sa voix à un ou plusieurs narrateurs (2). Le conte, en revanche, utilise trois niveaux de narration : l'auteur (1), le narrateur (2) et le conteur (3), bien que les deux derniers puissent se confondre. Dans «L'étranger», par exemple, la voix du narrateur (le père Ducros) est distincte de celle du père de Marguerite, qui lui raconte l'histoire de Rose Latulipe. En revanche, il n'y a qu'une voix dans «Le chien gris» de Jacques Ferron : le narrateur *est* le conteur. Il n'y a donc pas de mise en scène du conte ; en d'autres termes, on ne fait pas semblant de mettre le lecteur en situation d'auditeur ou de spectateur d'un conteur, contrairement à ce qui se passe dans «Ikès le jongleur» : «Il y avait un sauvage nommé Ikès, *reprit le père Michel* […]» (voir p. 17 ; nos italiques).

Les autres traces d'oralité sont toutefois plus particulières au genre. Tout d'abord, rappelons la présence fréquentes des formules évoquées plus haut (rites d'entrée et de sortie). On relève également des énoncés à forte valeur conative, qui servent, à l'oral, à maintenir le contact avec l'auditeur. Sous forme écrite, ces énoncés n'ont d'autre fonction que de rendre avec plus de justesse la mise en scène du conte, à lui donner un effet de réel. À faire semblant, si on veut, que le lecteur *assiste* à la performance d'un conteur. À cette fin, il n'est pas rare que le conteur (ou conteur-narrateur?) s'adresse directement au lecteur: «On appelle ça un château, mais c'est une grosse bâtisse, pas en pierres *comme je vous l'ai dit,* (mais) en pièces de bois» («Tit-Jean, voleur de géants», p. 96; nos italiques); «*J'imagine que vous seriez sortis de là en courant,* mais moi, l'épais, je suis allé me mettre trois doigts dans sa gueule et j'ai tâté trois fois l'intérieur de son palais» («Rrrraoul», p. 233; nos italiques). Des procédés musicaux et syntaxiques sont également surreprésentés dans les contes, telles l'assonance, la rime, la répétition ou l'anaphore, qui sont autant de fossiles mnémotechniques hérités de la forme orale ou de stratégies délibérément utilisées par l'auteur pour la rappeler.

Le conte surnaturel, fantastique ou merveilleux?

Parmi tous les contes existant sous forme écrite au Québec, les plus intéressants sont ceux qui font appel au fantastique, où la logique naturelle du monde est rompue. Dans l'introduction de son anthologie *Les meilleurs contes fantastiques québécois du XIXᵉ siècle*[1], Aurélien Boivin rappelle avoir déjà proposé une triple classification du répertoire littéraire, distinguant les contes anecdotiques, les contes historiques et les contes surnaturels qui «regroupent tous les récits de notre corpus où se manifeste un être ou un phénomène surnaturel quelconque, vrai ou faux, accepté ou expliqué». Le présent recueil présentant une bonne part de contes fantastiques, il importe maintenant, avant de s'engager dans la lecture, d'en préciser la couleur.

---

1. Aurélien BOIVIN (2006). *Les meilleurs contes fantastiques québécois du XIXᵉ siècle*, Montréal, Fides, p. 8-9.

Pour ce faire, nous considérons que la classification de Tzvetan Todorov, déjà vieille de quarante ans, est toujours la plus efficace même si elle ne tient pas compte de la culture du lecteur, qui peut très bien juger étrange ce qu'un autre considérera comme merveilleux, notamment en ce qui a trait aux éléments religieux. Pour Todorov, un texte fantastique « oblige le lecteur à considérer le monde des personnages comme un monde de personnes vivantes et à hésiter entre une explication naturelle et une explication surnaturelle des événements évoqués. Ensuite, cette hésitation peut être ressentie également par un personnage ; ainsi le rôle du lecteur est pour ainsi dire confié à un personnage et dans le même temps l'hésitation se trouve représentée, elle devient un des thèmes de l'œuvre ; dans le cas d'une lecture naïve, le lecteur réel s'identifie avec le personnage[1] ».

Pour qu'un conte soit véritablement fantastique, il faut donc qu'il y ait irruption d'un élément surnaturel et hésitation quant à sa nature. À partir de cette double prémisse, Todorov définit cinq types de récits qui relèvent du fantastique ou qui s'y apparentent.

L'étrange pur

Éléments étranges expliqués par une cause naturelle.

Ex. : « La Mi-Carême » de Jacques Ferron, « La nounou russe » de Renée Robitaille.

Le fantastique étrange

Hésitation temporaire du lecteur, mais les éléments étranges finissent par trouver une explication naturelle.

Ex. : « Le chien gris » de Jacques Ferron.

---

1. Tzvetan TODOROV (1970). *Introduction à la littérature fantastique*, Paris, Seuil, p. 37-38.

Le fantastique pur
Hésitation permanente entre le naturel et le surnaturel.

Ex. : « Ikès le jongleur » de Joseph-Charles Taché.

Le fantastique merveilleux
Hésitation temporaire, mais les éléments étranges trouvent une explication surnaturelle.

Ex. : « Valère et le grand canot » d'Yves Thériault.

Le merveilleux pur
Éléments surnaturels acceptés comme tels.

Ex. : « La chasse-galerie » d'Honoré Beaugrand, « Tit-Jean, voleur de géants », recueilli par Clément Légaré.

Un récit qui serait entièrement expliqué par des raisons naturelles se verrait qualifié d'« étrange pur » : on peut penser au roman *Le chien des Baskerville* d'Arthur Conan Doyle, où Sherlock Holmes trouve une justification rationnelle à une mystérieuse apparition. À l'autre extrémité, *Le seigneur des anneaux* tiendrait du « merveilleux pur ». En effet, ni le lecteur ni les personnages n'éprouvent la moindre hésitation devant les éléments surnaturels qui surviennent dans l'un ou l'autre des romans de la trilogie : ils sont normaux dans l'univers de la fiction.

Si la plupart des contes surnaturels québécois relèvent du fantastique merveilleux ou du merveilleux pur, ce fantastique est profondément imprégné des représentations populaires du catholicisme. On a beaucoup écrit et on a dit beaucoup de choses au sujet de la place qu'occupait l'Église au Québec, gardienne autoproclamée des traditions canadiennes-françaises après la Conquête, investie d'une mission sociale élargie du fait de la place laissée par l'État jusqu'aux années 1960. Il n'est pas question, ici, d'ajouter une seule ligne à son procès ou à son apologie. Ce qui importe dans l'univers du conte, c'est l'importance de la religion elle-même, qui est perçue comme garante de l'ordre social et seule interprète de l'inexpliqué. Qui s'en détourne s'éloigne également de la tribu ; en même temps, qui s'éloigne de la tribu pour des raisons ponctuelles (le travail au chantier, par exemple) s'éloigne de son cadre sécurisant, certes, mais ô combien contraignant. Il faut vouloir jouer avec les bornes du sacré pour en éprouver les risques. Le diable, personnage rusé mais souvent vaincu par l'ingéniosité ou la foi des hommes dans le folklore québécois, ne se montre qu'à celui qui frôle la transgression ou en franchit délibérément la limite. En pénétrant à l'automne dans l'enceinte du chantier de bûcherons, l'homme pouvait déposer son chapelet à un endroit discret et mettre le « bon Dieu en cache » : rien de ce qu'il ferait, avec ou sans femmes, gosier sec ou bien arrosé, ne serait alors vu de Dieu, jusqu'au printemps où il suffisait de reprendre le chapelet. Entreprise risquée, car une mort accidentelle entraîne alors à coup sûr notre homme en Enfer... La chasse-galerie, par laquelle on s'embarque en canot volant pour visiter sa blonde, renverse un peu la logique. Les aviateurs avant l'heure, en nombre pair (qui appartient au Diable, l'impair, le faste, relevant de Dieu) jurent de faire attention à ce qu'ils disent le temps de leur dangereux périple : « Satan ! roi des enfers, nous te promettons de te livrer nos âmes, si d'ici à six heures nous prononçons le nom de ton maître et du nôtre, le bon Dieu, et si nous touchons une croix dans le voyage. » (voir « La chasse-galerie », p. 61-62). Il est certes permis de danser et de boire le Mardi gras, mais gare à celui qui le fait passé minuit, car nous sommes alors en plein mercredi des

Cendres, jour béni qui ouvre le carême, et festoyer est se mettre en état de péché mortel. Le diable peut alors revendiquer les âmes des contrevenants, comme il le rappelle au curé venu le chasser : « Je ne reconnais pas pour chrétiens [...] ceux qui, par mépris de votre religion, passent à danser, à boire et à se divertir, des jours consacrés à la pénitence par vos préceptes maudits [...] (voir « L'étranger », p. 14). La pratique religieuse est, du reste, fort valorisée. Si on peut manquer de temps à autre le rite du dimanche sans être autre chose qu'un malcommode, il est fondamental de *faire ses Pâques* chaque année, c'est-à-dire de se confesser et de communier (recevoir le Christ, dont la chair *est* l'hostie pour le catholique fervent). Celui qui ne s'y conforme pas est en état de péché mortel : son âme risque de brûler aux Enfers s'il meurt. Pire encore : le sacripant qui contourne la règle sept ans de suite devient un loup-garou. Au bout de quatorze ans, le voici feu-follet, créature de lumière qui tournait autour des voyageurs nocturnes pour les perdre dans les marais. Et il ne suffit pas de faire ses « Pâques de renard », c'est-à-dire à la sauvette : un individu qui se contente du minimum évite les malédictions précédentes mais, au bout de sept ans, il est susceptible de se faire attaquer par la bête à grand queue, animal fantastique, dont la caractéristique première est de n'avoir été vue que par ceux qui ne sont plus là pour en témoigner ! Mais l'imaginaire canadien-français a le cœur tendre. Bien que les diverses traditions folkloriques fassent état d'innombrables moyens de mettre un loup-garou hors d'état de nuire, le loup-garou d'ici est ramené à sa forme humaine dès qu'on lui retire une goutte de sang : la plus infime coupure fait l'affaire.

Contes
du Québec

Le génie du peuple

Originaux et revisités

Du vieux nouveau

LE GÉNIE DU PEUPLE

Du milieu du XIXe siècle jusqu'à la seconde moitié du XXe, dans les vastes forêts de l'Outaouais, des Laurentides, de la Mauricie, du Saguenay-Lac-Saint-Jean, de la Beauce, du Maine et du Nouveau-Brunswick, les chantiers, univers clos de l'automne au printemps, formaient autant des lieux initiatiques que des creusets culturels. Jean-Claude Dupont les décrit comme suit:

> Jusqu'aux années 1950, le jeune homme qui se rendait passer son premier hiver dans un chantier forestier franchissait une étape importante dans les rites de passage de la vie: il abandonnait le groupe des adolescents pour accéder à celui des adultes. Cette entrée était aussi marquée par la rencontre des étrangers. Ces camps forestiers regroupaient les Canadiens anglais, des Américains, des Acadiens, des Gaspésiens, etc. [...]. Au contact de tous ces étrangers, le violoneux apprenait de nouveaux airs de musique, le chanteur découvrait des complaintes originant d'autres régions que la sienne, etc.[1].

... et le conteur, peut-on ajouter, transmettait ses histoires et en intégrait de nouvelles à son répertoire. En 1927, rapportait Conrad Laforte, on comptait «plus de 50 000 bûcherons employés à la coupe du bois dans les chantiers forestiers à travers la province de Québec, et 4 000 camps utilisés pour les loger[2]». Sur une population totale estimée à 2 657 000 personnes, les travailleurs forestiers formaient un groupe suffisant pour contribuer de manière significative à la transmission de la culture

1. Jean-Claude DUPONT (1976). *Contes de Bûcherons*, Montréal, Les Quinze éditeur, p. 12-13.
2. Conrad LAFORTE (1978). *Menteries drôles et merveilleuses*, Montréal, Les Quinze éditeur, p. 26.

populaire, alors que la radio, qui portera un premier coup dur aux veillées de contes, commençait à peine à faire son chemin dans les foyers (la télévision, dans les années 1950-1960, se chargera du coup de grâce). Après une longue et dure journée de labeur (en moyenne 10 heures par jour, 6 jours par semaine), l'un des rares divertissements des bûcherons et des draveurs, qui garantissaient le dangereux transport des billots sur les rivières, du chantier au moulin à scie, consistait à s'asseoir, pipe bien bourrée, pour écouter le conteur. « Cook » (cuisinier) ou « jobber » en personne (le patron !), le conteur, on le devine, avait devant lui un public conquis d'avance, et se trouvait récompensé par des petits cadeaux. À ceux-là pouvaient s'ajouter, lorsqu'il était bûcheron lui-même, quelques marques de reconnaissance : un respect accru de ses camarades, une journée de travail légèrement plus courte pour un salaire égal, un petit verre d'eau-de-vie tiré de la bouteille de l'entrepreneur (l'alcool, hormis une part les soirs de fêtes, était interdit au chantier). De même, au village, on pouvait trouver un ou deux conteurs, souvent âgés, qui se chargeaient de rendre les veillées d'hiver plus supportables à leur auditoire.

C'est cette tradition que les sept contes composant cette section illustrent. Les cinq premiers sont des versions littéraires qui appartiennent aux débuts de la littérature canadienne-française. Ils sont représentatifs de la démarche d'illustration de nos traditions par les écrivains du xixe siècle, en réaction aux menaces qui pèsent sur leur culture (voir l'avant-propos). Aussi, bien qu'il s'agisse de créations à partir de motifs de légendes et de contes d'origine orale, on retrouve toujours des traces formelles de ces derniers. Tous les contes se voient intégrés dans un récit premier: la mise en scène du conteur sert à relier les deux niveaux de narration. Le personnage du conteur est invariablement, dans ces premiers exemples, un vieillard, ancien voyageur ou travailleur de chantier qui a vu neiger. La représentation de sa parole, ponctuée d'expressions et marques syntaxiques populaires, ajoute à l'effet de vérité de la mise en scène. Dans les deux derniers contes de la section, nous sommes en présence de véritables conteurs, dont les récits ont été recueillis par des spécialistes (Luc Lacoursière et Clément Légaré).

Philippe Aubert de Gaspé fils

Né en 1814 et mort en 1841, Philippe-Ignace-François Aubert de Gaspé est le fils de Philippe-Joseph, juriste et dernier seigneur de Saint-Jean-Port-Joli. Le jeune Aubert de Gaspé est correspondant parlementaire à Québec lorsqu'une querelle avec un député l'oblige à trouver refuge au manoir seigneurial. Il met à profit son temps d'exil : un an et quelques mois plus tard, *L'influence d'un livre* est imprimé par William Cowan et fils, sur la rue de la Fabrique, à Québec. L'ouvrage, considéré comme le premier roman du Canada français, brode diverses intrigues autour de la ridicule quête de Charles Amand, qui tente coûte que coûte de fabriquer de l'or en ayant recours à l'alchimie et à la magie noire. Au quatrième chapitre du roman, un meurtrier est veillé par quatre hommes, qui attendent la relève des autorités. L'un de ces hommes est le père Ducros, ancien voyageur de la Compagnie du Nord-Ouest. Pour tromper l'ennui, il offre à ses partenaires de garde un récit qui fait l'objet du cinquième chapitre du roman, intitulé « L'étranger ».

Philippe Aubert de Gaspé fils

L'étranger

(Légende canadienne)

> *Descend to darkness, and the burning lake:*
> *False fiend, avoid!*
> SHAKESPEARE[1]

C'était le mardi gras de l'année 17—. Je revenais à Montréal, après cinq ans de séjour dans le Nord-Ouest. Il tombait une neige collante et, quoique le temps fût très calme, je songeai à camper de bonne heure; j'avais un bois d'une lieue à passer, sans habitation; et je connaissais trop bien le climat pour m'y engager à l'entrée de la nuit — ce fut donc avec une vraie satisfaction que j'aperçus une petite maison, à l'entrée de ce bois, où j'entrai demander à couvert. — Il n'y avait que trois personnes dans ce logis lorsque j'y entrai: un vieillard d'une soixantaine d'années, sa femme et une jeune et jolie fille de dix-sept à dix-huit ans qui chaussait un bas de laine bleue dans un coin de la chambre, le dos tourné à nous, bien entendu; en un mot, elle achevait sa toilette. Tu ferais mieux de ne pas y aller, Marguerite, avait dit le père comme je franchissais le seuil de la porte. Il s'arrêta tout court, en me voyant et, me présentant un siège, il me dit, avec politesse: — Donnez-vous la peine de vous asseoir, monsieur; vous paraissez fatigué; notre femme rince un verre; monsieur prendra un coup, ça le délassera.

Les habitants n'étaient pas aussi cossus dans ce temps-là qu'ils le sont aujourd'hui; oh! non. La bonne

---

1. *Macbeth*, acte IV, scène 1.

femme prit un petit verre sans pied, qui servait à deux fins, savoir : à boucher la bouteille et ensuite à abreuver le monde ; puis, le passant deux à trois fois dans le seau à boire suspendu à un crochet de bois derrière la porte, le bonhomme me le présenta encore tout brillant des perles de l'ancienne liqueur, que l'eau n'avait pas entièrement détachée, et me dit : Prenez, monsieur, c'est de la franche eau-de-vie, et de la vergeuse[1] ; on n'en boit guère de semblable depuis que l'Anglais a pris le pays.

Pendant que le bonhomme me faisait des politesses, la jeune fille ajustait une fontange autour de sa coiffe de mousseline en se mirant dans le même seau qui avait servi à rincer mon verre ; car les miroirs n'étaient pas communs alors chez les habitants. Sa mère la regardait en dessous, avec complaisance, tandis que le bonhomme paraissait peu content. — Encore une fois, dit-il, en se relevant de devant la porte du poêle et en assujettissant sur sa pipe un charbon ardent d'érable avec son couteau plombé, tu ferais mieux de ne pas y aller, Charlotte[2]. — Ah ! voilà comme vous êtes toujours, papa ; avec vous on ne pourrait jamais s'amuser. — Mais aussi, mon vieux, dit la femme, il n'y a pas de mal, et puis José va venir la chercher, tu ne voudrais pas qu'elle lui fît un tel affront ?

Le nom de José sembla radoucir le bonhomme.

— C'est vrai, c'est vrai, dit-il, entre ses dents ; mais promets-moi toujours de ne pas danser sur le mercredi des Cendres : tu sais ce qui est arrivé à Rose Latulipe…

— Non, non, mon père, ne craignez pas : tenez, voilà José.

---

1. Excellent. On dit aussi « vargeux », « vargeuse ». S'emploie généralement avec la négation.
2. Lapsus : il s'agit de Marguerite. (Note d'Aubert de Gaspé fils)

Et en effet, on avait entendu une voiture ; un gaillard, assez bien découplé, entra en sautant et en se frappant les deux pieds l'un contre l'autre ; ce qui couvrit l'entrée de la chambre d'une couche de neige d'un demi-pouce d'épaisseur. José fit le galant ; et vous auriez bien ri, vous autres qui êtes si bien nippés, de le voir dans son accoutrement des dimanches : d'abord un bonnet gris lui couvrait la tête, un capot d'étoffe noire dont la taille lui descendait six pouces plus bas que les reins, avec une ceinture de laine de plusieurs couleurs qui lui battait sur les talons, et enfin une paire de culottes vertes à mitasses[1] bordées en tavelle rouge complétait cette bizarre toilette.

— Je crois, dit le bonhomme, que nous allons avoir un furieux temps ; vous feriez mieux d'enterrer le Mardi gras avec nous.

— Que craignez-vous, père, dit José, en se tournant tout à coup, et faisant claquer un beau fouet à manche rouge, et dont la mise était de peau d'anguille, croyez-vous que ma guevale[2] ne soit pas capable de nous traîner ? Il est vrai qu'elle a déjà sorti trente cordes d'érable du bois ; mais ça n'a fait que la mettre en appétit.

Le bonhomme réduit enfin au silence, le galant fit embarquer sa belle dans sa carriole, sans autre chose sur la tête qu'une coiffe de mousseline, par le temps qu'il faisait ; s'enveloppa dans une couverte ; car il n'y avait que les gros[3] qui eussent des robes de peaux dans ce temps-là ; donna un vigoureux coup de fouet à Charmante qui partit au petit galop, et dans un instant ils disparurent gens et bête dans la poudrerie.

---

1. Sortes de guêtres en peau de chevreuil ou d'orignal, ornées de dessins.
2. Terme populaire pour *jument*.
3. C'est-à-dire les gens riches.

— Il faut espérer qu'il ne leur arrivera rien de fâcheux, dit le vieillard, en chargeant de nouveau sa pipe.

— Mais, dites-moi donc, père, ce que vous avez à craindre pour votre fille ; elle va sans doute le soir chez des gens honnêtes.

— Ha ! monsieur, reprit le vieillard, vous ne savez pas ; c'est une vieille histoire, mais qui n'en est pas moins vraie ! tenez : allons bientôt nous mettre à table ; et je vous conterai cela en frappant la fiole[1].

— Je tiens cette histoire de mon grand-père, dit le bonhomme ; et je vais vous la conter comme il me la contait lui-même :

Il y avait autrefois un nommé Latulipe qui avait une fille dont il était fou ; en effet c'était une jolie brune que Rose Latulipe : mais elle était un peu scabreuse, pour ne pas dire éventée. — Elle avait un amoureux nommé Gabriel Lepard, qu'elle aimait comme la prunelle de ses yeux ; cependant, quand d'autres l'accostaient, on dit qu'elle lui en faisait passer ; elle aimait beaucoup les divertissements, si bien qu'un jour de Mardi gras, un jour comme aujourd'hui, il y avait plus de cinquante personnes assemblées chez Latulipe ; et Rose, contre son ordinaire, quoique coquette, avait tenu, toute la soirée, fidèle compagnie à son prétendu : c'était assez naturel ; ils devaient se marier à Pâques suivant. Il pouvait être onze heures du soir, lorsque tout à coup, au milieu d'un cotillon, on entendit une voiture s'arrêter devant la porte. Plusieurs personnes coururent aux fenêtres et, frappant avec leurs poings sur les châssis, en dégagèrent la neige collée en dehors afin de voir le nouvel arrivé, car il faisait

---

1. En buvant un coup.

bien mauvais. Certes! cria quelqu'un, c'est un gros, comptes-tu, Jean, quel beau cheval noir; comme les yeux lui flambent; on dirait, le diable m'emporte, qu'il va grimper sur la maison. Pendant ce discours, le monsieur était entré et avait demandé au maître de la maison la permission de se divertir un peu. C'est trop d'honneur nous faire, avait dit Latulipe, dégrayez-vous[1], s'il vous plaît — nous allons faire dételer votre cheval. L'étranger s'y refusa absolument — sous prétexte qu'il ne resterait qu'une demi-heure, étant très pressé. Il ôta cependant un superbe capot de chat sauvage et parut habillé en velours noir et galonné sur tous les sens. Il garda ses gants dans ses mains, et demanda permission de garder aussi son casque, se plaignant du mal de tête.

— Monsieur prendrait bien un coup d'eau-de-vie, dit Latulipe en lui présentant un verre. L'inconnu fit une grimace infernale en l'avalant; car Latulipe, ayant manqué de bouteilles, avait vidé l'eau bénite de celle qu'il tenait à la main, et l'avait remplie de cette liqueur. C'était bien mal au moins. — Il était beau cet étranger, si ce n'est qu'il était très brun et avait quelque chose de sournois dans les yeux. Il s'avança vers Rose, lui prit les deux mains et lui dit: J'espère, ma belle demoiselle, que vous serez à moi ce soir et que nous danserons toujours ensemble.

— Certainement, dit Rose, à demi-voix et en jetant un coup d'œil timide sur le pauvre Lepard, qui se mordit les lèvres à en faire sortir le sang.

L'inconnu n'abandonna pas Rose du reste de la soirée, en sorte que le pauvre Gabriel, renfrogné dans un

---

1. C'est-à-dire enlever ses manteau, chapeau, etc.

coin, ne paraissait pas manger son avoine[1] de trop bon appétit.

Dans un petit cabinet qui donnait sur la chambre de bal était une vieille et sainte femme qui, assise sur un coffre, au pied d'un lit, priait avec ferveur ; d'une main elle tenait un chapelet, et de l'autre se frappait fréquemment la poitrine. Elle s'arrêta tout à coup, et fit signe à Rose qu'elle voulait lui parler.

— Écoute, ma fille, lui dit-elle ; c'est bien mal à toi d'abandonner le bon Gabriel, ton fiancé, pour ce monsieur. Il y a quelque chose qui ne va pas bien ; car chaque fois que je prononce les saints noms de Jésus et de Marie, il jette sur moi des regards de fureur. Vois comme il vient de nous regarder avec des yeux enflammés de colère.

— Allons, tantante, dit Rose, roulez votre chapelet, et laissez les gens du monde s'amuser.

— Que vous a dit cette vieille radoteuse ? dit l'étranger.

— Bah, dit Rose, vous savez que les anciennes prêchent toujours les jeunes.

Minuit sonna et le maître du logis voulut alors faire cesser la danse, observant qu'il était peu convenable de danser sur le Mercredi des Cendres.

— Encore une petite danse, dit l'étranger. — Oh ! oui, mon cher père, dit Rose ; et la danse continua.

---

1. Voir l'objet de son désir préférer quelqu'un d'autre. Comme on ne voulait pas déroger aux lois de l'hospitalité en humiliant un visiteur, une coutume permettait aux jeunes femmes de se débarrasser en silence d'un prétendant indésirable en laissant discrètement une poignée d'avoine dans une poche de son manteau...

— Vous m'avez promis, belle Rose, dit l'inconnu, d'être à moi toute la veillée : pourquoi ne seriez-vous pas à moi pour toujours ?

— Finissez donc, monsieur, ce n'est pas bien à vous de vous moquer d'une pauvre fille d'habitant comme moi, répliqua Rose.

— Je vous jure, dit l'étranger, que rien n'est plus sérieux que ce que je vous propose ; dites : Oui... seulement, et rien ne pourra nous séparer à l'avenir.

— Mais, monsieur !... et elle jeta un coup d'œil sur le malheureux Lepard.

— J'entends, dit l'étranger, d'un air hautain, vous aimez ce Gabriel ? ainsi n'en parlons plus.

— Oh ! oui... je l'aime... je l'ai aimé... mais tenez, vous autres gros messieurs, vous êtes si enjôleurs de filles que je ne puis m'y fier.

— Quoi ! belle Rose, vous me croiriez capable de vous tromper, s'écria l'inconnu, je vous jure par ce que j'ai de plus sacré... par...

— Oh ! non, ne jurez pas ; je vous crois, dit la pauvre fille ; mais mon père n'y consentira peut-être pas ?

— Votre père, dit l'étranger avec un sourire amer ; dites que vous êtes à moi et je me charge du reste.

— Eh bien ! Oui, répondit-elle.

— Donnez-moi votre main, dit-il, comme sceau de votre promesse.

L'infortunée Rose lui présenta la main qu'elle retira aussitôt en poussant un petit cri de douleur ; car elle s'était senti piquer, elle devint pâle comme une morte et prétendant un mal subit elle abandonna la danse. Deux jeunes maquignons rentraient dans cet instant, d'un air effaré, et prenant Latulipe à part ils lui dirent :

— Nous venons de dehors examiner le cheval de ce monsieur ; croiriez-vous que toute la neige est fondue autour de lui, et que ses pieds portent sur la terre ? Latulipe vérifia ce rapport et parut d'autant plus saisi d'épouvante qu'ayant remarqué, tout à coup, la pâleur de sa fille auparavant, il avait obtenu d'elle un demi-aveu de ce qui s'était passé entre elle et l'inconnu. La consternation se répandit bien vite dans le bal, on chuchotait et les prières seules de Latulipe empêchaient les convives de se retirer.

L'étranger, paraissant indifférent à tout ce qui se passait autour de lui, continuait ses galanteries auprès de Rose, et lui disait en riant, et tout en lui présentant un superbe collier en perles et en or : Ôtez votre collier de verre, belle Rose, et acceptez, pour l'amour de moi, ce collier de vraies perles. Or, à ce collier de verre, pendait une petite croix et la pauvre fille refusait de l'ôter.

Cependant une autre scène se passait au presbytère de la paroisse où le vieux curé, agenouillé depuis neuf heures du soir, ne cessait d'invoquer Dieu, le priant de pardonner les péchés que commettaient ses paroissiens dans cette nuit de désordre : le Mardi gras. Le saint vieillard s'était endormi, en priant avec ferveur, et était enseveli, depuis une heure, dans un profond sommeil, lorsque, s'éveillant tout à coup, il courut à son domestique, en lui criant : Ambroise, mon cher Ambroise, lève-toi, et attelle vite ma jument. Au nom de Dieu, attelle vite. Je te ferai présent d'un mois, de deux mois, de six mois de gages.

— Qu'y a-t-il ? monsieur, cria Ambroise, qui connaissait le zèle du charitable curé ; y a-t-il quelqu'un en danger de mort ?

— En danger de mort ! répéta le curé ; plus que cela, mon cher Ambroise ! une âme en danger de son salut éternel. Attèle, attelle promptement.

Au bout de cinq minutes, le curé était sur le chemin qui conduisait à la demeure de Latulipe et, malgré le temps affreux qu'il faisait, avançait avec une rapidité incroyable ; c'était, voyez-vous, sainte Rose qui aplanissait la route.

Il était temps que le curé arrivât ; l'inconnu en tirant sur le fil du collier l'avait rompu, et se préparait à saisir la pauvre Rose ; lorsque le curé, prompt comme l'éclair, l'avait prévenu en passant son étole autour du col de la jeune fille et, la serrant contre sa poitrine où il avait reçu son Dieu le matin, s'écria d'une voix tonnante : — Que fais-tu ici, malheureux, parmi des chrétiens ?

Les assistants étaient tombés à genoux à ce terrible spectacle et sanglotaient en voyant leur vénérable pasteur, qui leur avait toujours paru si timide et si faible, et maintenant si fort et si courageux, face à face avec l'ennemi de Dieu et des hommes.

— Je ne reconnais pas pour chrétiens, répliqua Lucifer en roulant des yeux ensanglantés, ceux qui, par mépris de votre religion, passent à danser, à boire et à se divertir, des jours consacrés à la pénitence par vos préceptes maudits ; d'ailleurs cette jeune fille s'est donnée à moi, et le sang qui a coulé de sa main est le sceau qui me l'attache pour toujours.

— Retire-toi, Satan, s'écria le curé, en lui frappant le visage de son étole, et en prononçant des mots latins que personne ne put comprendre. Le diable disparut aussitôt avec un bruit épouvantable et laissant une odeur de soufre qui pensa suffoquer l'assemblée. Le bon curé, s'agenouillant alors, prononça une fervente prière en tenant toujours la malheureuse Rose, qui avait perdu connaissance, collée sur son sein, et tous y répondirent par de nouveaux soupirs et par des gémissements.

— Où est-il? où est-il? s'écria la pauvre fille, en recouvrant l'usage de ses sens. — Il est disparu, s'écria-t-on de toutes parts. Oh mon père! mon père! ne m'abandonnez pas! s'écria Rose, en se traînant aux pieds de son vénérable pasteur — emmenez-moi avec vous… Vous seul pouvez me protéger… je me suis donnée à lui… Je crains toujours qu'il ne revienne… un couvent! un couvent! — Eh bien, pauvre brebis égarée, et maintenant repentante, lui dit le vénérable pasteur, venez chez moi, je veillerai sur vous, je vous entourerai de saintes reliques, et si votre vocation est sincère, comme je n'en doute pas après cette terrible épreuve, vous renoncerez à ce monde qui vous a été si funeste.

Cinq ans après, la cloche du couvent de… avait annoncé depuis deux jours qu'une religieuse, de trois ans de profession seulement, avait rejoint son époux céleste, et une foule de curieux s'étaient réunis dans l'église, de grand matin, pour assister à ses funérailles. Tandis que chacun assistait à cette cérémonie lugubre avec la légèreté des gens du monde, trois personnes paraissaient navrées de douleur: un vieux prêtre agenouillé dans le sanctuaire priait avec ferveur, un vieillard dans la nef déplorait en sanglotant la mort d'une fille unique, et un jeune homme, en habit de deuil, faisait ses derniers adieux à celle qui avait été autrefois sa fiancée — la malheureuse Rose Latulipe.

Joseph-Charles Taché

Né à Kamouraska en 1820, Joseph-Charles Taché est médecin avant de s'intéresser à la politique. Travaillant ensuite comme journaliste et écrivain, il est l'une des figures de proue de la revue littéraire *Les Soirées canadiennes* et publie en 1863 *Forestiers et voyageurs*. Ce recueil rassemble les contes du père Michel, voyageur de la Compagnie du Nord-Ouest qui narre ses propres aventures. «Ikès le jongleur» est le récit de l'une de ses parties de chasse, dans la région de Rimouski, et exploite le thème de la magie amérindienne. Alors que, jusqu'à la Conquête, la culture canadienne est profondément imprégnée de celle des autochtones, notamment en matière militaire, le changement de régime entraînera progressivement un certain repli sur soi des Canadiens. L'Amérindien, figure de l'Autre, est de plus en plus associé à la sauvagerie, aux pratiques immorales, voire au diable lui-même.

Joseph-Charles Taché

Ikès le jongleur

Il y avait un sauvage nommé Ikès, reprit le père Michel en renouant le fil de son histoire à l'expiration du temps de repos qui lui avait été accordé, et ce sauvage était bon chasseur; mais il était redouté des autres sauvages, parce qu'il passait pour sorcier. C'était à qui ne ferait pas la chasse avec lui.

Or, vous n'êtes pas sans savoir que les jongleurs sauvages n'ont aucun pouvoir sur les blancs. La jonglerie ne prend que sur le sang des nations[1], et seulement sur les sauvages infidèles, ou sur les sauvages chrétiens qui sont en état de péché mortel.

Je savais cela; mais comme, au reste, je n'étais pas trop farouche, je m'associai avec Ikès pour la chasse d'hiver.

Il est bon de vous dire qu'il y a plusieurs espèces de jongleries chez les Sauvages. Il y en a une, par exemple, qui s'appelle médecine: ceux qui la pratiquent prétendent guérir les malades, portent une espèce de sac qu'ils appellent sac à médecine; s'enferment dans des cabanes à sueries, avalent du poison et font mille et un tours, avec le secours du Diable comme vous pensez bien.

Ikès n'appartenait point à cette classe de Jongleurs: il était ce qu'on appelle un adocté, c'est-à-dire qu'il avait un pacte secret avec un mahoumet[2]: ils étaient unis tous

---

1. Le mot *nation*, chez les Canadiens, a la même valeur qu'a le mot *gentils* relativement aux juifs; il désigne d'une façon générale tous les peuples qui ne sont pas catholiques: ici, il se rapporte particulièrement aux aborigènes. (Note de Taché)
2. Le nom du grand prophète de l'Islam, Mahomet, plus ou moins déformé, est souvent employé à tort et à travers dans les traditions populaires des sociétés de culture chrétienne.

deux par serment comme des francs-maçons. Il n'y a que le baptême, ou la confession et l'absolution qui soient capables de rompre ce charme et de faire cesser ce pacte.

Tout le monde sait que le mahoumet est une espèce de gobelin, un diablotin qui se donne à un Sauvage, moyennant que celui-ci lui fasse des actes de soumission et des sacrifices, de temps en temps. Les chicanes ne sont pas rares entre les deux associés; mais comme c'est l'adocté qui est l'esclave, c'est lui qui porte les coups.

Le mahoumet se montre assez souvent à son adocté; il lui parle, lui donne des nouvelles et des avis, il l'aide dans ses difficultés, quand il n'est pas contrecarré par une puissance supérieure. Avec ça, le pouvoir du mahoumet dépend, en grande partie, de la soumission de l'adocté.

Il y en a qui disent qu'il n'y a pas de sorciers et de sorcières, et qui ne veulent pas croire aux esprits. Eh bien! moi je vous dis qu'il y a des sorciers, et que nous sommes entourés d'esprits forts et mauvais. Je ne vous dis pas que ces esprits sont obligés de se rendre visibles à tous ceux qui voudraient en voir; mais je vous dis qu'il y en a qui sont familiers avec certaines gens, et que souvent, plus souvent qu'on ne pense, ils apparaissent ou font sentir leur présence aux hommes.

Demandez aux voyageurs des pays d'en haut qui ont vécu longtemps avec les sauvages infidèles, demandez aux bourgeois des postes, demandez aux missionnaires, s'il y a des Sorciers, ou Jongleurs comme vous voudrez, et vous verrez ce qu'ils vous répondront. À preuve de tout cela, je vais vous raconter ce que j'ai vu et entendu, moi, sur les bords du lac Kidouamkizouik.

J'étais donc associé avec Ikès-le-Jongleur. Nous avions commencé, de bonne heure l'automne, à emménager notre chemin de chasse. Ce chemin n'était pas tout à fait nouveau, il était déjà en partie établi, depuis la montagne des Bois-Brûlés jusqu'au lac : Ikès et moi y ajoutâmes deux branches, à partir du lac, une courant au nord-est, l'autre, au sud-ouest. Nous étions vigoureux, entendus et assez chanceux tous les deux ; de plus, nous étions bien approvisionnés, nous comptions faire une grosse chasse.

Le premier voyage que nous fîmes ensemble dans les bois dura presque trois mois, pendant lesquels nous avions travaillé comme des nègres. Une fois tout notre chemin mis à prendre, nous descendîmes en visitant nos martrières, nos autres tentures et nos pièges : si bien que, rendus à la mer, nous avions déjà un bon commencement de chasse : des martes, de la loutre et du castor. Nous arrivions gais comme pinson quoique pas mal fatigués, pour passer les fêtes à Rimouski.

Ikès avait sa cabane sur la côte du Brûlé, où il laissait sa famille ; moi je logeais chez les habitants.

— Eh bien ! Michel, me demandait-on partout à mon retour, comment vous trouvez-vous de votre associé ?

— Mais pas mal, que je répondais ; c'est le meilleur garçon du monde et un fort travaillant : je ne crois pas qu'il y en ait beaucoup qui aient apporté plus de pelleteries que nous autres, pour le temps.

— Vous n'avez pas eu connaissance de son mahoumet ?

— Ma foi, non ; et s'il en a eu connaissance, lui, la chose a dû se faire bien à la cachette ; car on ne s'est pas laissé d'un instant.

— Vous ne perdez rien pour attendre.

— Tenez, je crois qu'on a tort de faire courir tous ces bruits-là sur le compte d'Ikès.

— Ah! le satané bigre! Ah! c'est un chétif et vous verrez qu'il finira mal. Entre lui, l'Algonquin et la vieille Mouine[1], il y aura du grabuge qui fera bien rire le Diable avant longtemps.

Cette vieille Mouine était une Jongleuse, elle aussi: autrefois mariée à un Algonquin, elle était veuve alors, et l'Algonquin, dont parlaient les gens de Rimouski, était son fils, ainsi nommé du nom de la nation de son père.

Il existait une rancune entre Ikès et l'Algonquin dont voici l'origine. Les deux sauvages revenaient un jour en canot de la chasse au loup-marin: avant d'arriver à l'île Saint-Barnabé, ils rencontrèrent une goélette, à bord de laquelle ils échangèrent un loup-marin qu'ils avaient tué, pour quelques effets et du rhum.

L'échange fait, nos deux gaillards font halte au bout d'en bas de l'Île, pour saigner le cochon, c'est-à-dire pour tirer du rhum de leur petit baril. Après avoir bu copieusement, ils remettent leur canot à l'eau pour gagner terre; mais la mer avait baissé, et aux deux tiers de la traverse ils ne pouvaient plus avancer. Ils étaient si soûls tous les deux qu'Ikès, se croyant au rivage, débarqua sur la batture, et que l'Algonquin, n'en pouvant plus, se coucha dans le canot. Le premier, en pataugeant dans la vase, tombant et se relevant, finit par se rendre aux maisons et de là chez lui, où il s'endormit en arrivant: le second, emporté dans son canot par un petit vent et le courant, se réveilla quelques heures après, à plus d'une lieue au large et vis-à-vis de la Pointe-aux-Pères.

Or, l'Algonquin s'imagina que son camarade Ikès avait voulu le faire périr, et ne voulut jamais revenir de

---

1. «Mouine» est un mot micmac (écrit à la française) qui veut dire une ourse. (Note de Taché)

cette impression. Ikès, de son côté, ne pouvant faire entendre raison à l'autre, finit par se fâcher : ce fut désormais entre eux une haine à mort, dans laquelle la vieille Mouine prenait part pour son fils.

Les Jongleurs, par le pouvoir de leurs mahoumets, se jouent de vilains tours entre eux ; mais comme ils sont sur leurs gardes, les uns à l'égard des autres, la guerre dure souvent longtemps avant que l'un d'eux périsse ; mais cela finit toujours par arriver. Les Sauvages n'ont pas mémoire d'un Jongleur qui, n'ayant pas abandonné la jonglerie, soit mort de mort naturelle.

Enfin, malgré la mauvaise réputation de mon associé, je repartis bientôt avec lui pour le bois, emportant des provisions pour plusieurs semaines. Nous devions revenir, au bout de ce temps, avec nos pelleteries, et remonter une troisième fois pour finir notre chasse au printemps.

Nous nous rendîmes de campement en campement sur notre chemin, enlevant le gibier des tentures et mettant les peaux sur les moules, jusqu'à notre principale cabane du lac Kidouamkizouik, sans aventure particulière.

Ikès était toujours de bonne humeur. Le soir de notre retour au lac, je venais de regarder au souper, que j'avais mis sur le feu, et mon compagnon achevait d'arranger une peau de martre sur son moule, lorsqu'un cri clair et perçant, traversant l'air, vint frapper mon oreille en me clouant à ma place : jamais je n'ai entendu ni avant ni depuis, rien de pareil. Ikès bondit et s'élança hors de la cabane, en me faisant signe de la main de ne pas le suivre.

Je restai stupéfait. « C'est un mahoumet », me dis-je, et je fis un signe de croix.

Au bout de cinq minutes, mon Sauvage rentra l'air triste et abattu.

— Il est fâché, me dit-il ; nous aurons bien de l'ouvrage à faire.

— C'est donc vrai que tu as un mahoumet, tu ne m'en as jamais parlé. Comment est-il fait ? et que t'a-t-il donc annoncé ?

Ikès me dit, sans détours, que son diablotin était un petit homme haut de deux pieds, ayant des jambes et des bras très grêles, la peau grise et luisante comme celle d'un lézard, une toute petite tête et deux petits yeux ardents comme des tisons. Il me raconta qu'après l'avoir appelé, il s'était présenté à lui, debout sur une souche, en arrière de la cabane, et lui avait reproché de le négliger, et de ne lui avoir rien offert depuis le commencement de sa chasse d'automne. Le mahoumet avait les deux mains fermées, et la conversation suivante avait eu lieu entre lui et son adocté.

— Devine ce que j'ai là-dedans, avait dit le lutin en montrant sa main droite à Ikès.

— C'est de la graisse de castor, avait répondu Ikès, à tout hasard.

— Non. C'est de la graisse de loup-cervier : il y en a un qui venait de se prendre dans ton premier collet, ici tout près ; mais je l'ai fait échapper. Qu'ai-je dans la main gauche, maintenant ?

— De la graisse de loutre.

— Non, c'est du poil de martre : tes martrières du sud-ouest et du nord-est sont empestées, les martes n'en approchent pas. Je crois, avait ajouté le mahoumet en se

moquant, que les pécans[1] ont visité ton chemin : tes tentures sont brisées, et tes pièges à castor sont pendus aux
branches des bouleaux, dans le voisinage des étangs.

Puis le diablotin avait disparu en poussant un ricanement d'enfer, que j'avais entendu dans la cabane, sans
pouvoir m'expliquer ce que ce pouvait être.

— Ton diable de mahoumet, dis-je à Ikès quand il
eut fini de me raconter cette entrevue, ton diable de
mahoumet nous a fait là une belle affaire, si seulement la
moitié de ce qu'il t'a dit est vrai.

— Tout est vrai, répondit Ikès.

— N'importe, répliquai-je, comme je n'ai pas envie
d'y aller ce soir et que j'ai terriblement faim, je vais retirer
la chaudière du feu et nous allons manger.

Ikès ne m'aida pas à compléter les préparatifs du
souper : il se tenait assis sur le sapin, les bras croisés sur
les jambes et la tête dans les genoux. Quand je l'avertis
que le repas était prêt, il me dit :

— Prends ta part dans le cassot d'écorce et donne-moi
la mienne dans la chaudière.

Sans m'enquérir des raisons qui le faisaient agir ainsi,
je fis ce qu'il m'avait demandé. Il prit alors la chaudière
et en répandit tout le contenu dans le feu ; puis, s'enve-
loppant de sa couverte, il se coucha sur le sapin et
s'endormit.

Je compris qu'il venait de faire un sacrifice à son
manitou. Mais, bien que sans crainte pour moi-même,
j'étais tout de même embêté de tout cela, et je faisais des

---

1. Animal, appartenant à la famille dite des petits ours, qui fait le désespoir des
   chasseurs par sa finesse et ses espiègleries malicieuses. (Note de Taché)
   En fait, le pécan est une martre d'une taille supérieure à celle des autres
   espèces plus communes comme la martre d'Amérique.

réflexions plus ou moins réjouissantes, en fumant ma pipe auprès de mon sauvage qui dormait comme un sourd.

Parbleu! me dis-je à la fin, Ikès est plus proche voisin du Diable que moi; puisqu'il dort, je puis bien en faire autant! J'attisai le feu, je me couchai et m'endormis auprès de mon compagnon.

J'étais tellement certain que ce manitou ne pouvait rien contre ma personne, que je n'en avais aucune peur, et que, même, j'aurais aimé à le voir.

Dès le petit matin du lendemain, je sortis de la cabane, en me disant: «Je vas toujours aller voir si cet animal de mahoumet a dit vrai pour le loup-cervier.»

Montant sur mes raquettes, je me rendis à l'endroit où était tendu le collet qu'il avait indiqué.

Effectivement, je trouvai la perche piquée dans la neige à côté de la fourche, et le collet coupé comme avec un rasoir. «Si tout le reste s'ensuit, me dis-je, en reprenant la direction de notre campement, nous en avons pour quinze jours avant d'avoir rétabli nos deux branches de chemin.»

Le gredin de mahoumet n'avait, hélas! dit que trop vrai, et nous mîmes douze jours à réparer les dégâts. Pendant tout ce temps, Ikès ne prit pas un seul souper et ne fuma pas une seule pipe: tous les soirs il jetait son souper dans le feu, et tous les matins il lançait la moitié d'une torquette de tabac dans le bois.

Enfin, nous terminâmes notre besogne: mon malheureux sauvage avait travaillé comme deux.

Nous étions revenus à notre cabane du lac. C'était le matin, il faisait encore noir, nous déjeunions, en ce moment: tout à coup nous entendîmes un sifflement suivi de trois cris de joie : « Hi… hi… hi… Ikès s'élança, comme la première fois, hors de la cabane, en m'enjoignant de ne pas bouger de ma place… Il rentra peu de temps après, tout joyeux.

— Déjeunons vite, dit-il, il y a deux orignaux, dans le pendant de la côte, là au sud, à une demi-heure de marche.

— Ton mahoumet aura besoin de nous donner bonne chasse, lui répondis-je, s'il veut être juste et m'indemniser du tort qu'il m'a fait, à moi qui n'ai pas d'affaire à lui et ne lui dois rien, Dieu merci. Mais il se moque de toi, avec ses deux orignaux. Qui diable va aller courir l'orignal, avec seulement dix-huit pouces de neige encore molle ?

— C'est à l'affût qu'on va les tuer : puis il y a une loutre dans le bord du lac, pas loin d'ici.

Nous tuâmes les orignaux et la loutre ; mais je crois que l'argent que j'ai fait avec cette chasse était de l'argent du diable et qu'il n'a pas porté bonheur à ma fortune, comme vous verrez plus tard. Les anciens avaient bien raison de dire : Farine de Diable s'en retourne en son !

Je vous assure que, le soir, Ikès fit un fameux souper et fuma d'importance. Avant de se coucher, il étendit sa couverte sur le sapin, puis, prenant un charbon, il traça sur la laine la figure d'un homme.

— Qu'est-ce que tu fais donc là, lui demandai-je ; ne finiras-tu pas avec tes diableries ?

— Tiens, tu vois ben, répondit Ikès, toute ma chicane avec mon petit homme vient de la vieille Mouine, et c'est l'Algonquin qui est la cause de cela.

— Et qu'est-ce que ta couverte peut avoir à faire avec l'Algonquin et la vieille sorcière ?

— La Mouine n'est pas avec l'Algonquin ; il est à la chasse, et, en ce moment, dans un endroit qu'il n'a pas indiqué à sa mère en partant ; ils se sont oubliés : c'est le temps de lui donner une pincée !

Et ce disant, Ikès avait en effet donné une terrible pincée dans sa couverte, à l'endroit de la figure humaine qu'il avait tracée. Il ajouta avec un sourire féroce :

— Il ne dormira pas beaucoup cette nuit, va ! Tiens, l'entends-tu comme il se plaint ? c'est la colique, tu vois ben.

Ma parole, je ne sais pas si je me suis trompé, mais j'ai cru entendre des gémissements, comme ceux d'un homme qui souffre d'atroces douleurs : or, l'Algonquin était, en ce moment, à dix lieues de nous. J'ai appris ensuite qu'il avait été fort malade d'une maladie d'entrailles.

— Ikès, dis-je à mon compagnon de chasse, tout cela finira mal. D'abord, et c'est l'essentiel, ton salut est en danger ; si tu meurs dans ce commerce, il est bien sûr que le Diable t'empoignera pour l'éternité. Dans ce monde-ci même, tu n'as aucune chance contre la vieille Mouine, elle est plus sorcière que toi : tu sais bien que c'est elle qui a prédit l'arrivée des Anglais[1], et il n'y avait pas longtemps alors qu'elle faisait de la jonglerie.

— C'est vrai, répondit Ikès : puis il s'enveloppa dans sa couverte, s'étendit sur le sapin et s'endormit.

L'été suivant, je n'étais pas à Rimouski ; mais j'ai appris que le malheureux est mort dans les circonstances suivantes. Il était toujours campé sur le Brûlé ; la vieille

---

1. Une tradition, qui n'est pas encore tout à fait perdue, rapporte qu'une sauvagesse a prédit, deux ou trois ans à l'avance, la prise du pays par les Anglais. (Note de Taché)

Mouine et l'Algonquin avaient leur cabane à la Pointe-à-Gabriel. Un soir, Ikès flambotait dans la rivière, il allait darder un saumon, lorsqu'il fut pris d'une douleur de ventre qui lui fit tomber le nigogue[1] des mains; transporté dans sa cabane, il languit quelque temps et mourut dans une stupide indifférence.

C'était une dernière pincée de la Mouine, et le dernier coup de son Mahoumet?

---

1. Ou nigog: sorte de harpon employé par les Amérindiens pour la pêche.

Louis Fréchette

Louis Fréchette est le poète et écrivain canadien-français du XIXe siècle qui a connu la plus grande notoriété, tant à l'intérieur qu'à l'extérieur de nos frontières. Né à Lévis en 1839, Fréchette a 10 ans lorsqu'on découvre, au cimetière de sa paroisse, la cage qui aurait servi à exposer la Corriveau, événement dont il tirera plus tard un récit. Vers la fin de ses études il devient un habitué de la librairie d'Octave Crémazie où règnent ses aînés Joseph-Charles Taché, Antoine Gérin-Lajoie et Henri-Raymond Casgrain. Il est reçu au barreau et contribue à plusieurs journaux d'obédience libérale tant au Canada qu'aux États-Unis. Son œuvre poétique, qui trouve aujourd'hui moins grâce à nos yeux que ses contes, lui vaut la reconnaissance de l'Académie française : il remporte en 1880 le prix Montyon pour son recueil *Fleurs boréales – Les oiseaux de neige*. Deux recueils de ses contes paraissent de son vivant : *La Noël au Canada*, dont est tiré « Le loup-garou », et *Orignaux et détraqués*. Le recueil *Masques et fantômes*, qui comprend « Le mangeur de grenouilles », est publié après sa mort.

Louis Fréchette

Le loup-garou[1]

Avez-vous entendu dire que la belle Mérance à Glaude Couture était pour se marier, vous autres?

Non.

— Eh ben, oui; y paraît qu'a va publier[2] la semaine qui vient.

— Avec qui?

— Devinez.

— C'est pas aisé à deviner; elle a une vingtaine de cavaliers autour d'elle tous les dimanches que le bon Dieu amène.

— Avec Baptiste Octeau, je gage!

— Non.

— Damase Lapointe?

— Vous y êtes pas… Tenez, vaut autant vous le dire tout de suite: a se marie avec le capitaine Gosselin de Saint-Nicolas.

— Avec le capitaine Gosselin de Saint-Nicolas?

— Juste!

— Jamais je vous crairai!

— A va prendre ce mécréant-là?

— Ah! mais, c'est qu'il a de quoi, voyez-vous. Il lui a fait présent d'une belle épinglette d'or, avec une bague en diamant; et la belle Mérance haït pas ça, j'vous l'dis!

— C'est égal: y serait ben riche fondé, propriétaire de toutes les terres de la paroisse, que je le prendrais pas, moi.

— Ni moi: un homme qu'a pas plus de religion…

— Qui fait pas ses pâques depuis une citée de temps…

— Qu'on voit jamais à l'église…

— Ni à confesse…

— Qui courra le loup-garou un de ces jours, certain!

— Si tu disais une de ces nuits…

— Dame, quand il aura été sept ans sans recevoir l'absolution…

— Pauvre Mérance, je la plains!

— C'est pas drôle d'avoir un mari qui se vire en bête tous les soirs pour aller faire le ravaud[1] le long des chemins, dans les bois, on sait pas où. J'aimerais autant avoir affaire au démon tout de suite.

— C'est vrai qu'on peut le délivrer…

— Comment ça?

— En le blessant, donc: en y piquant le front, en y coupant une oreille, le nez, la queue, n'importe quoi, avec quèque chose de tranchant, de pointu: pourvu qu'on fasse sortir du sang, c'est le principal.

— Et la bête se revire en homme?

— Tout de suite.

---

1.   Du bruit. Par extension, des ennuis, du dérangement.

— Eh ben, merci! j'aime mieux un mari plus pauvre, mais qu'on soye pas obligé de saigner.

— C'est comme moi! s'écrièrent ensemble toutes les fillettes.

— Vous croyez à ces blagues-là, vous autres? fit une voix; bandes de folles!

La conversation qui précède avait lieu chez un vieux fermier de Saint-Antoine de Tilly, où une quinzaine de jeunes gens du canton s'étaient réunis pour une «épluchette de blé d'Inde», après quoi on devait réveillonner avec des crêpes.

Comme on le voit, la compagnie était en train de découdre une bavette; et, de fil en aiguille, c'est-à-dire de potin en cancan, les chassés-croisés du jabotage[1] en étaient arrivés aux histoires de loups-garous.

Inutile d'ajouter que cette scène se passait il y a déjà bien des années, car — fort heureusement — l'on ne s'arrête plus guère dans nos campagnes, à ces vieilles superstitions et légendes du passé.

D'ailleurs, l'interruption lancée par le dernier des interlocuteurs prouve à l'évidence que, même à cette époque et parmi nos populations illettrées, ces traditions mystérieuses rencontraient déjà des incrédules.

— Tout ça, c'est des contes à ma grand'mère! ajouta la même voix, en manière de réponse aux protestations provoquées de tous côtés par l'irrévérencieuse sortie.

— Ta, ta, ta!… Faut pas se moquer de sa grand'mère, mon petit! fit une vieille qui, ne prenant point part à l'épluchette, manipulait silencieusement son tricot, à

---

1. Du verbe «jaboter»: bavardage.

l'écart, près de l'âtre, dont les lueurs intermittentes éclairaient vaguement sa longue figure ridée.

— Les vieux en savent plus long que les jeunes, ajouta-t-elle : et quand vous aurez fait le tour de mon jardin, vous serez pas si pressés que ça de traiter de fous ceux qui croient aux histoires de l'ancien temps.

— Vous croyez donc aux loups-garous, vous, mère Catherine ? fit l'interrupteur avec un sourire goguenard sur les lèvres.

— Si vous aviez connu Joachim Crête comme je l'ai connu, répliqua la vieille, vous y crairiez bien vous autres étout, mes enfants.

— J'ai déjà entendu parler de c'te histoire de Joachim Crête, intervint un des assistants ; contez-nous-la donc, mère Catherine.

— C'est pas de refus, fit celle-ci, en puisant une large prise au fond de sa tabatière de corne. Aussi ben, ça fait-y pas de mal aux jeunesses d'apprendre ce qui peut leux pendre au bout du nez pour ne pas respecter les choses saintes et se gausser des affaires qu'ils comprennent point. J'ai pour mon dire, mes enfants, qu'on n'est jamais trop craignant Dieu.

Malheureusement, le pauvre Joachim Crête l'était pas assez, lui, craignant Dieu.

C'est pas qu'il était un ben méchant homme, non ; mais il était comme j'en connais encore de nos jours : y pensait au bon Dieu et à la religion quand il avait du temps de reste. Ça, ça porte personne en route.

Il aurait pas trigaudé un chat d'une cope[1], j'cré ben; y faisait son carême et ses vendredis comme père et mère, à c'qu'on disait. Mais y se rendait à ses dévotions ben juste une fois par année; y faisait des clins d'yeux gouailleurs quand on parlait de la quête de l'Enfant-Jésus devant lui: et pi, dame, il aimait assez la goutte pour se coucher rond tous les samedis au soir, sans s'occuper si son moulin allait marcher sus le dimanche ou sus la semaine.

Parce qu'il faut vous dire, les enfants, que Joachim Crête, avait un moulin, un moulin à farine, dans la concession de Beauséjour, sus la petite rivière qu'on appelle la Rigole.

C'était pas le moulin de Lachine, si vous voulez; c'était pas non plus un moulin de seigneurie; mais il allait tout de même, et moulait son grain de blé et d'orge tout comme un autre.

Il me semble de le voir encore, le petit moulin, tout à côté du chemin du roi. Quand on marchait pour not' première communion, on manquait jamais d'y arrêter en passant, pour se reposer.

C'est là que j'ai connu le pauvre malheureux: un homme dans la quarantaine qu'haïssait pas à lutiner les fillettes, soit dit sans médisance.

Comme il était garçon, y s'était gréé une cambuse dans son moulin, où c'qu'il vivait un peu comme un ours, avec un engagé du nom de Hubert Sauvageau, un individu qu'avait voyagé dans les Hauts, qu'avait été sus les cages, qu'avait couru la prétentaine un peu de tout bord et

---

1. « Trigauder » signifie tromper; une « cope » désigne une pièce de monnaie de peu de valeur (de l'anglais *copper*). Joachim Crête n'aurait pas même volé un sou à un chat: c'est une façon imagée de souligner son honnêteté.

de tout côté, où c'que c'était ben clair qu'il avait appris rien de bon.

Comment c'qu'il était venu s'échouer à Saint-Antoine après avoir roulé comme ça ? On l'a jamais su. Tout c'que je peux vous dire, c'est que si Joachim Crête était pas c'que y avait de plus dévotieux dans la paroisse, c'était pas son engagé qui pouvait y en remontrer sus les principes comme on dit.

L'individu avait pas plus de religion qu'un chien, sus vot' respèque. Jamais on voyait sa corporence à la messe ; jamais il ôtait son chapeau devant le Calvaire ; c'est toute si y saluait le curé du bout des doigts quand y le rencontrait sus la route. Enfin, c'était un homme qu'était dans les langages, ben gros.

— De quoi c'que ça me fait tout ça ? disait Joachim Crête, quand on y en parlait ; c'est un bon travaillant qui chenique pas sus l'ouvrage, qu'est fiable, qu'est sobre comme moi, qui mange pas plusse qu'un autre, et qui fait la partie de dames pour me désennuyer : j'en trouverais pas un autre pour faire mieux ma besogne quand même qu'y s'userait les genoux du matin au soir à faire le Chemin de la Croix.

Comme on le voit, Joachim Crête était un joueur de dames : et si quéqu'un avait jamais gagné une partie de polonaise[1] avec lui, y avait personne dans la paroisse qui pouvait se vanter de y avoir vu faire queuque chose de pas propre sus le damier.

Mais faut craire aussi que le Sauvageau était pas loin de l'accoter, parce que — surtout quand le meunier avait remonté de la ville dans la journée avec une cruche

---

1. Variante du jeu de dames que l'on pratique sur un damier de 100 cases.

— ceux qui passaient le soir devant le moulin les enten-
daient crier à tue-tête chacun leux tour : — Dame !
— Mange ! — Soufflé ! — Franc-coin ! — Partie nulle !…
Et ainsi de suite, que c'était comme une vraie rage
d'ambition.

Mais arrivons à l'aventure que vous m'avez demandé
de vous raconter.

Ce soir-là, c'était la veille de Noël, et Joachim Crête
était revenu de Québec pas mal lancé, et — faut pas
demander ça — avec un beau stock de provisions dans le
coffre de sa carriole pour les fêtes.

La gaieté était dans le moulin.

Mon grand-oncle, le bonhomme José Corriveau,
qu'avait une pochetée de grain à faire moudre, y était
entré sus le soir, et avait dit à Joachim Crête :

— Tu viens à la messe de Mênuit sans doute ?

Un petit éclat de rire sec y avait répondu. C'était
Hubert Sauvageau qu'entrait, et qu'allait s'assire dans un
coin, en allumant son bougon.

— On voira ça, on voira ça ! qu'y dit.

— Pas de blague, la jeunesse ! avait ajouté bonhomme
Corriveau en sortant : la messe de Mênuit, ça doit pas se
manquer, ça.

Puis il était parti, son fouet à la main.

— Ha ! ha ! ha !… avait ricané Sauvageau ; on va
d'abord jouer une partie de dames, monsieur Joachim,
c'pas ?

— Dix, si tu veux, mon vieux ; mais faut prendre un
coup premièrement, avait répondu le meunier.

Et la ribote avait commencé.

Quand ça vint sus les onze heures, un voisin, un
nommé Vincent Dubé, cogna à la porte :

— Coute donc, Joachim, qu'y dit, si tu veux une place dans mon berlot pour aller à la messe de Mênuit, gêne-toi pas : je suis tout seul avec ma vieille.

— Merci, j'ai ma guevale, répondit Joachim Crête.

— Vont'y nous ficher patience avec leux messe de Mênuit ! s'écria le Sauvageau, quand la porte fut fermée.

— Prenons un coup ! dit le meunier.

Et en avant la pintochade[1], avec le jeu de dames !

Les gens qui passaient en voiture ou à pied se rendant à l'église, se disaient :

— Tiens, le moulin de Joachim Crête marche encore : faut qu'il ait gros de farine à moudre.

— Je peux pas craire qu'il va travailler comme ça sus le saint jour de Noël.

— Il en est ben capable.

— Oui, surtout si son Sauvageau s'en mêle…

Ainsi de suite.

Et le moulin tournait toujours, la partie de dames s'arrêtait pas ! et la brosse allait son train.

Une santé attendait pas l'autre.

Queuqu'un alla cogner à la fenêtre :

— Holà ! vous autres ; y s'en va mênuit. V'là le dernier coup de la messe qui sonne. C'est pas ben chrétien c'que vous faites là.

Deux voix répondirent :

— Allez au sacre ! et laissez-nous tranquilles !

---

1. Comme plusieurs autres mots formés à partir de « pinte », renvoie au fait de boire avec excès.

Les derniers passants disparurent. Et le moulin marchait toujours.

Comme il faisait un beau temps sec, on entendait le tic-tac de loin ; et les bonnes gens faisaient le signe de la croix en s'éloignant.

Quoique l'église fût à ben proche d'une demi-lieue du moulin, les sons de la cloche y arrivaient tout à clair.

Quand il entendit le tinton, Joachim Crête eut comme une espèce de remords :

— V'là mênuit, qu'y dit, si on levait la vanne…

— Voyons, voyons, faites donc pas la poule mouillée, hein ! que dit le Sauvageau. Tenez, prenons un coup et après ça je vous fais gratter.

— Ah ! quant à ça, par exemple, t'es pas bletté pour, mon jeune homme !… Sers-toi, et à ta santé !

— À la vôtre, monsieur Joachim !

Ils n'avaient pas remis les tombleurs[1] sus la table, que le dernier coup de cloche passait sus le moulin comme un soupir dans le vent.

Ça fut plus vite que la pensée… crac ! v'là le moulin arrêté net, comme si le tonnerre y avait cassé la mécanique. On aurait pu entendre marcher une souris.

— Quoi c'que ça veut dire, c'te affaire-là ? que s'écrie Joachim Crête.

— Queuques joueurs de tours, c'est sûr ! que fit l'engagé.

— Allons voir c'que y a, vite !

On allume un fanal, et v'là nos deux joueurs de dames partis en chambranlant du côté de la grand'roue. Mais ils

_____

1. Verres.

eurent beau chercher et fureter dans tous les coins et racoins, tout était correct ; y avait rien de dérangé.

— Y a du sorcier là-dedans ! qu'y dirent en se grattant l'oreille.

Enfin, la machine fut remise en marche, on graissit les mouvements, et nos deux fêtards s'en revinrent en baraudant[1] reprendre leux partie de dames — en commençant par reprendre un coup d'abord, ce qui va sans dire.

— Salut, Hubert !

— C'est tant seulement, monsieur Joachim…

Mais les verres étaient à peine vidés que les deux se mirent à se regarder tout ébarouis. Y avait de quoi : ils étaient soûls comme des barriques d'abord, et puis le moulin était encore arrêté.

— Faut que des maudits aient jeté des cailloux dans les moulanges, balbutia Joachim Crête.

— Je veux que le gripette[2] me torde le cou, baragouina l'engagé, si on trouve pas c'qu'en est, c'te fois-citte !

Et v'là nos deux ivrognes, le fanal à la main, à rôder tout partout dans le moulin, en butant pi en trébuchant sus tout c'qu'y rencontraient.

Va te faire fiche ! y avait rien, ni dans les moulanges ni ailleurs.

On fit repartir la machine ; mais ouiche, un demi-tour de roue, et pi crac !… Pas d'affaires : ça voulait pas aller.

— Que le diable emporte la boutique ! vociféra Joachim Crête. Allons-nous-en !

---

1. En tanguant, avec difficulté.
2. Le Diable.

Un juron de païen lui coupa la parole. Hubert Sauvageau, qui s'était accroché les jambes dans queuque chose, manquable, venait de s'élonger sus le pavé comme une bête morte.

Le fanal, qu'il avait dans la main, était éteindu mort comme de raison; de sorte qu'y faisait noir comme chez le loup: et Joachim Crête, qu'avait pas trop à faire que de se piloter tout seul, s'inventionna pas d'aller porter secours à son engagé.

— Que le pendard se débrouille comme y pourra! qu'y dit, moi j'vas prendre un coup.

Et, à la lueur de la chandelle qui reluisait de loin par la porte ouverte, il réussit, de Dieu et de grâce, et après bien des zigzags, à se faufiler dans la cambuse, où c'qu'il entra sans refermer la porte par derrière lui, à seule fin de donner une chance au Sauvageau d'en faire autant.

Quand il eut passé le seuil, y piqua tout dret sus la table où c'qu'étaient les flacons, vous comprenez ben; et il était en frais de se verser une gobe en swignant sus ses hanches, lorsqu'il entendit derrière lui comme manière de gémissement.

— Bon, c'est toi? qu'y dit sans se revirer; arrive, c'est le temps.

Pour toute réponse, il entendit une nouvelle plainte, un peu plus forte que l'autre.

— Quoi c'que y a!... T'es-tu fait mal?.... Viens prendre un coup, ça te remettra.

Mais bougez pas, personne venait ni répondait.

Joachim Crête, tout surpris, se revire en mettant son tombleur sus la table, et reste figé, les yeux grands comme des piastres françaises et les cheveux drets sus la tête.

C'était pas Hubert Sauvageau qu'il avait devant la face : c'était un grand chien noir, de la taille d'un homme, avec des crocs longs comme le doigt, assis sus son derrière, et qui le regardait avec des yeux flamboyants comme des tisons.

Le meunier était pas d'un caractère absolument peureux : la première souleur[1] passée, il prit son courage à deux mains et appela Hubert :

— Qui c'qu'a fait entrer ce chien-là icitte ?

Pas de réponse.

— Hubert ! insista-t-il la bouche empâtée comme un homme qu'a trop mangé de cisagrappes[2], dis-moi donc d'où c'que d'sort ce chien-là !

Motte !

— Y a du morfil là-dedans ! qu'y dit : marche te coucher, toi !

Le grand chien lâcha un petit grognement qui ressemblait à un éclat de rire, et grouilla pas.

Avec ça, pas plus d'Hubert que sus la main.

Joachim Crête était pas aux noces, vous vous imaginez. Y comprenait pas c'que ça voulait dire ; et comme la peur commençait à le reprendre, y fit mine de gagner du côté de la porte. Mais le chien n'eut qu'à tourner la tête avec ses yeux flambants, pour y barrer le chemin.

Pour lorsse, y se mit à manœuvrer de façon à se réfugier tout doucement et de raculons entre la table et la couchette, tout en perdant le chien de vue.

---

1. Frayeur.
2. Avec sa façon de parler bien particulière, la mère Catherine contracte les syllabes de « cerises à grappes », petits fruits qui laissent effectivement la bouche *empâtée,* ou pâteuse.

Celui-ci avança deux pas en faisant entendre le même grognement.

— Hubert ! cria le pauvre homme sur un ton désespéré.

Le chien continua à foncer sus lui en se redressant sus ses pattes de derrière, et en le fisquant toujours avec ses yeux de braise.

— À moi !… hurla Joachim Crête hors de lui, en s'acculant à la muraille.

Personne ne répondit ; mais au même instant, on entendit la cloche de l'église qui sonnait l'Élévation.

Alors une pensée de repentir traversa la cervelle du malheureux.

— C'est un loup-garou ! s'écria-t-il, mon Dieu, pardonnez-moi !

Et il tomba à genoux.

En même temps l'horrible chien se précipitait sus lui.

Par bonheur, le pauvre meunier, en s'agenouillant, avait senti quèque chose derrière son dos, qui l'avait accroché par ses hardes.

C'était une faucille.

L'homme eut l'instinct de s'en emparer, et en frappa la brute à la tête.

Ce fut l'affaire d'un clin d'œil, comme vous pensez bien. La lutte d'un instant avait suffi pour renverser la table, et faire rouler les verres, les bouteilles et la chandelle sus le plancher. Tout disparut dans la noirceur.

Joachim Crête avait perdu connaissance.

Quand il revint à lui, quéqu'un y jetait de l'eau frette au visage, en même temps qu'une voix ben connue y disait :

— Quoi c'que vous avez donc eu, monsieur Joachim ?

— C'est toi, Hubert ?

— Comme vous voyez.

— Où c'qu'il est ?

— Qui ?

— Le chien.

— Queu chien ?

— Le loup-garou.

— Hein !…

— Le loup-garou que j'ai délivré avec ma faucille.

— Ah ! ça, venez-vous fou, monsieur Joachim ?

— J'ai pourtant pas rêvé ça… Pi toi, d'où c'que tu deviens ?

— Du moulin.

— Mais y marche à c'te heure, le moulin ?

— Vous l'entendez.

— Va l'arrêter tout de suite : faut pas qu'y marche sus le jour de Noël.

— Mais il est passé le jour de Noël, c'était hier.

— Comment ?

— Oui, vous avez été deux jours sans connaissance.

— C'est-y bon Dieu possible ! Mais quoi c'que t'as donc à l'oreille, toi ? du sang !

— C'est rien.

— Où c'que t'as pris ça ? Parle !

— Vous savez ben que j'ai timbé dans le moulin, la veille de Noël au soir.

— Oui.

— Eh ben, j'me suis fendu l'oreille sus le bord d'un sieau.

Joachim Crête, mes enfants, se redressit sur son séant, hagard et secoué par un frémissement d'épouvante :

— Ah ! malheureux des malheureux ! s'écria-t-il ; c'était toi !...

Et le pauvre homme retomba sus son oreiller avec un cri de fou.

Il est mort dix ans après, sans avoir retrouvé sa raison.

Quant au moulin, la débâcle du printemps l'avait emporté.

Le mangeur de grenouilles

Une année — j'étais tout petit enfant — mon père loua un cocher du nom de Napoléon Fricot, qui eut, plus tard, son moment de notoriété dans le pays.

Compromis comme complice dans le procès retentissant d'Anaïs Toussaint, qui fut condamnée à mort — en 1856, je crois — pour avoir empoisonné son mari, dans le faubourg Saint-Roch, à Québec, il eut la chance, s'il n'échappa point aux mauvaises langues, d'échapper au moins à la cour d'assises.

Le pauvre diable devait être innocent, d'ailleurs.

Je ne l'exonérerais point aussi facilement du soupçon d'avoir fait un doigt ou deux de cour à la jolie criminelle ; le gaillard était — dans l'infériorité de sa condition — une espèce de rêveur romanesque très susceptible de s'empêtrer dans une intrigue amoureuse ; mais, j'en répondrais sur ma tête, il était incapable de prêter la main à un crime.

La question est, du reste, parfaitement étrangère à mon récit, et je n'y fais allusion qu'incidemment.

Il y avait, à la porte de notre écurie, un vieil orme fourchu, dont les branches pendantes descendaient jusqu'au ras du sol.

Les jours de soleil surtout, quand son service lui laissait des loisirs — ce qui arrivait souvent — Napoléon Fricot y grimpait, s'asseyait au point de jonction, à quatre ou cinq pieds de terre ; et là, dans le frissonnement des feuilles et les alternatives fuyantes des ombres et de la lumière, il composait des ballades et des complaintes, qu'il me chantait, le soir, d'une voix très douce et très mélancolique.

J'allais souvent m'asseoir sur une des racines du colosse, et alors le poète rustique lâchait le fil de ses rêveries pour me conter des histoires.

Comme tous les campagnards de sa classe et de son instruction, il était fort superstitieux.

Il croyait aux revenants, aux loups-garous, aux « chasse-galeries », mais surtout aux feux follets. Il prononçait *fi-follets*.

M'en a-t-il défilé, des aventures tragiques de pauvres diables égarés par les artifices de ces vilains esprits, chargés par le démon d'entraîner les bons chrétiens hors des droits sentiers !

Laissez-moi vous en rapporter une.

— Les fi-follets, disait-il, ne sont point, comme le croient les gens qui ne connaissent pas mieux, des âmes de trépassés en quête de prières.

Ce sont des âmes de vivants comme vous et moi, qui quittent leur corps pour aller rôder la nuit, au service du Méchant.

Quand un chrétien a été sept ans sans faire ses pâques, il court le loup-garou, chacun sait ça.

Eh ben, quand il y a quatorze ans, il devient fi-follet.

Il est condamné par Satan à égarer les passants attardés.

Il entraîne les voitures dans les ornières, pousse les chevaux en bas des ponts, attire les gens à pied dans les fondrières, les trous, les cloaques, n'importe où, pourvu qu'il leur arrive malheur.

C'est à l'appui de cette théorie que Napoléon Fricot racontait l'histoire en question.

La chose était arrivée dans une paroisse des environs de Kamouraska — je ne me souviens plus quelle paroisse c'était.

Son oncle, un nommé Pierre Vermette, qui résidait tout près de l'église — un « habitant riche » — avait engagé, pour ses travaux, un garçon de ferme étranger à la « place ».

C'était un grand individu de trente et quelques années, solide et vigoureux, qui venait « de par en-bas », — un Acadien, selon les probabilités, vu qu'il parlait « drôlement ». Il disait *oun houmme* pour un homme, il *faisions beng biau* pour il fait bien beau.

On remarquait en outre cette particularité chez lui qu'on ne le voyait jamais ni à la messe ni à confesse et, par extraordinaire, nul ne lui connaissait d'amoureuse dans le canton. Jamais il n'allait « voir les filles », suivant l'expression du terroir.

Ce n'était pas naturel, on l'admettra.

Pas l'air méchant, mais un caractère « seul ». Le soir, quand les autres « jeunesses » s'amusaient, il se rencoignait quelque part, et fumait sa pipe en « jonglant ».

Quelques-uns avaient remarqué que dans ces moments-là, les yeux du garçon de ferme avaient un éclat tout à fait extraordinaire, et qu'il lui passait, droit entre les deux sourcils, des lueurs étranges.

« Un individu à se méfier », comme on disait.

À part cela, il était rangé, honnête, bon travailleur, — exemplaire.

Il ne sortait jamais.

Excepté, pourtant, le samedi soir — dans la nuit.

Le samedi soir, vers onze heures et demie, quand tout le monde était couché, le gros terre-neuve chargé de la garde des «bâtiments» faisait entendre un long hurlement plaintif, comme s'il eût «senti le cadavre», et, réveillés en sursaut, les gens de la ferme se signaient et récitaient un *ave* pour les «bonnes âmes».

C'est alors qu'on constatait l'absence de l'Acadien, qui ne rentrait que sur le matin, le pas lourd, la démarche hésitante, et se jetait, disait-on, sur son lit comme un homme «en fête».

Il ne pouvait guère être ivre cependant; point de cabarets dans l'endroit: et puis l'homme avait horreur de toute liqueur forte.

N'allant point à la messe, il dormait la grasse matinée du lendemain, et profitait de l'éloignement des gens de la maison pour préparer son déjeuner lui-même.

Avec quoi? On n'avait jamais pu savoir.

Quelqu'un l'avait surpris à cuisiner une espèce de friture ni chair ni poisson, qui n'avait l'air de rien de connu, et dont personne ne put jamais deviner la nature.

Où allait-il ainsi une fois par semaine?

Que faisait-il?

Quel était le but de ces pérégrinations nocturnes?

En quoi consistait cet étrange déjeuner?

Ceux qui osèrent l'interroger là-dessus n'eurent pour toute réponse qu'un de ces coups d'œil qui n'invitent pas à recommencer.

En somme, ses allures n'étaient pas celles d'un chrétien ordinaire, et cela commençait à faire jaser.

On parlait de sortilèges, de sabbat, de rendez-vous macabres, de loups-garous, que sais-je? Chacun comprend jusqu'où peuvent aller les cancans, une fois sur cette piste-là.

Il ne fut bientôt plus question, dans toute la paroisse, que du « sorcier à Pierre Vermette ».

Les passants s'arrêtaient à la dérobée pour le regarder travailler au loin dans les champs.

Quand on le rencontrait sur la route, les hommes détournaient la tête, les femmes se faisaient une petite croix sur la poitrine avec le pouce, et les enfants enjambaient les clôtures, pour « piquer » à travers le clos.

Et puis on l'accusait d'avoir le mauvais œil.

Si une vache tombait malade, si les poules refusaient de pondre, si une barattée de beurre tournait, le sorcier à Pierre Vermette était la cause de tout.

La réprobation publique s'attaquait même au fermier.

Pourquoi gardait-il ce mécréant à son service ?

Un bon paroissien, craignant Dieu, ne devait avoir aucun rapport avec ces suppôts de l'enfer. Il s'en repentirait bien sûr.

La fille de Nazaire Tellier n'était-elle pas morte de la « picote[1] », parce qu'elle avait dansé avec un étranger qui s'était mis à table sans faire le signe de la croix ? C'était là un fait connu de tout le monde.

Un « coureux de nuit » comme ça, ne pouvait qu'attirer la malchance sur tout le village.

— Mon pauvre oncle Vermette — je laisse ici Napoléon Fricot s'exprimer directement, — mon pauvre

---

1. La variole. À ne pas confondre avec la « petite picote », ou varicelle.

oncle Vermette sentait bien qu'il aurait dû renvoyer son engagé.

Mais il y avait un marché; et c'était encore de valeur, un si bon travaillant, sobre, tranquille, pas bâdreux[1], toujours le premier à la besogne et pas dur d'entretien!

À part le drôle de comportement qu'on lui reprochait, il n'avait pas de défauts.

Cependant, il faut bien songer à son âme tout de même, et mon oncle se promit de watcher l'individu, et de découvrir à tout prix le secret de ses escapades du soir.

Comme de fait, le samedi arrivé, il fit semblant de se coucher à la même heure que de coutume, et alla se mettre au guet derrière une corde de bois qui faisait clôture au coin de la maison.

Là, il attendit.

Un peu avant les minuit, la porte s'ouvrit; et, comme le temps était assez clair, mon oncle vit l'Acadien descendre le perron tout doucement et traverser le chemin, après avoir jeté un coup d'œil défiant autour de lui.

Il portait à la main comme manière de petit sac, et marchait la tête baissée, l'air inquiet, en sifflotant, du bout des lèvres, suivant son habitude, quelque chose de triste qu'on ne connaissait pas.

À une dizaine d'arpents, sur la terre de mon oncle Vermette, il y avait une espèce de petit marais — une grenouillère, comme on appelle ça par chez nous — qui croupissait sous des flaques verdâtres, au milieu de vieux saules tortus-bossus et de grosses talles d'aunes puants.

---

1. De «bâdrer», évolution de l'anglais *to bother*, qui signifie «embêter», «ennuyer».

On n'aimait pas à rôder dans ces environs-là, la nuit, vu qu'un quêteux, que personne n'avait jamais ni vu ni connu, y avait été trouvé noyé l'année des Troubles[1].

Il avait les pieds pris dans les joncs ; sans cela, on ne l'aurait peut-être jamais découvert, tant la mare était profonde et sournoise.

C'est de ce côté que mon oncle vit l'Acadien se diriger.

Il sortit aussitôt de sa cachette, le suivit de loin, et le regarda aller, tant que la noirceur lui permit de l'apercevoir.

Mais quand il eut vu le grand diable disparaître sous les saules du marais, la souleur le prit, et il s'en revint à la maison.

Le lendemain, pendant la grand'messe, le bonhomme se reprocha son manque de courage, et jura bien d'être moins peureux le samedi d'après.

L'heure venue, il était embusqué de nouveau derrière la corde de bois. Seulement, sûr et certain que c'était la fraîche qui l'avait tant fait frissonner la première nuit, il s'était bien enveloppé cette fois dans une de ces grosses couvertes de laine grise qu'on jette sur les chevaux en hiver ; et, bien assis, le dos accoté comme il faut, il se laissa aller à sommeiller légèrement, en attendant son homme.

Tout se passa comme le samedi précédent, si ce n'est que mon oncle — qui n'était pas trop poltron, comme vous allez voir — suivit cette fois le rôdeur de nuit jusqu'à la grenouillère.

Là, la noirceur était si épaisse qu'il le perdit de vue.

---

1. L'année de la rébellion des Patriotes : 1837.

Le vieux ne se découragea point. Avec le moins de bruit possible, il s'enfonça à son tour sous les branches, et arriva au bord de l'étang vaseux.

Pas un coassement de grenouille, pas un sifflement de crapaud ; c'était preuve qu'il y avait là quelqu'un avant son arrivée. Pas difficile de deviner qui.

Mon oncle s'accroupit et fit le mort.

Tout à coup, il aperçut une petite lueur qui remuait tout près de terre, de l'autre côté de la mare.

— Un drôle d'endroit pour venir fumer sa pipe ! fit à part lui mon oncle Vermette.

Et puis tout haut :

— Jacques ! qu'il dit.

J'ai peut-être oublié de vous l'apprendre, l'Acadien s'appelait Jacques.

Et voyant qu'on ne répondait rien :

— Jacques ! répéta-t-il un peu plus fort.

Même silence.

— Jacques !… À quoi sert de faire le farceur ? je sais bien que t'es là : réponds donc !

Point de réponse.

— Es-tu bête, Jacques ! reprit mon oncle Vermette. C'est moi, le bourgeois. Je sais bien ous' que t'es ; je sors de te voir allumer ta pipe. Tu peux parler va !

Motte !

Cela commençait à devenir épeurant ; mais, je l'ai dit, le bonhomme était pas aisé à démonter, et quand il avait une chose dans la tête, c'était pour tout de bon.

— J'en saurai le court et le long, se dit-il.

Et il se mit à suivre avec précaution le bord de l'étang.

La petite lumière qui aurait pu le guider, était disparue ; mais il connaissait les airs, et comme personne ne se serait sauvé sans faire du bruit, il ne pouvait manquer de rejoindre l'individu quelque part.

En effet, le vieux n'avait pas marché deux minutes, qu'il trébuchait sur le corps de quelqu'un étendu en plein sur le dos dans l'herbe.

— Hein !… fit-il en reprenant son aplomb avec un certain frisson dans le dos — ce qui était bien naturel ; qu'est-ce que c'est que ça ?

Mais à la lueur des étoiles, il eut bientôt reconnu Jacques.

— Allons, qu'est-ce que tu fais donc là, dit-il, grand nigaud ? Y a-t-il du bon sens de venir se coucher ici à des heures pareilles ? Voyons, lève-toi ; c'est comme ça qu'on attrape des rhumatisses et des maladies de pommons. Une drôle d'idée de dormir dans les champs en pleine nuit ! Allons, ho !… lève-toi, imbécile ! et à la maison, vite !

Mais il avait beau jacasser, pas de réponse.

On n'entendait tant seulement pas un souffle.

— Voyons donc, espèce de cancre, vas-tu écouter, une fois ! reprit le bonhomme en poussant Jacques du pied.

Jacques ne bougea pas.

— Dort-il dur, cet animal-là ! fit mon oncle en prenant son domestique au collet, et en le secouant comme un pommier. Allons, lève-toi ou je cogne.

Mais Jacques ne remua pas plus qu'une bête morte.

Le père Vermette ne savait trop quoi penser.

— En tout cas, dit-il, puisque tu veux absolument dormir là, tiens! prends ça pour te préserver du serein.

En même temps il lui jetait la grosse couverte dont il s'était lui-même enveloppé les épaules pour passer la nuit dehors.

Mais, comme il se baissait pour couvrir de son mieux la tête du dormeur, voilà qu'il entend quelque chose de terrible lui bourdonner aux oreilles:

— Buz!... buz!... buzzzz!...

Le bonhomme n'eut pas plus tôt levé les yeux, qu'il jette un cri, perd l'équilibre et tombe à la renverse.

La lumière qu'il avait aperçue en arrivant était là qui voltigeait autour de sa tête, comme si elle avait voulu l'éborgner:

— Buz!... buz!... buzzzz!...

Mon oncle n'est pas un menteur, je vous le persuade. Eh bien, il prétend qu'un taon gros comme un œuf n'aurait pas silé plus fort.

La lumière était bleuâtre, tremblante, agitée.

Elle rougissait et pâlissait tour à tour, flambant par bouffées, comme la flamme d'une chandelle secouée par le vent.

Elle montait, descendait, rôdait autour de la tête de Jacques, puis revenait à chaque instant sur mon oncle, en faisant toujours entendre son buz!... buz!... effrayant.

Revenu à lui, le père Vermette sauta sur ses pieds, fit le signe de la croix et prit sa course en criant:

— Un fi-follet! je suis mort!

Mais la maudite lumière l'avait ébloui, et plac!... voilà le bonhomme à quatre pattes dans l'eau.

Le fi-follet — car c'était un fi-follet en effet — avait changé la mare de place.

Heureusement qu'elle n'était pas dangereuse de ce côté-là.

Le bonhomme, après avoir placotté quelques instants, se repêche tant bien que mal, et clopin-clopant, le visage noir de vase, les habits dégouttants, la tête égarée, plus mort que vif, arrive au presbytère et raconte ce qui vient de lui arriver au curé réveillé en sursaut.

— Malheureux! s'écrie celui-ci, vous avez peut-être envoyé une âme en enfer!… Vite, montrez-moi la route. J'espère qu'il ne sera pas trop tard, mon Dieu!

Et ils partirent tous deux presque à la course, mon oncle geignant et suant la peur, tandis que le curé récitait les prières des agonisants.

— Tenez, tenez, monsieur le curé, le voilà, c'est ici! fit le pauvre vieux, tout essoufflé, en s'approchant de l'étang et en désignant l'endroit où il avait vu Jacques endormi.

La petite lumière devenue une simple lueur trouble, hésitante et blafarde, flottait en vacillant comme la flamme d'un lampion qui s'éteint, et semblait haleter autour de la tête du dormeur, sur laquelle mon oncle avait jeté sa couverte.

Elle n'avait plus envie de faire buzzz! j'en réponds.

— *A porta inferi libera nos, Domine!* fit le prêtre en se signant.

Puis il s'approcha d'un pas ferme, se pencha, saisit le coin de la couverte et la tira rapidement à lui.

Psst!

La petite lumière disparut aussitôt dans la bouche de Jacques, qui s'éveilla tout à coup avec un cri si terrible, que mon pauvre oncle ne revint à lui que le lendemain matin.

Au petit jour, on le trouva sans connaissance, blême comme un drap et enveloppé dans sa couverte, derrière sa corde de bois.

La preuve qu'il y avait du surnaturel dans l'affaire, c'est que les hardes du bonhomme ne portaient aucune trace de son plongeon dans la grenouillère.

Huit jours après, le pauvre vieux était encore au lit, avec une fièvre de chien.

Le curé, qu'on avait fait demander, prétendit ne rien savoir : les prêtres n'aiment pas à parler de ces cinq sous-là, c'est connu.

Quant à l'Acadien, on remarqua qu'il était un peu pâle, mais il travailla toute la semaine comme si de rien n'était.

Seulement, le samedi suivant, il sortit de nouveau sur les minuit, et ne reparut pas.

Des pistes toutes fraîches conduisaient du côté du marais.

On les suivit, mais tout ce qu'on trouva, ce fut, à côté d'une glissade dans la vase, un petit sac rempli de cuisses de grenouilles — qu'on fit brûler.

Plusieurs jours plus tard, on découvrit le cadavre du sorcier, qui flottait parmi les joncs.

Tel fut le récit de Napoléon Fricot.

Si on ne croit pas aux *fi-follets* après ça…

Honoré Beaugrand

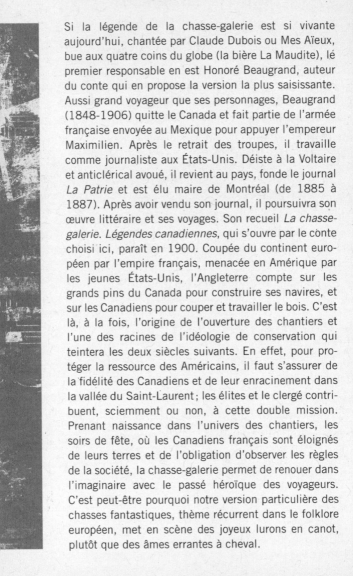

Si la légende de la chasse-galerie est si vivante aujourd'hui, chantée par Claude Dubois ou Mes Aïeux, bue aux quatre coins du globe (la bière La Maudite), le premier responsable en est Honoré Beaugrand, auteur du conte qui en propose la version la plus saisissante. Aussi grand voyageur que ses personnages, Beaugrand (1848-1906) quitte le Canada et fait partie de l'armée française envoyée au Mexique pour appuyer l'empereur Maximilien. Après le retrait des troupes, il travaille comme journaliste aux États-Unis. Déiste à la Voltaire et anticlérical avoué, il revient au pays, fonde le journal *La Patrie* et est élu maire de Montréal (de 1885 à 1887). Après avoir vendu son journal, il poursuivra son œuvre littéraire et ses voyages. Son recueil *La chasse-galerie. Légendes canadiennes*, qui s'ouvre par le conte choisi ici, paraît en 1900. Coupée du continent européen par l'empire français, menacée en Amérique par les jeunes États-Unis, l'Angleterre compte sur les grands pins du Canada pour construire ses navires, et sur les Canadiens pour couper et travailler le bois. C'est là, à la fois, l'origine de l'ouverture des chantiers et l'une des racines de l'idéologie de conservation qui teintera les deux siècles suivants. En effet, pour protéger la ressource des Américains, il faut s'assurer de la fidélité des Canadiens et de leur enracinement dans la vallée du Saint-Laurent; les élites et le clergé contribuent, sciemment ou non, à cette double mission. Prenant naissance dans l'univers des chantiers, les soirs de fête, où les Canadiens français sont éloignés de leurs terres et de l'obligation d'observer les règles de la société, la chasse-galerie permet de renouer dans l'imaginaire avec le passé héroïque des voyageurs. C'est peut-être pourquoi notre version particulière des chasses fantastiques, thème récurrent dans le folklore européen, met en scène des joyeux lurons en canot, plutôt que des âmes errantes à cheval.

Honoré Beaugrand

La chasse-galerie

La légende qui suit a déjà été publiée dans La Patrie, *il y a quelque dix ans[1], et en anglais dans le* Century Magazine *de New York, du mois d'août 1892, avec illustrations par Henri Julien. On voit que cela ne date pas d'hier. Le récit qui suit est basé sur une croyance populaire qui remonte à l'époque des coureurs des bois et des voyageurs du Nord-Ouest. Les «gens de chantier» ont continué la tradition, et c'est surtout dans les paroisses riveraines du Saint-Laurent que l'on connaît les légendes de la chasse-galerie. J'ai rencontré plus d'un vieux voyageur qui affirmait avoir vu voguer dans l'air des canots d'écorce remplis de «possédés» s'en allant voir leurs blondes, sous l'égide de Belzébuth. Si j'ai été forcé de me servir d'expressions plus ou moins académiques, on voudra bien se rappeler que je mets en scène des hommes au langage aussi rude que leur difficile métier.*

H. B.

I

Pour lors que je vais vous raconter une rôdeuse[2] d'histoire, dans le fin fil; mais s'il y a parmi vous autres des lurons qui auraient envie de courir la chasse-galerie ou le loup-garou, je vous avertis qu'ils font mieux d'aller voir dehors si les chats-huants font le sabbat, car je vais commencer mon histoire en faisant un grand signe de croix pour chasser le diable et ses diablotins. J'en ai eu assez de ces maudits-là dans mon jeune temps.

---

1. La présente version du conte étant celle qui fut publiée par Beaugrand lui-même en 1900, l'auteur renvoie donc à une première parution dans la presse une dizaine d'années auparavant.
2. «Exprime le superlatif» (Louis-Alexandre Bélisle, *Dictionnaire général de la langue française au Canada*, 1974). Le conteur annonce donc une «sacrée» bonne histoire.

Pas un homme ne fit mine de sortir; au contraire tous se rapprochèrent de la cambuse où le *cook* finissait son préambule et se préparait à raconter une histoire de circonstance.

On était à la veille du jour de l'an 1858, en pleine forêt vierge, dans les chantiers des Ross[1], en haut de la Gatineau. La saison avait été dure et la neige atteignait déjà la hauteur du toit de la cabane.

Le bourgeois[2] avait, selon la coutume, ordonné la distribution du contenu d'un petit baril de rhum parmi les hommes du chantier, et le cuisinier avait terminé de bonne heure les préparatifs du fricot de pattes et des glissantes[3] pour le repas du lendemain. La mélasse mijotait dans le grand chaudron pour la partie de tire qui devait terminer la soirée.

Chacun avait bourré sa pipe de bon tabac canadien, et un nuage épais obscurcissait l'intérieur de la cabane, où un feu pétillant de pin résineux jetait, cependant, par intervalles, des lueurs rougeâtres qui tremblotaient en éclairant par des effets merveilleux de clair-obscur, les mâles figures de ces rudes travailleurs des grands bois.

Joe le *cook* était un petit homme assez mal fait, que l'on appelait assez généralement le bossu, sans qu'il s'en formalisât, et qui faisait chantier depuis au moins 40 ans. Il en avait vu de toutes les couleurs dans son existence bigarrée et il suffisait de lui faire prendre un petit coup de

---

1. Les frères Ross sont parmi les premiers entrepreneurs forestiers d'importance dans la vallée de la rivière Gatineau.
2. Le patron. Ici, probablement le chef de chantier, ou *foreman*, au service des Ross.
3. Boulettes de pâtes cuites dans le fricot, ou ragoût, de pattes de cochon.

jamaïque[1] pour lui délier la langue et lui faire raconter ses exploits.

II

— Je vous disais donc, continua-t-il, que si j'ai été un peu *tough* dans ma jeunesse, je n'entends plus risée sur les choses de la religion. J'vas à confesse régulièrement tous les ans, et ce que je vais vous raconter là se passait aux jours de ma jeunesse quand je ne craignais ni Dieu ni diable. C'était un soir comme celui-ci, la veille du jour de l'an, il y a de cela 34 ou 35 ans. Réunis avec tous mes camarades autour de la cambuse, nous prenions un petit coup ; mais si les petits ruisseaux font les grandes rivières, les petits verres finissent par vider les grosses cruches, et dans ces temps-là, on buvait plus sec et plus souvent qu'aujourd'hui, et il n'était pas rare de voir finir les fêtes par des coups de poings et des tirages de tignasse. La jamaïque était bonne, — pas meilleure que ce soir, — mais elle était bougrement bonne, je vous le parsouête[2]. J'en avais bien lampé une douzaine de petits gobelets, pour ma part, et sur les onze heures, je vous l'avoue franchement, la tête me tournait et je me laissai tomber sur ma robe de carriole pour faire un petit somme en attendant l'heure de sauter à pieds joints par-dessus la tête d'un quart de lard[3], de la vieille année dans la nouvelle, comme nous allons le faire ce soir sur l'heure de minuit, avant d'aller chanter la guignolée et souhaiter la bonne année aux hommes du chantier voisin.

---

1. Le rhum étant souvent originaire de Jamaïque, on utilise, par métonymie, le lieu d'origine pour désigner la boisson.
2. Je vous le jure ou je vous l'assure.
3. Le quart est un baril, qui sert ici à transporter le lard pour nourrir les bûcherons. Parmi les divertissements prévus pour le Nouvel An, on avait donc prévu une petite compétition de saut.

Je dormais donc depuis assez longtemps lorsque je me sentis secoué rudement par le boss des piqueurs[1], Baptiste Durant, qui me dit :

— Joe ! minuit vient de sonner et tu es en retard pour le saut du quart. Les camarades sont partis pour faire leur tournée et moi je m'en vais à Lavaltrie voir ma blonde. Veux-tu venir avec moi ?

À Lavaltrie ! lui répondis-je, es-tu fou ? nous en sommes à plus de cent lieues[2] et d'ailleurs aurais-tu deux mois pour faire le voyage, qu'il n'y a pas de chemin de sortie dans la neige. Et puis, le travail du lendemain du jour de l'an ?

— Animal ! répondit mon homme, il ne s'agit pas de cela. Nous ferons le voyage en canot d'écorce à l'aviron, et demain matin à six heures nous serons de retour au chantier.

Je comprenais.

Mon homme me proposait de courir la chasse-galerie et de risquer mon salut éternel pour le plaisir d'aller embrasser ma blonde, au village. C'était raide ! Il était bien vrai que j'étais un peu ivrogne et débauché et que la religion ne me fatiguait pas à cette époque, mais risquer de vendre mon âme au diable, ça me surpassait.

— Cré poule mouillée ! continua Baptiste, tu sais bien qu'il n'y a pas de danger. Il s'agit d'aller à Lavaltrie et de revenir dans six heures. Tu sais bien qu'avec la chasse-galerie, on voyage au moins 50 lieues à l'heure lorsqu'on sait manier l'aviron comme nous. Il s'agit tout simplement

---

1. Dans les chantiers, le piqueur entamait l'écorce des billots à coups de hache pour accélérer le travail des équarrisseurs.
2. La lieue est une unité de mesure ancienne qui correspond, ici, à un peu moins de cinq kilomètres.

de ne pas prononcer le nom du bon Dieu pendant le trajet, et de ne pas s'accrocher aux croix des clochers en voyageant. C'est facile à faire et pour éviter tout danger, il faut penser à ce qu'on dit, avoir l'œil où l'on va et ne pas prendre de boisson en route. J'ai déjà fait le voyage cinq fois et tu vois bien qu'il ne m'est jamais arrivé malheur. Allons, mon vieux, prends ton courage à deux mains et, si le cœur t'en dit, dans deux heures de temps nous serons à Lavaltrie. Pense à la petite Liza Guimbette et au plaisir de l'embrasser. Nous sommes déjà sept pour faire le voyage mais il faut être deux, quatre, six ou huit et tu seras le huitième.

— Oui! Tout cela est très bien, mais il faut faire un serment au diable, et c'est un animal qui n'entend pas à rire lorsqu'on s'engage à lui.

— Une simple formalité, mon Joe. Il s'agit simplement de ne pas se griser et de faire attention à sa langue et à son aviron. Un homme n'est pas un enfant, que diable! Viens! viens! nos camarades nous attendent dehors et le grand canot de la *drave* est tout prêt pour le voyage.

Je me laissai entraîner hors de la cabane où je vis en effet six de nos hommes qui nous attendaient, l'aviron à la main. Le grand canot était sur la neige dans une clairière et avant d'avoir eu le temps de réfléchir, j'étais déjà assis dans le devant, l'aviron pendant sur le plat-bord, attendant le signal du départ. J'avoue que j'étais un peu troublé, mais Baptiste qui passait, dans le chantier, pour n'être pas allé à confesse depuis sept ans ne me laissa pas le temps de me débrouiller. Il était à l'arrière, debout, et d'une voix vibrante il nous dit:

— Répétez avec moi!

Et nous répétâmes:

— Satan ! roi des enfers, nous te promettons de te livrer nos âmes, si d'ici à six heures nous prononçons le nom de ton maître et du nôtre, le bon Dieu, et si nous touchons une croix dans le voyage. À cette condition tu nous transporteras, à travers les airs, au lieu où nous voulons aller et tu nous ramèneras de même au chantier !

III

Acabris ! Acabras ! Acabram !

Fais-nous voyager par-dessus les montagnes !

À peine avions-nous prononcé les dernières paroles que nous sentîmes le canot s'élever dans l'air à une hauteur de cinq ou six cents pieds. Il me semblait que j'étais léger comme une plume et au commandement de Baptiste, nous commençâmes à nager comme des possédés que nous étions. Aux premiers coups d'aviron le canot s'élança dans l'air comme une flèche, et c'est le cas de le dire, le diable nous emportait. Ça nous en coupait le respire et le poil en frisait sur nos bonnets de carcajou.

Nous filions plus vite que le vent. Pendant un quart d'heure, environ, nous naviguâmes au-dessus de la forêt sans apercevoir autre chose que les bouquets des grands pins noirs. Il faisait une nuit superbe et la lune, dans son plein, illuminait le firmament comme un beau soleil du midi. Il faisait un froid du tonnerre et nos moustaches étaient couvertes de givre, mais nous étions cependant tous en nage. Ça se comprend aisément puisque c'était le diable qui nous menait et je vous assure que ce n'était pas sur le train de la *Blanche*. Nous aperçûmes bientôt une éclaircie, c'était la Gatineau dont la surface glacée et polie étincelait au-dessous de nous comme un immense miroir. Puis, p'tit à p'tit nous aperçûmes des lumières dans les maisons d'habitants; puis des clochers d'églises qui reluisaient comme des baïonnettes de soldats, quand ils font l'exercice sur le champ de Mars de Montréal. On passait ces clochers aussi vite qu'on passe les poteaux de télégraphe, quand on voyage en chemin de fer. Et nous filions toujours comme tous les diables, passant par-dessus les villages, les forêts, les rivières et laissant derrière nous comme une traînée d'étincelles. C'est Baptiste, le possédé, qui gouvernait, car il connaissait la route et nous arrivâmes bientôt à la rivière des Outaouais qui nous servit de guide pour descendre jusqu'au lac des Deux-Montagnes.

— Attendez un peu, cria Baptiste. Nous allons raser Montréal et nous allons effrayer les coureux qui sont encore dehors à c'te heure cite. Toi, Joe! là, en avant, éclaircis-toi le gosier et chante-nous une chanson sur l'aviron.

En effet, nous apercevions déjà les mille lumières de la grande ville, et Baptiste, d'un coup d'aviron, nous fit descendre à peu près au niveau des tours de Notre-Dame. J'enlevai ma chique pour ne pas l'avaler, et j'entonnai à tue-tête cette chanson de circonstance que tous les canotiers répétèrent en chœur:

Mon père n'avait fille que moi,
Canot d'écorce qui va voler,
Et dessus la mer il m'envoie:
Canot d'écorce qui vole, qui vole,
Canot d'écorce qui va voler!

Et dessus la mer il m'envoie,
Canot d'écorce qui va voler,
Le marinier qui me menait:
Canot d'écorce qui vole, qui vole,
Canot d'écorce qui va voler!

Le marinier qui me menait,
Canot d'écorce qui va voler,
Me dit, ma belle, embrassez-moi :
Canot d'écorce qui vole, qui vole,
Canot d'écorce qui va voler !

Me dit, ma belle, embrassez-moi,
Canot d'écorce qui va voler,
Non, non, monsieur, je ne saurais :
Canot d'écorce qui vole, qui vole,
Canot d'écorce qui va voler !

Non, non, monsieur, je ne saurais,
Canot d'écorce qui va voler,
Car si mon papa le savait :
Canot d'écorce qui vole, qui vole,
Canot d'écorce qui va voler !

Car si mon papa le savait,
Canot d'écorce qui va voler,
Ah ! c'est bien sûr qu'il me battrait.
Canot d'écorce qui vole, qui vole,
Canot d'écorce qui va voler !

IV

Bien qu'il fût près de deux heures du matin, nous vîmes
des groupes s'arrêter dans les rues pour nous voir passer,
mais nous filions si vite qu'en un clin d'œil nous avions
dépassé Montréal et ses faubourgs, et alors je commençai
à compter les clochers : la Longue-Pointe, la Pointe-aux-
Trembles, Repentigny, Saint-Sulpice, et enfin les deux
flèches argentées de Lavaltrie qui dominaient le vert
sommet des grands pins du domaine.

— Attention! vous autres, nous cria Baptiste. Nous allons atterrir à l'entrée du bois, dans le champ de mon parrain, Jean-Jean Gabriel, et nous nous rendrons ensuite à pied pour aller surprendre nos connaissances dans quelque fricot ou quelque danse du voisinage.

Qui fut dit fut fait, et cinq minutes plus tard notre canot reposait dans un banc de neige à l'entrée du bois de Jean-Jean Gabriel; et nous partîmes tous les huit à la file pour nous rendre au village. Ce n'était pas une mince besogne car il n'y avait pas de chemin battu et nous avions de la neige jusqu'au califourchon. Baptiste qui était plus effronté que les autres s'en alla frapper à la porte de la maison de son parrain où l'on apercevait encore de la lumière, mais il n'y trouva qu'une fille *engagère* qui lui annonça que les vieilles gens étaient à un *snaque* chez le père Robillard, mais que les farauds et les filles de la paroisse étaient presque tous rendus chez Batissette Augé, à la Petite-Misère, en bas de Contrecœur, de l'autre côté du fleuve, où il y avait un rigodon du jour de l'an.

— Allons au rigodon, chez Batissette Augé, nous dit Baptiste, on est certain d'y rencontrer nos blondes.

— Allons chez Batissette!

Et nous retournâmes au canot, tout en nous mettant mutuellement en garde sur le danger qu'il y avait de prononcer certaines paroles et de prendre un coup de trop, car il fallait reprendre la route des chantiers et y arriver avant six heures du matin, sans quoi nous étions flambés comme des carcajous, et le diable nous emportait au fin fond des enfers.

Acabris! Acabras! Acabram!
Fais-nous voyager par-dessus les montagnes!

cria de nouveau Baptiste. Et nous voilà repartis pour la Petite-Misère, en naviguant en l'air comme des renégats que nous étions tous. En deux tours d'aviron, nous avions traversé le fleuve et nous étions rendus chez Batissette Augé dont la maison était tout illuminée. On entendait vaguement, au dehors, les sons du violon et les éclats de rire des danseurs dont on voyait les ombres se trémousser, à travers les vitres couvertes de givre. Nous cachâmes notre canot derrière les tas de bourdillons qui bordaient la rive, car la glace avait refoulé, cette année-là.

— Maintenant, nous répéta Baptiste, pas de bêtises, les amis, et attention à vos paroles. Dansons comme des perdus, mais pas un seul verre de Molson, ni de jamaïque, vous m'entendez ! Et au premier signe, suivez-moi tous, car il faudra repartir sans attirer l'attention.

Et nous allâmes frapper à la porte.

V

Le père Batissette vint ouvrir lui-même et nous fûmes reçus à bras ouverts par les invités que nous connaissions presque tous.

Nous fûmes d'abord assaillis de questions :

— D'où venez-vous ?

— Je vous croyais dans les chantiers !

— Vous arrivez bien tard !

— Venez prendre une larme !

Ce fut encore Baptiste qui nous tira d'affaire en prenant la parole :

— D'abord, laissez-nous nous décapoter[1] et puis ensuite laissez-nous danser. Nous sommes venus exprès pour ça. Demain matin, je répondrai à toutes vos questions et nous vous raconterons tout ce que vous voudrez.

Pour moi j'avais déjà reluqué Liza Guimbette qui était faraudée par le p'tit Boisjoli de Lanoraie. Je m'approchai d'elle pour la saluer et pour lui demander l'avantage de la prochaine qui était un *reel* à quatre. Elle accepta avec un sourire qui me fit oublier que j'avais risqué le salut de mon âme pour avoir le plaisir de me trémousser et de battre des ailes de pigeon en sa compagnie. Pendant deux heures de temps, une danse n'attendait pas l'autre et ce n'est pas pour me vanter si je vous dis que, dans ce temps-là, il n'y avait pas mon pareil à dix lieues à la ronde pour la gigue simple ou la voleuse. Mes camarades, de leur côté, s'amusaient comme des lurons, et tout ce que je puis vous dire, c'est que les garçons d'habitants étaient fatigués de nous autres, lorsque quatre heures sonnèrent à la pendule. J'avais cru apercevoir Baptiste Durand qui s'approchait du buffet où les hommes prenaient des nippes de whisky blanc, de temps en temps, mais j'étais tellement occupé avec ma partenaire que je n'y portai pas beaucoup d'attention. Mais maintenant que l'heure de remonter en canot était arrivée, je vis clairement que Baptiste avait pris un coup de trop et je fus obligé d'aller le prendre par le bras pour le faire sortir avec moi en faisant signe aux autres de se préparer à nous suivre sans attirer l'attention des danseurs. Nous sortîmes donc les uns après les autres sans faire semblant de rien et, cinq minutes plus tard, nous étions remontés en canot, après avoir quitté le bal comme des sauvages, sans dire bonjour

---

1. Enlever les capots, ou grands manteaux.

à personne ; pas même à Liza que j'avais invitée pour danser un *foin*. J'ai toujours pensé que c'était cela qui l'avait décidée à me trigauder[1] et à épouser le petit Boisjoli sans même m'inviter à ses noces, la bougresse. Mais pour revenir à notre canot, je vous avoue que nous étions rudement embêtés de voir que Baptiste Durand avait bu un coup, car c'était lui qui nous gouvernait et nous n'avions juste que le temps de revenir au chantier pour six heures du matin, avant le réveil des hommes qui ne travaillaient pas le jour du jour de l'an. La lune était disparue et il ne faisait plus aussi clair qu'auparavant, et ce n'est pas sans crainte que je pris ma position à l'avant du canot, bien décidé à avoir l'œil sur la route que nous allions suivre. Avant de nous enlever dans les airs, je me retournai et je dis à Baptiste :

— Attention ! là, mon vieux. Pique tout droit sur la montagne de Montréal, aussitôt que tu pourras l'apercevoir.

— Je connais mon affaire, répliqua Baptiste, et mêle-toi des tiennes !

Et avant que j'aie eu le temps de répliquer :

Acabris ! Acabras ! Acabram !
Fais-nous voyager par-dessus les montagnes !

VI

Et nous voilà repartis à toute vitesse. Mais il devint aussitôt évident que notre pilote n'avait plus la main aussi sûre, car le canot décrivait des zigzags inquiétants. Nous ne passâmes pas à cent pieds du clocher de Contrecœur et

---

1. Tromper.

au lieu de nous diriger à l'ouest, vers Montréal, Baptiste nous fit prendre des bordées vers la rivière Richelieu. Quelques instants plus tard, nous passâmes par-dessus la montagne de Belœil et il ne s'en manqua pas de dix pieds que l'avant du canot n'allât se briser sur la grande croix de tempérance que l'évêque de Québec avait plantée là.

— À droite ! Baptiste ! à droite ! mon vieux, car tu vas nous envoyer chez le diable, si tu ne gouvernes pas mieux que ça !

Et Baptiste fit instinctivement tourner le canot vers la droite en mettant le cap sur la montagne de Montréal que nous apercevions déjà dans le lointain. J'avoue que la peur commençait à me tortiller, car si Baptiste continuait à nous conduire de travers, nous étions flambés comme des gorets qu'on grille après la boucherie. Et je vous assure que la dégringolade ne se fit pas attendre, car au moment où nous passions au-dessus de Montréal, Baptiste nous fit prendre une *sheer* et, avant d'avoir eu le temps de m'y préparer, le canot s'enfonçait dans un banc de neige, dans une éclaircie, sur le flanc de la montagne. Heureusement que c'était dans la neige molle, que personne n'attrapa de mal et que le canot ne fut pas brisé. Mais à peine étions-nous sortis de la neige que voilà Baptiste qui commence à sacrer comme un possédé et qui déclare qu'avant de repartir pour la Gatineau, il veut descendre en ville prendre un verre. J'essayai de raisonner avec lui, mais allez donc faire entendre raison à un ivrogne qui veut se mouiller la luette. Alors, rendu à bout de patience, et plutôt que de laisser nos âmes au diable qui se léchait déjà les babines en nous voyant dans l'embarras, je dis un mot à mes autres compagnons qui avaient aussi peur que moi, et nous nous jetons tous sur Baptiste que nous terrassons, sans lui faire de mal, et que nous plaçons ensuite au fond

du canot, — après l'avoir ligoté comme un bout de sau-
cisse et lui avoir mis un bâillon pour l'empêcher de prononcer des paroles dangereuses, lorsque nous serions en
l'air. Et:

Acabris! Acabras! Acabram!

nous voilà repartis sur un train de tous les diables, car
nous n'avions plus qu'une heure pour nous rendre au
chantier de la Gatineau. C'est moi qui gouvernais, cette
fois-là, et je vous assure que j'avais l'œil ouvert et le bras
solide. Nous remontâmes la rivière Outaouais comme
une poussière jusqu'à la Pointe à Gatineau et de là nous
piquâmes au nord vers le chantier. Nous n'en étions plus
qu'à quelques lieues, quand voilà-t-il pas cet animal de
Baptiste qui se détortille de la corde avec laquelle nous
l'avions ficelé, qui s'arrache son bâillon et qui se lève tout
droit, dans le canot, en lâchant un sacre qui me fit frémir
jusque dans la pointe des cheveux. Impossible de lutter
contre lui dans le canot sans courir le risque de tomber
d'une hauteur de deux ou trois cents pieds, et l'animal
gesticulait comme un perdu en nous menaçant tous de
son aviron qu'il avait saisi et qu'il faisait tournoyer sur
nos têtes en faisant le moulinet comme un Irlandais avec
son *shillelagh*[1]. La position était terrible, comme vous le
comprenez bien. Heureusement que nous arrivions, mais
j'étais tellement excité, que par une fausse manœuvre que
je fis pour éviter l'aviron de Baptiste, le canot heurta la
tête d'un gros pin et que nous voilà tous précipités en bas,
dégringolant de branche en branche comme des perdrix
que l'on tue dans les épinettes. Je ne sais pas combien je
mis de temps à descendre jusqu'en bas car je perdis

---

1. Bâton de marche traditionnel irlandais, également employé pour se
défendre.

connaissance avant d'arriver, et mon dernier souvenir était comme celui d'un homme qui rêve qu'il tombe dans un puits qui n'a pas de fond.

VII

Vers les huit heures du matin, je m'éveillai dans mon lit dans la cabane, où nous avaient transporté des bûcherons qui nous avaient trouvés sans connaissance, enfoncés jusqu'au cou dans un banc de neige du voisinage. Heureusement que personne ne s'était cassé les reins mais je n'ai pas besoin de vous dire que j'avais les côtes sur le long comme un homme qui a couché sur les ravalements pendant toute une semaine, sans parler d'un *blackeye* et de deux ou trois déchirures sur les mains et dans la figure. Enfin, le principal, c'est que le diable ne nous avait pas tous emportés et je n'ai pas besoin de vous dire que je ne m'empressai pas de démentir ceux qui prétendirent qu'ils m'avaient trouvé, avec Baptiste et les six autres, tous saouls comme des grives, et en train de cuver notre jamaïque dans un banc de neige des environs. C'était déjà pas si beau d'avoir risqué de vendre son âme au diable, pour s'en vanter parmi les camarades ; et ce n'est que bien des années plus tard que je racontai l'histoire telle qu'elle m'était arrivée.

Tout ce que je puis vous dire, mes amis, c'est que ce n'est pas si drôle qu'on le pense que d'aller voir sa blonde en canot d'écorce, en plein cœur d'hiver, en courant la chasse-galerie ; surtout si vous avez un maudit ivrogne qui se mêle de gouverner. Si vous m'en croyez, vous attendrez à l'été prochain pour aller embrasser vos p'tits cœurs, sans courir le risque de voyager aux dépens du diable.

Et Joe le *cook* plongea sa micouane[1] dans la mélasse bouillonnante aux reflets dorés, et déclara que la tire était cuite à point et qu'il n'y avait plus qu'à *l'étirer*.

---

1. Grande cuillère en bois ou en écorce.

Luc Lacoursière

Le 15 avril 1763, Marie-Josephte Corriveau avoue avoir tué son second mari, Louis Dodier, en lui assénant deux coups de hache pendant son sommeil : elle prétend, alors, avoir voulu mettre fin à ses violences. Le même jour, elle est condamnée à mort par les autorités britanniques. Elle sera pendue peu de temps après et son cadavre, logé dans une cage de fer, sera exposé publiquement à Pointe-Lévy pendant quelques semaines. La stupeur fait son chemin et la rumeur, en quelques générations de conteurs et d'écrivains, donne naissance à un personnage légendaire qui a connu et connaît toujours une incroyable fortune par les légendes, la chanson, le roman, la scène et le cinéma. Dans les multiples récits où elle apparaît, la Corriveau tue jusqu'à sept maris de multiples façons, hante les lieux de son supplice, fréquente le diable et séduit les jeunes hommes égarés pour les débaucher, le temps d'une folle nuit de danse sur les rives de l'île d'Orléans[1] ! Nous présentons ici l'une de ces versions, recueillie au début des années 1950 par l'éminent folkloriste Luc Lacoursière.

---

1. Pour connaître le fait historique avant la légende, on se référera encore à Luc Lacoursière (1910-1989), auteur de l'article sur Marie-Josephte Corriveau du *Dictionnaire biographique du Canada* (voir « CORRIVEAU, Marie-Josephte », sur http://www.biographi.ca). Je propose également aux plus curieux la lecture de deux de ses articles : « Le triple destin de la Corriveau » (1968) et « Présence de la Corriveau » (1973), dont les références complètes figurent en bibliographie. Pour les fictions écrites, il faut au moins connaître le chapitre 4 du roman *Les anciens Canadiens* de Philippe Aubert de Gaspé père et « Une relique – La Corriveau » de Louis Fréchette. Plus près de nous, après avoir prêté l'oreille aux chansons *La Corriveau* (Gilles Vigneault, interprétée par Pauline Julien) et *La corrida de la Corriveau* (Mes Aïeux), on peut s'arrêter aux romans d'André LeBel (*La Corriveau*) et de Monique Parizeau (*La fiancée du vent*), de même qu'à l'anthologie *Il était cent fois la Corriveau* de Nicole Guilbeault (1995).

Luc Lacoursière

La Corriveau

La Corriveau, c'était une méchante femme. A mariait autant d'hommes comme elle était capable d'en trouver. Elle en a marié six. Le premier, il était après étriller son cheval, et puis elle a pris un broc pour... tasser (ramasser) l'engrais. Pis a lui en a envoyé un coup par la tête. Il a tombé à terre sour le cheval. Le cheval a eu peur. Ça fait que le cheval l'a rué. Il était mort. Rien qu'assommé avec le broc, c'était assez. Là, elle a couru vitement chercher du monde. Et puis le monde sont venus, puis ils ont ramassé son mari sour le cheval. C'était bien entendu que c'était le cheval qui l'avait tué.

Aussitôt, pas longtemps après, a s'était fait' un autre cavalier, pis a s'est remariée. Là, celui-là, a était tannée de lui ; a voulait en avoir un autre. A lui a coulé du plomb dans les oreilles. Avant de s'coucher a lui avait donné un bon coup, un bon verre d'eau d'endormitoire pour l'endormir. Aussitôt qu'il a été endormi, elle a pris du plomb qui bouillait là, puis a y a envoyé dans les oreilles. Ça fait qu'il est mort, ça a pas été long. Et puis là, ben, i' était mort. Alle a fait' comme le premier. A l'a fait enterrer.

Lui fallait un troisième ensuite. Le troisième lui, a y a planté une grande aiguille au cœur. Pour commencer à ieux donnait toujours un verre d'eau d'endormitoire quand a voulait s'en débarrasser le soir. A lui a donné un verre d'eau d'endormitoire, pis il s'est couché ben endormi. Aussitôt qu'il a été couché a lui a envoyé une aiguille au cœur. Alle a eu le temps de la placer comme il faut pour le faire mourir. Ça pas été long non plus. Lui, il est mort pas longtemps après. Alle a fait' comme les premiers.

Le quatrième, lui, a y a donné du vert de Paris[1] assez fort, de la poison assez forte, [qu'] après avoir pris sa dose là, il s'est pas réveillé. Il s'est endormi pis il a resté endormi.

Puis l'autre, lui, ensuite, le cinquième, alle lui a envoyé une épingle, une grande épingle à chapeau dans le cerveau, dans la tête. A lui a envoyé une grande épingle à chapeau. Il est mort lui aussi.

Et puis le sixième, lui, alle l'a étouffé. A lui a passé une corde dans le cou pis a l'a passée au travers du mur puis alle l'a étouffé. Finalement quand alle est revenue d'en arrière de la maison, quand alle est revenue dans la maison, il était ben mort ben étouffé. Ça, c'a été son sixième.

Le septième lui, il a dit : «Moé, je me marierai avec elle, mais i' dit, j' déclarerai ben quoi c'qua fait de ses maris. C'est une affaire, c'est certain qu'a les fait mourir.» Ça fait qu'il s'est marié avec elle. Au bout de quelque temps, a commençait à s'en tanner étou, a y a greyé un coup chaud, le soir avant de se coucher, d' l'eau d'endormitoire. A y a donné. I' dit :

— Ah! ben, i' dit, j' sus ben content. A soir, i' dit, j' m'endors assez, ça c'a va m'endormir. I' dit, t'es ben smatte.

Il a pris son verre, et puis il a attendu qu'alle aye le dos viré un peu, pis il l'a répandu, il l'a jeté, soit sur le lit ou bien… Il l'a répandu, dans tous les cas. Puis il a pris le verre, pis il a fait semblant de l'égoutter dans sa bouche, pis il y a redonné. Alle était contente. A pense : «Ça r'tardera pas, il va dormir».

---

1. Arsenite de cuivre.

Ça fait que là, a voulait l'étouffer encore celui-là, pareil comme alle avait fait' de l'autre. Alle a pris sa corde pis a y a amanché un nœud coulant dans le cou. Lui dormait, i' ronflait, i' faisait le dormeux ; i' ronflait puis a le bordassait tranquillement ; a y mettait sa corde autour du cou ben arrangée ; puis a passe la corde, [par] la porte dans le mur ; puis alle arrange ça comme il faut ; puis a s'en va par dehors, derrière la maison. Puis a commence à haler sus la corde. Ça fait que lui, quand il l'a vue sortir dehors, il s'est ôté la corde d'dans le cou, puis il l'a mis' dans un oreiller. Comme de raison qu'a n'a [pas] eu connaissance. Quand alle a commencé à haler sur la corde un peu, il s'est mis à :

Euh ! Euh ! Euh !

Il tirait sus l'oreiller, il tirait sus l'oreiller en criant. Ça 'a pas été long, i' a arrêté. Il faisait voir qu'il étouffait. I' dit, j'lui tiens la tête, celui-là.

Quand alle a halé, ben halé sus l'oreiller là, que rien grouillait dans la maison, alle a rentré pour voir si il était ben mort. Et puis lui, il s'était caché derrière la porte. Après :

— Comment, i' dit, t'as voulu m' tuer ?

— Comment, mais a dit, t'es pas mort ? A dit comment ça s' fait ça ?

— Ben, i'dit j'ai été plus fin que toé, i' dit, tu vois, asteur, je vais être obligé de te déclarer.

Ça fait que là, ben, je crois ben qu'ils ont pas eu grandes amitiés ensemble ce soir-là. Il l'a déclarée. C'était le septième. Là, ils 'n ont r'levés qui avaient été enterrés. Puis ils ont toute trouvé avec quoi c'qu'a les avait empoisonnés, comment c'qu'ils étaient morts. Et puis là, ben, ça s'est mis à se parler. A fallu qu'ils l'ayent mis' à mort.

Dans c' temps-là, les créatures, ils en pendaient pas beaucoup. Ils les faisaient mourir autrement. Ils en pendaient pas beaucoup. Ça fait qu'elle, ils ont trouvé qu'après avoir tué sept [sic] maris, a méritait d'être encagée. Ils lui ont fait' une grand' cage de fer, et puis ils l'ont accrochée au côté d'un chemin, du grand chemin qui descend à Québec là. Et puis ils l'ont accrochée par la margoulette avec un crochet de fer. Ils lui ont passé un crochet de fer dans la margoulette et puis ils l'ont accrochée là. Puis alle est morte là.

Là, alle y a resté longtemps. Il était venu un temps qu'elle avait les os séchés par l'air, le soleil, par la pluie, le beau temps et le méchant temps. Et puis la chair tombait comme de raison en séchant. Et puis la cage criait, la cage criait : « *ein, ein ein* ». Ça fait qu'ils se sont plaints au conseil. Et puis ils ont obligé le conseil de la ôter de d'là. Alle a été là ben longtemps, mais j'sus pas capable de dire comment d'années. Alle a été là ben longtemps. Là le conseil a demandé pour la faire enterrer. Là, ils l'ont faite enterrer, j' sais pas où c'est.

Et puis après ça, ben ils avaient faite une histoire. Mon défunt père passait par là et puis il avait peur. Rendu dans Beaumont là, à peu près où c'est qu'alle a été, qu'à restait là, i' v'nait de la ville puis il était ben chaud. Et puis tout d'un coup il entend dans sa voiture, les roues ça faisaient tic tac, tic tac, tic tac, il dit : « Quoi c'est qu' c'est là ? Ça se brise-t-i', comment ? » Ça fait qu'il avait sa bouteille à ras lui, il prend sa bouteille, puis il en prend un bon coup. I' débarque puis il se met à r'gârder quoi c'qu'y avait dans les roues. I' s' met à examiner ça. Y avait rien dans les roues. I' rembarque i' fait encore un p'tit boute.

— Ah ! i' dit, c'est toé, la Corriveau, là qui viens m'agacer là, c'est toé là. Ah ! i' dit, j'ai pas peur de toé.

Fait encore un p'tit boute; encore tic tac; i' part, puis ça r'augmentait. Toujours qu'i' débarque encore une fois puis il prend encore un bon coup du p'tit rhum rouge là; il r'gârde autour de la voiture, y avait rien. Sa jument s'appelait Gravelle. Ça fait qu'i' dit : « Gravelle, allons-nous-en, Gravelle ».

Ça fait qu'i' rembarque dans sa voiture. Là, la jument est pas capable de partir. Ça bloquait ses roues. La jument partait pas. « Ah! ben, i' dit, j' m'as rester icite ». Il dételle sa Gravelle, i' la met au côté du chemin. I' dit : « Y a un beau p'tit fosset, i' dit, icite, tu boiras là-dedans. I' dit, laisse-moi pas, j' m'as me coucher pis j' m'as dormir. »

Là, i' s' couche. I' était dans les bleus, comme de raison, il était ben chaud, ben chaud. I' prend une bonne gorgée encore avant de se coucher, de son p'tit rhum rouge. Et puis là, il s'endort, puis il rêve à la Corriveau. Là, la Corriveau arrive et puis a se met après lui, et puis : « Viens m' traverser sur l'île d'Orléans. Faut que j'aille danser avec mes amis. Tiens r'garde ». A lui montrait l'île d'Orléans. L'île d'Orléans était toute en lumière, et puis ça dansait sur l'île d'Orléans. Ça, il rêvait ça, comme de raison. A dit :

— Moé, j' peux pas passer le Saint-Laurent, a dit, le diable me conduit partout où c'que je veux aller. Mais, a dit, pour passer le Saint-Laurent, le diable a pas droit; il est pas capable de me passer sur son dos, parce que le Saint-Laurent est béni. Viens me passer toi, t'es capable.

Il passe le restant de la nuit avec la Corriveau. Il fait des beaux rêves à son goût. Le lendemain matin, il se réveille; le p'tit jour commençait à paraître. I' dit :

— Où c'est que j' sus ? — Dans Beaumont, dans Beaumont.

Ça fait qu'il r'garde sa jument au côté du chemin. A
mangeait tranquillement et puis, lui, i' r'garde sa voiture.
Y avait rien de dérangé. Tout était correct. Mais là, la peur
le prend; là il a eu bien plus peur que la nuit dernière. Là,
i' rembarque dans sa voiture, et puis il s'en va chez-eux.
Quand il arrive chez-eux — il restait à Saint-Gervais, ce
beau-père-là, ce défunt père-là, il restait à Saint-Gervais
— quand il arrive à Saint-Gervais, il ose pas en parler à
ses parents. Ça été quinze jours, trois semaines après qu'il
a eu c'tte peur-là, là, qu'il a conté ça à sa famille. Avant ça,
il osait pas d'en parler; il avait honte.

Et puis après ça ben, j' sais pas là, i a pas r'tourné
rester avec elle; ni qu'il a rêvé à elle. Il n'a pas parlé. Ça été
fini d'en parler là.

Clément Légaré

Dans les années 1970, Clément Légaré, professeur de linguistique à l'Université du Québec à Trois-Rivières, recueille «Tit-Jean, voleur de géants» de la bouche même d'un conteur de Lac-Bouchette (Saguenay-Lac-Saint-Jean) nommé Héraclius Côté. Bien qu'il se classe nettement parmi les contes «merveilleux pur» (le géant, son soleil ou ses bottes de sept lieues ne semblent pas particulièrement extraordinaires aux yeux des personnages), le conte présente malgré tout plusieurs caractéristiques communes aux récits décrits ci-dessus, notamment en ce qui a trait à la représentation de la société traditionnelle où le sens de l'hospitalité et l'ardeur au travail sont valorisés. Le personnage du roi, loin d'évoquer un Charlemagne ou un Louis XIV, rappelle plutôt les William Price, Peter McLeod ou Charles King, rois industriels de la forêt au XIXᵉ siècle: «Il faisait la culture. Il employait beaucoup de monde. Et puis, à part ça, il y avait des lots de bois, il faisait du bois, il vendait ça. [...] Dans ce temps-là, les gens riches, ils les appelaient les rois.» (voir p. 83). De même, une certaine méfiance à l'endroit de l'étranger y est palpable: la réaction des travailleurs à l'embauche de Tit-Jean peut se comparer à la description d'Hubert Sauvageau dans *Le loup-garou* ou à l'arrivée de l'étranger dans le conte éponyme.

Tit-Jean, voleur de géants

UNE FOIS, c'était une paroisse, une famille, là, où il y avait un gars qui était marié. Il avait sept, huit enfants, plusieurs garçons. Et puis il y en avait un, le dernier de la famille, qui s'appelait Jean. Jean, c'était un jeune homme intelligent. Il aimait à voir du pays. Sortir de son écaille. On sait bien, dans les petites paroisses là où on vit, on apprend pas grand-chose, surtout dans ce temps-là. C'était encore pire qu'aujourd'hui.

Quand il est *devenu* à l'âge de dix-huit, dix-neuf ans, il demande à son père:

— Moi, je veux partir d'ici.

— Où est-ce que tu veux aller?

— Ah! aller voir du pays. Je m'ennuie comme ça.

— Bien, *cout donc*, tu es rendu à vingt ans, mettons. Et puis tu vas peut-être bien trouver ça dur, loin de la famille. Tu auras peut-être pas toujours de l'argent dans tes poches.

— Oui, mais je vas travailler, je vas me trouver de l'ouvrage. Il y en a en dehors de l'ouvrage aussi. Et puis je travaillerai. Puis quand j'aurai de l'argent de gagné, bien je ferai encore un bout. Et puis quand je me trouverai encore de l'ouvrage, je travaillerai encore, encore plus loin. Je vas faire de *même* tout le temps, jusqu'au temps que je revienne. Je dis pas que je vas partir pour plus revenir, non! Mais je veux voir du pays.

— Ah bien, *cout donc*, puisque tu le veux. Tu seras toujours admis ici, à la maison, quand tu reviendras, à moins qu'on soit disparu. Mais il va y avoir encore des frères, jamais je croirai. Il y en a quelques-uns qui sont mariés, qui vivent pas loin, mais ils vont peut-être bien s'éloigner aussi, eux autres. Mais tout de même, fais ce que tu voudras.

— Bien, c'est très bien, papa. Je vous remercie. Je suis pas mal certain de revenir. C'est mon intention.

Il se prépare tranquillement. Il se *grèye* du linge pour plusieurs temps. Dans ce temps-là, bien, hein, ils *embarquaient* ça dans une poche de coton, puis ils attachaient ça avec une *strappe* sur les épaules.

Il est parti un bon matin :

— Bonjour, papa, maman, mes frères, bonjour, mes sœurs.

Ah ! ils lui souhaitent tous bonne chance. Puis il est parti. Ça file, ça marche. Ah ! marche jusqu'au midi. À midi, bien, il trouve ce qu'il faut pour (se)[1] faire à manger. Et ensuite, il marche encore. C'est bien beau de marcher puis de marcher, mais c'est pas toujours intéressant. Le soir, il couchait dans des maisons. Dans bien des maisons, ils lui chargaient pas une *cent* le lendemain, puis ils lui avaient donné à manger.

Bien, ça lui donnait la chance de faire encore quelques jours en attendant de se trouver de l'ouvrage. Finalement, quand il se trouvait de l'ouvrage, il travaillait. Il pouvait travailler un mois, même plus, à la même *place*, quand c'était assez payant. Quand il avait de l'argent, il allait encore plus loin. Mais, pour en finir avec notre histoire, il est rendu déjà loin.

---

1. Les parenthèses sont de l'édition originale ; elles indiquent les modifications faites par le transcripteur.

Ça fait au moins un an qu'il est parti de *chez eux*. Un jour, il est arrivé dans une grosse ville. Il en avait entendu parler un peu. Là où est-ce que vivait un roi qui avait plusieurs lots de terre, au moins de sept à huit, si c'est pas plus, qui étaient faits d'un bout à l'autre. Il faisait la culture. Il employait beaucoup de monde. Et puis, à part ça, il y avait des lots de bois, il faisait du *bois*, il vendait ça. Le roi, on sait bien, employait beaucoup de monde. Lui, il vivait comme un roi. — Dans ce temps-là, les gens riches, ils les appelaient les rois.

Finalement, il est rendu dans cette ville-là. Il y avait beaucoup de monde. Il s'en va frapper à la porte du château. Pan ! Pan ! Pan !

— Entrez !

Il rentre :

— Bonjour, monsieur.

— Bonjour, monsieur.

— Est-ce que c'est vous qui êtes le roi, le roi Jean ?

— Bien oui, c'est moi.

— Moi, je m'appelle Jean aussi.

Jean, si on veut… quelque Tremblay ou Potvin, je le sais pas trop quel est son nom de famille.

Finalement il dit :

— Assoyez-vous.

Jean *s'assit*. Il parle avec le roi :

— Moi, je me cherche de l'ouvrage, cher monsieur. Si vous aviez de l'ouvrage à me donner, ah ! je serais bien content de travailler pour vous. Et puis, il me semble, je vous donnerais un bon service. J'aime l'ouvrage. Ça dépend de quelle sorte d'ouvrage que vous allez me donner.

— Bien, dans le moment, il me manquerait un
foreman — comme dans ce temps-là on l'appelait — pour
conduire les hommes que j'ai. J'en ai au moins vingt-cinq.
Et puis que ça travaille d'un *bord* à l'autre. Mais tu es
jeune pour prendre la *job* de *foreman*.

— Oui, je suis pas vieux, mais je suis capable de le
faire. Je connais ça, la culture. Et puis, je connais le bois
et puis je suis capable de vous donner un service qui va
vous payer, monsieur, quand même je serais jeune.
Essayez-moi un peu, là, pendant quelques mois. Si je fais
pas votre affaire, bien, vous direz : « Mon cher ami, on va
te donner une autre *job*. Tu vas travailler, je veux bien
croire, mais tu seras plus *foreman* : tu dirigeras plus les
autres. On va essayer d'en placer un autre. »

— Bien, très bien, monsieur, très bien. Tiens ! — (Il dit
à) une servante, là — Va lui montrer une telle chambre,
là, dans la cour du château. Ça va être sa chambre.

*Ça fait qu'*il monte son bagage, puis il s'installe dans
cette chambre-là. Il est bien joyeux, bien content d'avoir
frappé, à un moment donné, une *job* de *même*, mais, on
sait bien, vingt, vingt-cinq hommes à conduire, il va y en
avoir de plus vieux que lui, parce qu'il est jeune. En tout
cas.

Il aperçoit sur la *galerie*, par le *châssis*, une belle
femme, femme ou fille. Il le sait pas si ça serait la femme
du roi. Pourtant elle a l'air jeune. Ça peut être sa fille : elle
serait la princesse. Tu sais bien qu'il la trouve de son goût,
hein !

Il se passe une *secousse*[1]. Finalement, ça vient l'heure
du soir. On se couche. Le lendemain matin, il prend
l'ouvrage. Le roi dit à ses hommes :

---

1. Un certain temps.

— Vous allez avoir un *foreman* nouveau. Il est jeune, mais écoutez-le : faites ce qu'il vous enseignera de faire. Mais vous connaissez ce que vous avez à faire, c'est pas d'aujourd'hui que vous travaillez *icite*, mais seulement, des fois, ça change un petit peu les choses, un changement d'hommes ; ils ont d'autres idées, mais ça *vient,* des fois, on pourrait dire, peut-être bien meilleur. Ça s'améliore tous les jours. *Ça fait que* les hommes ont dit :

— *Cout donc* ! Puisque vous le voulez. C'est un jeune, on va l'accepter.

Mais il y en a qui discutaient un peu, pas trop fort. Ils maugréaient ; ils étaient pas trop contents :

— Il aurait dû choisir un de nous autres pour être *foreman.* Ça fait assez longtemps qu'on travaille pour eux autres.

Puis il y en a qui restaient pas au château. Ils avaient une famille, ils avaient des maisons de bâties, puis ils restaient dans leurs maisons. Ils avaient des enfants. Mais tout de même.

Ça fait que le jeune prend l'ouvrage et puis il fait une belle *façon* à tout le monde. Le monde le trouve de son goût. Il a l'air, mon ami, d'être renseigné pas mal. Il prend bien les choses et puis il fait bien ça. Mais ça *file*, ça *file* : un mois, deux mois, trois mois. Le roi, il est enchanté de son *foreman.* Ah ! il demande pas mieux.

Mais Tit-Jean a rencontré la princesse. Un bon jour, il s'est assis sur la *galerie* ; elle était assise là. Il se met à lui parler. Puis ça *jase* jusqu'à l'heure — c'était le soir après *souper* — jusqu'à l'heure du coucher. *Ça fait que,* le lendemain, on continue l'ouvrage, mais le soir on se rencontre encore. Finalement, on se rencontre tous les jours, puis on se parle. La princesse a l'air à le trouver bien de son goût. Lui aussi. Il y en a qui en étaient jaloux, ils ont dit :

— Il est chanceux cet animal-là. Il a *frappé* une bonne *job*. Et puis, ça a l'air que la princesse, bien, elle lui fait de l'œil *épouvantable*.

Mais ils osaient rien lui dire, à lui, on sait bien, ça se disait de *même* entre eux autres. Il y en a toujours qui sont mécontents.

Ça *file* de *même* pendant encore, on pourrait bien dire, un an qu'il *jasait* avec la princesse, même qu'il avait demandé pour *sortir* avec elle. Et puis le roi leur accordait à tous les deux de partir avec le carrosse, deux chevaux attelés dessus. Ils allaient faire une promenade dans la ville, puis dans la campagne. Ils pouvaient être quatre, cinq heures partis. Ils s'en revenaient. Ils vivaient, mon ami, comme des bourgeois. Le roi était content de ce jeune homme-là. Mais ses hommes étaient pas si contents. Il y en avait qui étaient *assez* jaloux : ils auraient voulu le faire mourir. Il y en a un, parmi la *gang* de ses hommes (qui) s'appelait Alfred. Il dit :

— Écoutez, mes amis, on travaille comme des fous, et puis on est rendu assez vieux qu'on devrait avoir une belle *job* comme lui, le *foreman*, qui se promène avec la princesse, puis on le ferait pas *détruire* ? On va dire au roi que Tit-Jean s'est vanté qu'il était capable d'aller chercher le soleil du géant.

— Comment, il y a un géant par ici ?

— Bien oui, vous le savez. Il y a un géant qui est déjà venu ici chez le roi, puis il a fait un gros massacre. Ça fait longtemps, il en parle de temps en temps. Ça a pas arrivé à lui, mais à son père. *Ça fait qu'*il peut bien revenir, le géant, mais probablement c'est un descendant de l'autre géant qui est (déjà) venu. On le sait pas trop. Ils vivent toujours pas des mille ans, ces géants-là, ils doivent vivre rien que comme les autres. Mais on va lui dire que Tit-Jean se vante de tout ça : qu'il serait capable d'aller chercher le soleil du géant.

— Bien, ils ont dit, on peut bien essayer. On va s'en débarrasser, *d'abord* il pourra pas l'avoir, le géant. C'est pas drôle de lui ôter quelque chose d'entre les mains ; il sera peut-être pas reçu, lui, en riant.

On emmène ça au roi, puis on a l'air bien convaincu de la chose : Jean s'est vanté de ça. Le roi, ça, le géant, il en était inquiet. Il avait toujours peur qu'il vienne faire quelque massacre encore dans sa ville, à son château, comme, il y a plusieurs années, il y en a un qui était venu.

Finalement, le roi, après qu'il a su ça comme il faut, il a pensé à son affaire. Il rencontre Jean :

— Écoute, Jean, j'ai quelque chose à te *parler*.

— Ouais ! qu'est-ce que vous avez ? Vous êtes pas content de mon ouvrage ?

— Ah ! oui, je suis bien content. Tu fais ça comme un monsieur, mais tu te vantes, hein ?

— Comment ? me vanter (moi) ?

— Bien oui, il paraît que tu serais capable, toi, d'aller chercher le soleil du géant. — On appelle ça un soleil, mais c'est une lumière que le géant avait inventée. Ça ressemblait à un soleil tellement que ça éclairait loin, puis c'était bien beau à voir d'après ce qu'on entendait dire. — *Ça fait que*, il dit, tu vas aller chercher ce soleil-là.

— Écoutez un peu, là! Vous allez me donner de l'argent pour lui en donner?

— Non. Il faut que tu sois capable de l'enlever de *même*, sans lui donner aucune *cent*. Ou bien tu vas être mis de côté.

On sait bien que ça le désappointe pas mal. Ça le désappointe assez que ça le met dans l'inquiétude; *assez* que la fille qui *sortait* avec, la princesse, lui dit:

— Mon Jean, tu vas toujours bien dire ce que tu as.

— Ah! je serais prêt à conter ça. Je le sais pas qu'est-ce qu'il y a eu. Pour moi il y a des jaloux. Ton père veut que j'aille chercher le soleil du géant. Je sais pas où il reste, ce géant-là; j'en connais rien, Puis, moi, partir d'ici, ça me coûte, je t'aime! Je voulais que tu *fasses ma femme*. J'en demande gros. Je te l'ai déjà fait voir un petit peu.

Elle dit:

— Oui, je m'y attendais. Puis, je voudrais bien que tu *fasses mon mari* aussi.

Il voudrait pas laisser le château pour bien de quoi, mais, suivant les ordres du roi, il fallait obéir. (Sinon) le roi pouvait le mettre en prison. C'est lui, le maître, c'est lui qui gouverne ses hommes puis tout le territoire qu'il a. On lui joue pas comme ça dans la face.

On sait bien que Tit-Jean est mal pris avec ça. Mais ça fait deux, trois jours, quatre, cinq jours de ça qu'il songeait: il en dormait quasiment pas des nuits. Mais, un bon matin, il dit:

— Oui, je vais y aller! S'il y en a un géant, je vais le trouver. Si je suis capable de faire quelque chose, je vais le faire. Si je suis pas capable, bien, mon *doux*, vous allez finir toujours par en entendre parler.

On sait que la petite princesse avait les larmes aux yeux : ça lui coûtait de le voir partir aussi. Tit-Jean dit :

— Je pars même tout de suite, aujourd'hui. J'attends pas à plus tard.

Il lui donne un bon *bec*, il monte à sa chambre, *grèye* son linge puis psitt. Il est parti. Il en dit pas plus long que ça à personne. *Ça fait que*, les *travaillants* eux autres, ils ont dit, en eux autres mêmes :

— Où est-ce qu'il est allé, Jean ?

Ceux qui avaient parlé, bien, ils étaient contents de ça, qu'il soit parti. Le roi, il nomme un autre homme pour diriger.

Tit-Jean marche, marche jusqu'au soir bien tard. Puis rendu à une maison, il demande à coucher. — Il avait de l'argent sur lui. — Le maître de la maison dit :

— Bien oui, mon cher monsieur.

— Je vas pouvoir manger à votre table ?

— Certainement.

— Je suis capable de vous payer, monsieur.

*Ça fait qu'*on *soupe* et puis, après le *souper*, on parle ensemble. Il est intéressant à entendre parler : pour un jeune homme, il était renseigné et puis il est intelligent, aimable. Finalement, on se couche pas trop tard : vers les dix heures. Le lendemain, assez de bonne heure, quand il vient pour (quitter).

— Bon, *comment* est-ce que je vous dois, monsieur ?

— Pas une *cent* !

— Bien, voyons ! vous m'avez donné à manger, à coucher, puis je suis pas un *quêteux*, vous savez !

— Non, non, je veux bien croire, mais ça m'a inté-ressé : on a *jasé* ensemble. Non, non, ça te coûte pas une *cent*. C'est rien.

— Bien, je vous remercie, monsieur.

Il prend le chemin, puis il *file*. Marche encore. Marche toute la journée. Marche le lendemain. Marche trois jours. Marche cinq jours. Marche dix jours. Marche, puis marche. Il couchait dans les maisons. Des fois il payait un peu, mais, la plupart des fois, il payait rien. Ils voulaient pas (le faire payer).

Un bon jour, il rentre dans une maison. Il demande à loger encore. Finalement, c'est fait. On parle d'un géant qui vit à un certain bout d'ici. Eux autres, ils le voyaient de temps en temps.

— Pensez-vous que c'est un homme difficile à approcher ?

— Non ! Moi, je sais bien qu'il a une figure sévère, mais je lui ai déjà parlé. J'ai pas eu peur de lui du tout. Il est gros. Ah ! c'est un colosse. Il pèse sept cent cinquante *livres*.

— Ah ! vous me faites des peurs. Sept cent cinquante ! C'est pas un cheval.

— Bien, je l'ai pas pesé, mais il est gros, il est grand. Vous allez le voir, si vous êtes parti pour y aller, parce que je pense bien qu'*à soir* vous allez être rendu *chez eux*.

— Oui ! dans ce cas-là, je crois bien que demain matin je vas partir de bonne heure pour essayer de me rendre là. Je sais pas si je vas coucher là, mais je vas demander. Je vas toujours lui parler, puis essayer de jouer mon tour. Je le sais pas trop comment ça va aller.

— Eh ! monsieur, je pense bien que s'il vous met la main sur le corps, sur la caboche, vous vivrez pas vieux.

— Oui, mais, j'ai pas dessein de me faire *poigner* la caboche, ni de me faire mettre la main sur le corps. En tout cas, on va se coucher, je crois bien. Il est déjà pas mal tard : dix heures et quart. Ah ! c'est grand temps, si je veux me lever à cinq heures, demain matin, pour partir à six heures.

Ils s'en vont se coucher.

Le lendemain matin, le bonhomme se lève de bonne heure aussi. Tout le monde *déjeune*.

— *Comment* je vous dois ?

Ça se règle, c'est pas long.

–Ah ! c'est rien, c'est rien. Tu reviendras si ça *adonne*.

Finalement, il est parti. Puis marche, marche, marche. D'après ce que le vieux lui avait raconté : c'est vrai qu'il arriverait pas tard *à soir*. Il dit :

— Ça ressemble un peu à ce qu'il m'a conté.

Vers trois heures et demie de l'après-midi, il est rendu à la porte de la bâtisse du géant. Une grosse bâtisse en pièces ; elle était grande et grosse. Il frappe à la porte. Ça vient ouvrir.

— Bonjour, monsieur.

Tit-Jean reste surpris de voir ce géant, hein ! Il était gros ; il avait les pieds longs de *même* ! Le géant dit :

— Rentrez, monsieur, rentrez !

Tit-Jean rentre. Puis le géant lui donne une chaise. Il s'assoit puis il parle avec lui. Mais il était resté un peu surpris malgré qu'il eût été prévenu un peu. Il voulait pas le croire : il est gros, il est surprenant.

— Qu'est-ce que vous faites, vous, monsieur, dans la vie ?

— Ah, je marche, je me promène, je vas voir du pays. Je travaille d'un *bord* à l'autre. Et puis quand j'ai de l'argent de ramassé, je fais encore un bout, puis ah! je veux voir du pays. Là bien, j'ai entendu parler de vous. J'avais décidé de venir ici. Voir ça. Vous êtes seul?

— Oui, non, bien, comme c'est là, je suis tout seul, mais j'ai ma mère avec moi. Pas de femme, pas d'enfants. J'ai ma mère.

— Ah! et puis où est-elle votre mère?

— Bien là, elle est allée faire un petit tour, je sais pas trop où, mais elle va être ici *à soir*, à l'heure du *souper*, *certain*.

— Serait-il possible de coucher ici? De manger?

— Bien, je le crois bien. Ma maman est encore assez capable pour ça.

Finalement, c'est décidé. Et puis la bonne femme est arrivée bien joyeuse.

— Bonjour, monsieur.

— Bonjour, madame.

On se met à parler de différentes choses. À l'heure du *souper*, on *soupe*. À l'heure du coucher, on se couche.

Le lendemain matin, de bonne heure, Tit-Jean *watche*. Le géant avait sorti son soleil, le matin, bien de bonne heure, avant que le soleil se lève. Il avait sorti ça dehors, sur la *galerie*, puis ça éclairait loin. Finalement, il a passé la journée du lendemain là, à tourner d'un *bord* à l'autre dans la cour, dans les bâtisses, plus loin, dans le bois. Il revient le soir. Il demande encore si ça serait possible de coucher.

— Oui, oui.

Bon, *ça fait qu'*on *soupe* et puis la veillée se fait. La nuit est arrivée. Il manque de l'eau. Il n'y a plus d'eau. Sa mère dit:

— Je te l'avais dit, gros géant, que les seaux étaient vides.

Il y avait deux seaux, là, qu'ils accrochaient après les pièces, là, à des clous, ou à des chevilles. Ils accrochaient les seaux là. Le géant dit :

— J'ai soif, j'ai soif.

— Bien, Tit-Jean dit, je vas y aller en chercher (de l'eau).

— Ah ! tu seras pas capable.

— Ah oui ! Je suis capable.

Il y avait des seaux, mon ami, ça avait trois *pieds* de hauteur. On pouvait mettre *gros* d'eau dans ça. Tit-Jean prend les deux seaux…

— Mais mon *doux* !

Il est obligé quasiment de les traîner, puis ils sont vides. Il fait noir. Le géant attend. Tit-Jean revient pas avec les seaux. Il revient plus. Le géant était inquiet. Il sort son soleil, comme il l'appelle, et puis il se met à éclairer. Il part, il s'en va à la fontaine où est-ce qu'il y avait l'eau. Jean était là, mais il était pas capable d'emplir ses seaux. — Ah ! arrête un peu, ça prenait rien qu'un géant comme lui pour traîner ça. — Le géant *poigne* le seau, puis il le trempe dans la fontaine, puis il trempe l'autre.

Puis il dit :

–Viens-t'en !

Eh, *viande* ! On sait que Tit-Jean a trouvé qu'il avait de la force. Parce que lui, il aurait pas été capable. Il aurait remporté un petit peu d'eau dans le seau, mais bien peu. Le géant rentre en dedans, il accroche ses seaux. Puis on veille. Tit-Jean lui dit :

— Bien, moi, je me couche, si ça vous dérange pas, parce que, moi, je suis fatigué.

Ça fait que le géant oublie le soleil dehors. Il se couche aussi, sa mère aussi. Tit-Jean s'aperçoit de ça, vers minuit. Il se lève, puis il saute sur le soleil, puis il part avec ça. *Go boy*! il marche le restant de la nuit. Il s'en va vers le château du roi. — Finalement, dans notre histoire, ça va vite, quand on s'en retourne. — Il arrive au château du roi. Puis, en arrivant, il présente ça au roi. Ah! le roi est content. Très content! Il dit:

— Bien, j'aurais jamais pensé qu'il pouvait faire une chose semblable! Mais je pense bien que le géant sera peut-être pas content.

On sait bien, ça l'*occupe* un petit peu, mais ça reste là. Ensuite, ça *vire*.

Il reprend la *job* qu'il avait déjà eue, d'être *foreman*. Puis la princesse était bien contente de voir Jean qui était revenu de son voyage. Elle était bien inquiète de la chose. Elle a même pleuré, mais elle ose pas trop le dire. Elle avait été bien inquiète.

Toujours, on se promène. Le dimanche, on a le carrosse puis deux chevaux attelés et puis on se promène, mon ami, d'une petite paroisse à l'autre. On va loin, tant qu'on est capable. On revient, le soir, bien tard. Jean avait de l'agrément. Il aurait bien aimé qu'elle aurait *fait sa femme*, mais il osait pas en parler au roi pour le moment.

Les gens étaient jaloux, jaloux de Tit-Jean, qui était revenu, puis qui vivait comme un prince!

— As-tu entendu parler de ça, dit un gars, un nommé Alfred: Tit-Jean dit que le géant avait des bottes à sept lieues le pas?

— On sait pas s'ils vont nous croire.

Alfred dit:

— Je vas en parler au roi. On va s'en débarrasser! La deuxième fois, aïe là, chez le géant, il sera pas reçu de *même*. Il va le reconnaître. Il sait que son soleil est parti. *Ça fait que*, pour moi, il va avoir une *tannante* de punition. On le reverra plus, Jean.

— Bien, ils ont dit, c'est *correct*.

Ça finit qu'ils rencontrent le roi dans un petit coin, dans la cour, puis ils lui parlent de ça: que Tit-Jean se vante qu'il serait capable d'aller chercher les bottes de sept lieues le pas du géant, (que) ça lui ferait pas peur du tout ça, lui; (qu') il est capable de faire face au géant.

On sait bien, ils ont une preuve: il a été chercher le soleil. C'était déjà gros. Les bottes à sept lieues le pas, le roi en avait déjà entendu parler. Ces bottes-là, il aimerait bien les avoir. *Arrête* un peu, on fait un bout en peu de temps.

Toujours, le roi pense à ça pendant quelques jours, puis, un soir, il se décide. Il dit:

— Écoute, Jean, il paraît que tu te vantes que tu serais capable d'aller chercher les bottes à sept lieues le pas du géant. Tu as été chercher le soleil, tu serais capable d'aller chercher les bottes.

— Bien non, bien non, sire, mon roi. Pensez-vous que… Non! il y en a qui sont jaloux de moi, puis ils savent pas quoi faire pour m'envoyer d'ici. Êtes-vous satisfait de moi?

— Certainement, je suis satisfait. J'ai jamais trouvé un homme aussi capable que toi: avoir autant d'intelligence comme tu peux en avoir. Tu fais travailler les hommes raisonnablement, et puis ils font de la belle *ouvrage*. Je peux pas demander mieux jamais. J'ai jamais eu un homme qui a fait comme toi. Mais je voudrais avoir les bottes à sept lieues le pas. Tu vas aller les chercher chez le géant. Tu as été chercher le soleil… Si tu y vas pas, tu seras mis en prison; tant que tu vivras, tu vivras dans la prison.

Eh, *violon*! ça lui *sapre* une tape, hein! *Ça fait qu*'il *décolle* de là. Il monte à sa chambre. Il est un peu mécontent. La chambre de la princesse était pas loin. Il s'en va frapper à sa porte.

Elle lui ouvre la porte.

— Comment ça, Jean? Si papa nous voyait, il aimerait pas ça.

— Non, mais écoute!

Il lui raconte ce que le roi lui avait dit.

— Puis, elle dit, vas-tu y aller?

— Bien, il dit, être renfermé pour le restant de mes jours, ça sera pas drôle. Je vas risquer ma vie. Si je me fais tuer bien, *cout donc*, j'ai rien qu'une mort à faire.

Ça attriste encore la petite princesse aussi. Mais elle dit:

–Ah! je peux pas te donner de conseils. Tu sais que mon père, c'est le roi: quand il dit une chose, il faut que ça passe (par) là.

— En tout cas, je vas partir, demain matin. Je pense que tu me reverras pas avant de partir.

Il s'en va à sa chambre, puis il dort presque pas de la nuit. Il prépare tout son bagage. À cinq heures, le matin, il a pris le chemin, puis *go boy*! Là, il sait où aller. Il arrête coucher dans les maisons, quand il est assez tard, le soir, vu qu'il est fatigué. Des fois, il finissait plus de bonne heure.

Finalement, il se rend au château du géant. — On appelle ça un château, mais c'est une grosse bâtisse, pas en pierres comme je vous l'ai dit, (mais) en pièces de bois. C'est grand. — Il frappe à la porte. Le géant rouvre. Quand il aperçoit…

— Tiens, bonjour. Te voilà! Tu as de la *face* assez pour venir ici, toi? Après avoir pris le soleil et puis t'être en allé avec ça? Tu oses encore venir ici? Qu'est-ce que tu viens chercher?

Il le *poigne* par-dessous son bras, puis, à une couple de cents *pieds* de sa maison, le géant avait une cabane, il te le rentre là-dedans. Il ferme la porte, puis il le *barre* là. Et puis il va lui porter à manger trois fois par jour. Un peu, dans une petite assiette:

— Mange ça. Si tu en manges pas, tu en auras pas d'autre! Puis de l'eau.

On sait bien que c'est ennuyant en *bedeau*. Le géant dit:

— Il est maigre, je vas l'engraisser. Je vas lui donner de quoi manger en *masse*, puis il va manger. Il va *venir* plus gras, puis, après ça, je le tuerai, puis je le mangerai. Ça va faire de la bonne viande.

Il conte ça à sa mère.

–Ah bien, elle dit, ce pauvre petit, laisse-le donc tranquille. Il t'a toujours pas fait grand mal.

— Ouais! Il m'a pas fait grand mal, non?

Ça fait qu'il soigne Tit-Jean. Ça fait un mois qu'il est là.

— Il doit être gras, il dit, je vas aller chercher mes frères, puis on va venir, on va le débiter.

Comme de fait, il dit à sa mère:

— Je vas aller le voir là, puis, après ça, je vas être parti à peu près quatre ou cinq heures. Dès que je reviendrai, on va débiter Jean ! Vous avez la clef, là, allez le voir, allez lui porter à manger et puis vous pouvez bien lui parler un petit peu.

— C'est bien.

Ça fait que le géant est parti. Il va chercher ses frères géants. La mère s'en va à la cabane. Elle ouvre la porte.

— Bonjour.

— Bonjour, madame. Comment ça se fait que c'est pas le géant, (que) c'est vous ?

— Oui, c'est moi. Mon pauvre Tit-Jean, ta vie sera pas longue à cette heure. Le géant veut te *détruire*. Il a même chauffé le four, il l'a empli de bois pour chauffer ça, pour te faire rôtir sur la braise. Il m'a avertie de bien chauffer le four le temps qu'il allait être parti, pour que ça soit chaud.

— Comme ça, il veut me faire mourir ? Il veut me faire rôtir sur la braise ?

— Oui.

— Mais, vous, vous me laissez pas sortir un petit peu (pour) prendre l'air ?

— Oui, mais vas-tu rentrer ? Si tu pars, il sera pas content, mon garçon, contre moi.

— Ah non ! C'est décidé, voyons ! Il va courir *pareil* après moi.

*Ça fait qu'*il sort. Il *voyage* un petit peu. Puis elle, elle va pour mettre du bois dans le four. Puis il fallait qu'elle en fende. Elle en avait plus. Le géant en avait scié au *sciotte* et puis, les bûches, il fallait qu'il les fende avant de mettre ça dans le four. Elle essaie, mais elle est pas capable de les fendre. Tit-Jean dit :

— Je vas en fendre, moi !

— Tu vas faire ça ?

— Bien oui ! Qu'est-ce que ça me fait, moi ? Je vas vous faire ça. Tenez-les, par *exemple* ! Mettez-vous la main sur la bûche comme il faut là, parce qu'on dirait que la hache est *pointue* un peu.

— Ah oui, mais *fesse* pas sur moi avec la hache !

— Bien non, voyons !

Ça fait qu'elle tient (la bûche). Mon ami, il *sapre* un coup de hache sur la bûche : ça fend pas tout à fait. Il *vire* le manche, *sapre* un coup de manche dans le côté de la tête de la bonne femme ! Elle tombe à terre.

Il part à la course. Il s'en va dans la maison, il regarde partout, sous le lit, partout, dans tous les coins. Il trouve les bottes de sept lieues le pas. Ah ! un *coup* qu'il a les bottes, il se les met dans les pieds puis *go boy* ! Il est parti. Ah ! il s'aperçoit, mon ami, qu'il est rendu loin. « Comment ? Je pense que j'ai passé tout droit au château du roi. » Il *revire* un peu, puis il fait les pas plus courts un petit peu.

Tout d'un coup, hip ! Il aperçoit le château du roi ! Il avait dépassé un peu, mais il *revire* puis il rentre au château. En arrivant, il *poigne* les bottes, puis il les envoie dans la face du roi.

— Tiens, tes bottes !

Ah, on sait bien, le roi était content.

Là, Tit-Jean monte à sa chambre. La *façon* est pas drôle envers le roi. Mais il va causer avec la petite princesse. Il s'en est *ennuyé*. On sait bien que ça *jase*. Mais ça *jase* partout dans la maison. Et puis les *travaillants*, quand ils viennent à savoir ça, qu'il est de retour avec les bottes à sept lieues le pas :

— Bien, ils ont dit, il est d'une capacité épouvantable, cet animal-là ; il y aurait pas moyen de le *poigner* ?

C'était pas drôle d'entendre raconter ça, cette histoire-là. Le roi parle de ça à sa femme, le soir.

— Ah, il dit, il est terrible, mais tout d'un coup qu'on attire le géant ici. Il peut venir à se fâcher et puis venir, lui aussi. Il est déjà venu. Si c'est pas lui, c'est quelqu'un de sa parenté : son père, son oncle, on sait pas trop, mais il t'avait fait un moyen massacre. C'est mon père qui m'a conté ça : même il a *détruit* des gens. Il est capable, ce géant-là.

Dans ce temps-là, les carabines étaient rares puis les fusils. Mais avec un bâton, lui, il pouvait tout *détruire*.

Le roi est pas bien bien à son aise. Mais ça *file*, ça *file* pendant quelques mois. Tit-Jean était revenu avec les bottes ! Le roi considérait Jean encore bien plus. Et puis la princesse. Il se promenait. Il travaillait quasiment plus. Il y avait un homme qui était nommé *foreman* là pour conduire les autres. Tit-Jean y allait un petit peu une fois dans le jour et puis, des fois, pas du tout. Il se promenait avec la princesse d'un *bord* à l'autre. Il faisait une belle vie. Mais les gens en étaient encore bien plus jaloux.

Un bon jour, ils ont dit :

— Si on dit au roi que Tit-Jean se vante qu'il serait capable d'aller chercher le géant lui-même.

— Ça coûte pas cher, on va lui faire *accroire*. Ça a l'air que quand on dit quelque chose, il le croit : le soleil, il l'a cru, puis les bottes. Aller chercher le géant lui-même, ça va être difficile, mais, tout de même, on va (le) lui dire.

Ils s'en vont, puis ils disent au roi que Jean se vante qu'il serait capable d'aller chercher le géant lui-même. Le roi dit :

— Voyons! Un homme d'une *équarriture* semblable?
Moi, je l'ai jamais vu, mais j'en ai entendu parler: il paraît
que c'est pas un petit colosse!

Le roi, il trouvait cet homme-là *terriblement* gros; ça
avait pas grand bon sens. Mais tout de même. Les hommes
s'en vont. Puis le roi se casse la tête.

— Ça serait peut-être bien bon si j'envoyais Jean le
chercher, parce que s'il fallait qu'il vienne ici, il mettrait
tout à feu (et) à sang. Il tuerait tout ce qu'on a, cet animal-là. Ouais! je vas envoyer Jean.

*Ça fait qu'*il parle de ça à Jean. Jean veut pas:

— Vous savez bien, sire, mon roi, (que) ça a pas de
bon sens. Vous travaillez pour me faire mourir là, vous.
Vous voulez absolument que je sois *détruit* par le géant?

— Non, mais il me faut le géant. Tu vas aller le chercher. Puis moi, là, après ça, je m'en débarrasserai.

Ah! on sait bien que Tit-Jean était pas mal dans l'embarras. Ça (lui) prend huit jours avant de se décider.

— Bien, il dit, *d'abord que* vous voulez… faites-moi
un coffre d'à peu près six *pieds* sur huit *pieds* de grandeur,
sept *pieds* de hauteur. Puis une voiture. Vous allez mettre
ça là-dessus. Une voiture à quatre roues et puis un bon
cheval. Je vas y aller. Vous voulez que je meure, je mourrai,
mais je vas toujours essayer.

Le roi trouve que Tit-Jean est décidé de mourir: il va
y aller. Le roi fait faire un coffre comme Tit-Jean l'a dit.
Mais il faut mettre un cadenas dessus. Qu'il soit bien
barré. Des charnières pour ouvrir le *couvert* et puis le
barrer bien *dur*. Quelque chose de solide: pas un petit fer-
blanc, pas une petite tôle, du fer assez épais. Ça a fini que
ça faisait une boîte pas mal pesante. Mais, un bon jour,
c'est fait. Tout est prêt.

— Bien, je vas partir demain matin.

Son cheval était prêt aussi, il était dans l'écurie. Après ça, il avait son attelage, il était bien réparé. Tout était en ordre, prêt à partir. Le lendemain matin, à cinq heures, il est debout. Il s'en va atteler le cheval, puis il attelle sa voiture. Il est parti avec cette boîte-là, ce coffre-là. Ça s'en va. Il est assis sur le bout du coffre. Mais ça le met pensif : « Qu'est-ce que je vas lui dire quand… »

Ça fait à peu près quatre heures qu'il marche. Tout d'un coup, il voit venir un homme. Ça s'en vient sur une *raideur* !

— Mais, mon *doux*, c'est le géant !

Il est tout surpris de ça : le géant ! « Le géant vient là ; il est fâché ; il vient à ma rencontre. Je sais pas trop comment je vas m'en sortir. »

Tit-Jean le regarde, puis il se fait une figure sans inquiétude, une figure joyeuse : il regardait chaque *bord* de lui. Tout d'un coup, le géant *poigne* la bride du cheval, puis l'arrête.

— *Wô* ! qui est-ce que vous êtes, vous, monsieur ?

— Moi, je suis un monsieur qui se promène. Vous, (qui) vous êtes ?

— Le géant !

— Ah ! vous êtes le géant ? Bon, bien vous avez été volé, il paraît.

— Oui, j'ai été volé : mon soleil, mes bottes à sept lieues le pas. Puis là, je vas chercher Jean pour le tuer. Et puis je pense bien que (là) où il est, ça va se passer *chaud*.

— Ouais ? Bien moi, justement, mon cher monsieur, je le cherche, Tit-Jean. Regardez le coffre que j'ai là. Il est venu au château du roi, il nous a fait du massacre et puis je vas le chercher, ce Tit-Jean-là, puis je le mets dans ce coffre-là, puis je le fais brûler !

— Ah ! Ah !

— Mais pour être certain qu'il sera pas capable de défoncer le coffre, monsieur le géant, je vas rouvrir le coffre là, puis vous allez *embarquer* dedans, puis vous allez forcer (pour) voir s'il (se) brisera pas. Si vous êtes pas capable de le briser, de le défoncer, le coffre, Tit-Jean sera pas capable, non plus. Quoiqu'il paraisse pas ce qu'il est, ce Tit-Jean-là, il est d'une force énorme.

— Mais tu vas m'ouvrir *mais que* je sois…

— Bien oui ! Bien oui ! C'est pas vous que je cherche, je cherche Tit-Jean.

— Ah ! tu cherches Tit-Jean, on sait bien. Ouais ! bien, je vas l'essayer.

Le géant *embarque* dans le coffre, puis Tit-Jean le *barre* et puis il dit :

— Forcez à cette heure !

Le géant force. Il met les deux pieds dans le haut du coffre, puis les épaules en bas, il essaie de le défoncer. Il tiraille sur tous les sens. Ça craque, ça pète, mais il est pas capable de briser le coffre.

— Bon ! je suis pas capable de le défoncer.

— Bien ! je suis bien content, dans ce cas-là ; c'est moi qui suis Tit-Jean, puis c'est vous que je veux mettre dans le coffre !

— Ah bien ! *ci…* ! hein ?

Tu sais que le géant fait des efforts encore plus, mais il est pas capable de le défoncer *pareil*. Tit-Jean *revire* le cheval, puis il s'en retourne au château. Il arrive dans l'après-midi, de bonne heure.

— Comment, voilà déjà Tit-Jean ? Il a pas été loin. Il est *reviré*.

Il arrive, puis il dit au roi :

— Tiens ! Je vous emporte le géant.

— Mais tu es pas fou ?

— Oui, monsieur ! Il est dans le coffre. Vous allez l'entendre *bardasser*.

Ça fait que Tit-Jean crie :

— Aïe là, *bardasse* un peu dans le coffre, là, toi, pour montrer que tu es là.

Le géant se débat un peu puis… Le roi se dit : « L'affaire est *carrosse*. »

*Ça fait qu'*ils partent avec ça, puis ils mettent ça dans une bâtisse, là. Puis ils mettent le feu à la bâtisse. On sait bien que le coffre est *venu* rouge, hein ! Quand ils ont ouvert le coffre, le géant était rôti bien sec. Le roi était content. Il dit :

— Ah ! ce Tit-Jean-là, il est imbattable. Tiens, pour ta récompense, je vas te donner ma fille en mariage, puis la moitié de ma fortune pour le moment. Plus tard, tu auras ma couronne, tout ce que je possède.

Tit-Jean a été bien récompensé. Mais les *travaillants* de là, ils ont baissé la tête quand Tit-Jean parlait. Je te dis qu'ils avaient une *môsasse*[1] de peur. Tit-Jean aurait bien pu tous les envoyer, puis en prendre d'autres. Mais ils voulaient pas perdre de l'ouvrage, eux autres : c'est ça qui les faisait vivre eux autres ; ils s'étaient bâti des maisons là, pas loin du château. Comme un gros village. Ils disaient plus un mot.

---

1. Forme atténuée de « maudit », tout comme « tabarouette » ou « câline » sont des formes adoucies de sacres bien connus.

Tit-Jean s'est marié, puis il est heureux avec sa femme. Puis la reine vit avec le roi.

Quand j'ai passé par là, l'autre jour, j'ai arrêté donner la main à Jean:

— Bonjour, Jean! J'ai entendu parler de toi en *masse*!

Ah! le roi, un homme de belle *façon*, était assis sur sa *galerie*. Ah! Ah! On *jase* un peu.

Tit-Jean, c'est pas long avant qu'il ait des enfants.

L'histoire est finie par là.

ORIGINAUX ET REVISITÉS

Il ne s'est pas écoulé vingt ans depuis la parution de *La chasse-galerie* d'Honoré Beaugrand quand est publié *La maison maudite* de Rodolphe Girard (1916). La société, pourtant, a déjà changé. Avec le xxᵉ siècle, l'agriculture de subsistance cède progressivement la place à une agriculture plus spécialisée, tournée principalement vers la production laitière, plus rentable et moins coûteuse en bras. Les industries du textile et du secteur alimentaire puis, après 1920, celles de l'aluminium et de la transformation du bois, peuvent compter sur une main-d'œuvre suffisante. La croissance des villes s'accélère. En 1901, environ 40 % de la population québécoise était urbaine ; en 1920, cette proportion est passée à plus de 50 % (elle sera de 78 % en 2000). Avec le mode de vie, c'est la culture qui se trouve modifiée. Les usines qui emploient les Canadiens français sont majoritairement exploitées et gérées par des industriels et des superviseurs anglophones ; le nouvel univers technique dans lequel s'engagent les francophones, avec ses *clutch*, ses *ring,* ses *crank*, mais aussi ses *shifts* ou ses *foremen*, est pratiquement unilingue anglais. La langue familière s'en trouve profondément imprégnée : le *joual*, qui jouera un rôle important dans les années 1960-1970, prend véritablement forme.

Mais la ville, c'est aussi les divertissements. Parmi ceux-ci, le cinéma connaît une telle popularité que l'Église est ébranlée : en 1907, l'archevêque de Montréal, Mgr Bruchési, interdit à ses fidèles de fréquenter les *vues animées* le dimanche. Or, dans la semaine de travail régulière des ouvriers, qui atteint facilement les 60 heures, il s'agit du seul jour de congé. Pionnier de l'industrie cinématographique au Québec, Ernest Ouimet sauvera son entreprise en se faisant vendeur de bonbons, invitant ses clients à aller manger leurs friandises à l'intérieur de son *Ouimetoscope*... De son côté, fort d'une presse plus mature et de possibilités d'édition plus grandes, le champ artistique et littéraire canadien-français se consolide peu à peu en prenant, avec les couleurs de la modernité, un visage plus ouvert ; à côté des écrivains du terroir et des historiens nationalistes, d'autres voix se font l'écho des préoccupations de l'époque : une revue d'avant-garde, *Le Nigog*, parue durant l'année 1918, des poètes comme Jean-Aubert Loranger ou Saint-Denys Garneau, des écrivains comme Jean-Charles Harvey ou Félix-Antoine Savard. À ces quelques exceptions près, il faudra toutefois attendre les années suivant la Seconde Guerre mondiale, ou même la Révolution tranquille pour voir naître une littérature québécoise autonome.

C'est que la guerre aura changé et ses participants et le monde. Les milliers de jeunes Québécois volontaires ou conscrits sous les drapeaux reviennent transformés par leur expérience : au traumatisme du combat, s'ajoute pour eux le contact avec de nouvelles cultures et façons de vivre. Restées au pays, les femmes quittent leurs rôles traditionnels pour assurer la poursuite du travail dans les usines. L'expérience les aura, elles aussi, transformées. Désormais plus aisée, la société québécoise dispose peu à peu d'outils de communications (radio, télévision, journaux) et de développement (État-Providence) qui n'ont rien à envier aux pays les plus riches, et qui contribuent à façonner son identité.

Un fossé sépare nos contes de ceux de la période précédente. Modernisés, les Québécois allument plus aisément le téléviseur qu'ils ne prêtent l'oreille au conteur. Le conteur lui-même, à moins d'être une sorte d'artiste professionnel hybride, entre l'humoriste et le chanteur populaire, est une espèce en voie d'extinction. Plus scolarisés et plus ouverts, parfois, aux littératures étrangères, les conteurs littéraires voient également leur art quelque peu modifié. Il ne s'agit plus d'illustrer la tradition mais de l'employer comme un matériau de création. Le style de Rodolphe Girard est plus affecté que celui de la plupart de ses prédécesseurs, et le recours au fantastique n'entraîne pas la même hésitation du lecteur devant le statut naturel ou surnaturel des événements. Plus tard, parce que la religion n'occupe plus la même place dans la société, le conte, à l'instar de la littérature en général, ne se sent plus forcément en devoir de mettre en scène des personnages qui en éprouvent les limites. Le fantastique peut désormais faire écho, comme chez Ferron ou Tremblay, à celui de la littérature universelle, sans se voir confiné au surnaturel chrétien.

Rodolphe Girard

À l'époque où écrit Rodolphe Girard (1879-
1956), le clergé exerce encore une forte emprise
sur les esprits. La publication du roman *Marie
Calumet* (1904), petite fleur d'ironie dans le plat
parterre littéraire d'alors, oblige le jeune journaliste à s'exiler à Ottawa. Il y poursuivra son œuvre,
tout en s'engageant dans une carrière militaire
fort honorable. Le fantastique de « La maison
maudite » s'inscrit dans la lignée des maîtres de
la génération précédente. Exprimant son scepti-
cisme au père Jérôme, qui s'apprête à lui raconter
l'histoire étrange qui se cache sous les ruines
d'une vieille maison, le narrateur fait d'ailleurs
appel au plus illustre de ces maîtres : « Encore
quelque histoire de revenant, ou de loup-garou,
répondis-je. Je les croyais disparus en même
temps que Louis Fréchette » (p. 112). Toujours
composé sur le modèle de la mise en scène du
conteur, le conte s'en éloigne quelque peu en
déléguant la parole au narrateur aussitôt que le
rite d'entrée est accompli : « Sur *ma promesse
formelle de tout accepter sans broncher*, voici le
conte que me narra le père Jérôme. Je me permets de corriger certaines expressions de style et
de langage » (p. 112 ; nos italiques). Si on peut,
par moments, regretter cette correction, qui
confine parfois le style à un exercice de rhéto-
rique n'apportant rien à l'imagination du lecteur,
elle n'en est pas moins le signe concret d'une
vocation littéraire plus affirmée chez Girard que
chez la plupart de ses contemporains.

La maison maudite

JUILLET, À LA TOMBÉE DU JOUR. Il y avait bien deux heures que je me faisais cahoter dans un mauvais boghei sur une route en méandre, montant, descendant, remontant, redescendant des côtes interminables, tantôt longeant les contours capricieux d'une rivière aux eaux claires et rapides, tantôt piquant à travers des sapinières qui sentaient bon. Parfois, à perte de vue, des deux côtés du chemin gris qui nous couvrait de nuages de poussière, je n'apercevais que des prairies converties en rondes veillottes. Là-bas, à l'horizon, derrière la ligne brisée des Laurentides, le soleil ne présentait plus qu'une immense échancrure pourpre qui allait bientôt s'évanouir dans l'imprécis du soir.

Mon automédon[1], un bon vieux du bon vieux temps, aux traits basanés et ridés, à l'aspect honnête et sympathiquement naïf, m'avait, depuis le départ, raconté plusieurs histoires dont la plupart me faisaient sourire mais que je semblais croire aussi dur que des articles de foi.

Maintenant, les fermes se faisaient moins espacées, les piétons moins rares sur la route, et, au tournant d'une montée, derrière un paravent de longs et minces peupliers aux petites feuilles frissonnantes, surgit le clocher du village dont l'aiguille perçait le ciel bleu en un geste de foi, d'espérance, de promesse.

Quel qu'eût été le plaisir de mon voyage, c'est avec satisfaction que j'en vis le terme. En effet, n'est-on pas

---

1. Dans l'*Iliade*, Automédon, dont le nom semble aujourd'hui prédestiné, est le conducteur du char d'Achille.

toujours heureux d'arriver, excepté quand on appréhende quelque événement fâcheux ou quelque catastrophe?

Soudain, le père Jérôme — ainsi s'appelait mon conducteur — fit un grand signe de croix. L'église était encore assez éloignée. Je ne voyais aucun calvaire. Je tournai la tête de tous côtés. Pourquoi le vieillard s'était-il signé? J'en fis l'observation au père Jérôme. Pour toute réponse, du bout de son fouet, il m'indiqua des ruines à une couple d'arpents du chemin.

— Regardez, dit-il.

J'aperçus quatre murs noirs, écroulés à demi, hideux, qui dessinaient lamentablement leur misère dans l'apothéose de ce beau soir d'été. On eût dit un pestiféré que l'on isole du reste des humains. Un corbeau, plus noir que la plus noire des nuits, perché sur l'un des murs, faisait entendre un croassement maussade, alors que de joyeux gazouillis et des roucoulements amoureux partaient de la feuillée le long de la route. Tout autour des décombres, l'œil ne découvrait qu'un sol brûlé où l'herbe refusait de pousser. Çà et là quelques troncs d'arbres calcinés, qui ressemblaient aux étranges monuments d'un jardin infernal.

— Mon cher monsieur, remarqua le père Jérôme, en bourrant son brûle-gueule, j'vous conseille pas de passer devant c't'endroit-là après la noirceur venue sans faire le signe de la croix. Autrement, aussi vrai que j'suis un bon créquien, j'garantis de rien.

— Et pourquoi donc, père Jérôme?

— C'est la maison maudite.

Et le vieux se signa de nouveau.

Cette fois, je fis l'incrédule.

— Encore quelque histoire de revenant, ou de loup-garou, répondis-je. Je les croyais disparus en même temps que Louis Fréchette.

— Blaguez tant que vous voudrez, rétorqua le brave homme scandalisé de mon peu de foi. Ça n'empêche pas que j'aime autant prendre mes précautions. Vous savez, il faut pas se moquer de ces choses-là, à cause que ça nous porte toujours malheur. On arrive. Si vous voulez ben me faire l'honneur de casser une croûte avec moé et si vous êtes pas trop pressé de vous en aller sus vot' oncle, j'm'en vas vous raconter l'histoire de la maison maudite.

— J'accepte avec plaisir.

— C'est ben aimable de vot' part. Seulement, j'vous préviens que c'que j'vas vous conter est aussi vrai que j'vas défuntiser un jour et qu'il y a un bon Dieu dans le ciel ousque j'espère ben aller, puisque j'me suis toujours conduit en bon créquien et que j'ai jamais fait de mal à personne. C'est pas pour vous faire de reproche que j'dis ça, mais ces mossieurs de la ville, y a un tas de choses que ça veut pas craire.

Sur ma promesse formelle de tout accepter sans broncher, voici le conte que me narra le père Jérôme. Je me permets de corriger certaines de ses expressions de style et de langage.

Thomas et Fernande s'aimaient depuis deux ans. Ils s'aimaient, laissaient faire et laissaient dire, absolument indifférents à ce qui se passait autour d'eux. Le monde commençait avec Thomas, le fils du médecin du village, il finissait avec Fernande, fille unique du plus riche cultivateur de la paroisse. Ils s'étaient promis l'un à l'autre ; les parents avaient donné leur consentement et le mariage n'était plus qu'une question de temps. La jeune fille, en effet, n'avait pas ses dix-sept ans ; lui n'en avait que dix-huit.

Thomas et Fernande étaient, sans contredit, la plus magnifique paire d'amoureux qu'on eût jamais vus à vingt lieues à la ronde.

Il était fort comme un hercule et beau comme un Adonis. Grand et élancé, il avait des bras de femme et des muscles d'acier. Ses yeux étaient noirs comme les mûres que l'on cueille dans la profondeur impressionnante des bois et ses lèvres charnues rouges comme les fraises qui croissent le long des prés. Le nez avait la ligne droite de Grecs immortalisés par le ciseau de Phidias[1].

Gracieuse et mignonne, avec des yeux de ciel aussi limpides que les sources vierges qui n'ont jamais souillé les lèvres de l'homme, elle rappelait la sainte Cécile dans une des niches du chœur de l'église. Ses lèvres, surtout, quand elle souriait, avaient la fraîcheur et le charme d'un matin de printemps. Jamais marbre de Ténégra n'eut la pureté et la perfection de son profil, et son front, qui n'avait abrité que des rêves et des pensées d'archange, était auréolé d'une chevelure d'or fauve se déroulant en deux longues et épaisses tresses.

Tous les deux étaient doux, affables, chrétiens. Elle était affectueuse et charitable ; il était brave et bon.

---

1. Grand sculpteur grec de l'Antiquité (−490 à −430).

Thomas et Fernande, appuyés sur une clôture, contemplaient en silence les derniers feux du soleil couchant qui semblait embraser là-bas, là-bas, coupant les prairies, les montagnes onduleuses dont les teintes jonquille d'octobre alternaient pittoresquement avec le carmin, le roux argent et le sinople.

Dans leurs prunelles, sans peur et sans reproche, une lumière d'amour et d'espérance. Les minces doigts d'albâtre de la jeune fille étaient délicieusement blottis dans les mains fermes et viriles de Thomas. L'un et l'autre ne soufflaient mot.

Il faut avoir aimé, avoir eu de longs et muets entretiens avec la personne chère, pour comprendre tout ce qu'il y a de pénible à rompre un silence où l'on dit tant sans ne rien dire.

Ni les passants, ni les voitures, pas plus qu'aucun bruit de la route ne leur faisaient tourner la tête. Les yeux dans les yeux et les mains dans les mains, ils poursuivaient leur rêverie, oublieux du présent et le front dans l'avenir.

Et cependant, à quelques pas des jeunes gens, s'était arrêté un être grimaçant comme un chimpanzé et sombre comme un spectre ; un être dont la seule présence inspirait l'aversion et l'éloignement.

Il allait clopin-clopant, traînant laborieusement un pied bot ainsi qu'un forçat enchaîné pour la vie à un boulet. La tête énorme, grotesque, le crâne tapissé de cheveux lisses et roux qui collaient aux tempes. Sous un front bas et fuyant, deux yeux glauques et chassieux qui ne regardaient jamais en face. Comme nez un paquet de chair informe. Les lèvres épaisses étaient affligées d'un tic saccadé, brutal. On eût dit qu'il n'en pouvait sortir que des paroles de haine et de malédiction. La nature semblait s'être acharnée sur ce malheureux. Elle lui avait plaqué entre les épaules étroites et plates une bosse démesurée de Polichinelle qui lui ramenait la tête en arrière. Cette dernière infirmité lui avait valu le sobriquet de «Bossu». Au reste, c'était le seul qu'on lui eût jamais su.

Des parents, on ne lui en connaissait pas. Une brave vieille l'avait ramassé un soir de novembre, sur le bord d'un fossé. La mère adoptive, au bout de cinq ou six ans, avait crevé à la peine et le misérable était retombé là d'où il venait, sur la grande route, couchant sous les granges, dans les étables, à la belle étoile, mal vêtu, mangeant quand il pouvait et ce qu'il pouvait.

Il s'employait à toutes sortes de travaux de la ferme. Mais le malheur ayant frappé certains endroits où il était passé, les paysans avaient fini par le redouter comme un homme qui traînait la malédiction à sa suite. Aussi, ce n'était plus que de loin et avec inquiétude qu'on lui jetait sa pâture comme un os à un chien malfaisant, moins par pitié que pour ne pas s'attirer quelque mauvais sort. Le Bossu maintenant nourrissait une haine sourde à l'égard de tous les villageois et de tout ce qui existait autour de lui.

Et cependant le Bossu aimait. Il aimait une jeune fille avec autant de violence et de passion qu'il détestait la création à part elle. Celle qu'il adorait de toute la puissance de son cœur ulcéré était Fernande, la délicieuse enfant qui avait promis sa foi à Thomas.

Que de fois, la croisant dans le village ou sur le chemin public, comme un crapaud dans une échappée de soleil, il avait été sur le point de lui parler, de lui crier son amour, trompé par le regard de pitié qui brillait dans l'œil d'azur de la jeune fille pour ce chemineau, ce paria, cette loque. Toujours, cependant, une crainte irrésistible l'avait arrêté. Il ne pouvait aimer que pour lui seul, enfouissant son amour dans son cœur comme une chose honteuse et dégradante, passant des heures à se rouler de douleur au fond des bois et versant des larmes de désespoir, se rongeant les poings de rage impuissante.

Ce soir-là donc, le Bossu, de voir le bonheur silencieux de Fernande et de Thomas, qui nimbait leurs fronts radieux, de contempler cette jeune fille qu'il convoitait au prix de son sang et de son âme, mais qu'il ne posséderait jamais, il le savait, grinça des dents et tendit vers le jeune homme un poing menaçant, puis s'éloigna en traînant avec fatigue son pied bot et la tête toujours ramenée en arrière par sa protubérance dorsale. Dans ses yeux levés vers le ciel, on n'aurait su dire s'il y avait une supplication adressée au Dieu des malheureux ou un défi lancé au Créateur.

☐ ☐ ☐

Quelques heures plus tard. Le village est endormi, le Bossu assis près d'un étang. La quiétude de la nuit n'est interrompue que par le coassement de grenouilles vertes dont les beaux yeux ronds brillent aux reflets de la lune qui argentent la nappe d'eau piquée de nénuphars.

Le Bossu, ramassé sur lui-même, masse informe et hideuse dans les ténèbres, ressemblant lui-même à un gigantesque crapaud au bord de l'étang, roule dans son crâne aux cheveux lisses des pensées amères et cruelles. Il songe à sa naissance dont il ne sait rien, aux coups et aux horions qu'il a reçus, aux longues journées sans pain, aux nuits sans gîte, à la honte de son existence, à son amour inavouable et qui le torture. Alors, au lieu de lever les yeux vers le Tout-Puissant, il maudit ceux qui l'ont jeté sur la terre comme une épave soumise au caprice des flots et, se lacérant la poitrine de ses ongles, il s'écrie dans la nuit sereine avec accablement :

— Que je voudrais mourir !

Joignant l'action à la parole, il va se laisser choir dans la pièce d'eau quand une main qui s'est appesantie sur son épaule comme une griffe de fer le cloue au sol.

Il tourne la tête avec un sursaut et, à sa terreur, il aperçoit debout, impassible, plus noir que les ténèbres, les yeux rouges comme des charbons ardents, un homme qui le regarde sans mot dire. Fasciné, subissant le magnétisme qui émane de l'inconnu, le Bossu ne peut détacher ses regards de celui qui le domine, le commande en silence. Se lever, fuir, il ne le peut. Sur ses épaules pointues il sent le poids d'une montagne de plomb. Son pied difforme est enchaîné. Et toujours cet œil de feu qui fixe le sien, fouille tout son être, fait courir sur son épiderme un frisson d'épouvante.

Enfin, après quelques minutes d'un silence affreux aussi longues qu'un siècle, une voix caverneuse, qui semble sortir d'un antre souterrain, parle dans la nuit, et voici l'étrange colloque qui s'échange entre le mystérieux inconnu et le Bossu que glace l'épouvante.

— Tu veux mourir, demande l'homme toujours debout. Pourquoi ?

— Je veux la mort, répond l'infirme, oui, je la veux, et sans vous mes souffrances seraient finies à l'heure présente. Mieux vaut la mort que la vie que je mène.

— Et ton âme ?

Un cri de désespérance farouche s'échappe de la poitrine du Bossu.

— La damnation éternelle me serait plus douce que les tourments que j'endure et qui me font souffrir comme un feu d'enfer.

À ce blasphème, une lueur singulière flambe dans les yeux de l'inconnu et un rictus sardonique plisse ses lèvres.

— Je puis te faire heureux, dit-il.

— Pas un homme sur la terre ne peut me donner le bonheur.

— Je puis te faire heureux, répète la voix sépulcrale.

— Qui ? demande le Bossu, plus par curiosité incrédule que par conviction ou espoir.

— Moi.

Le disgracié de la nature, malgré la frayeur qui ne l'avait pas quitté, se prend à rire, d'un rire nerveux.

— Veux-tu la richesse ? demande l'autre sans paraître remarquer le rire du Bossu.

— Non.

— Veux-tu la beauté ?

— Non.

— Veux-tu les honneurs ?

— Non.

Le tentateur insiste de plus près :

— Veux-tu l'amour ?

Le Bossu ne répond pas, puis :

— Une femme seule peut me rendre heureux, mais cette femme ne m'aime pas et ne m'aimera jamais.

— Qu'en sais-tu ? Si tu te trompais, si cette femme devait t'aimer autant que femme soit capable d'aimer, de quel prix paierais-tu ton bonheur ?

— Aucun prix, dit le Bossu sans hésiter, de la convoitise plein les yeux.

— Pèse bien tes paroles, observe l'inconnu, d'un ton où perce la menace, et en se penchant pour la première fois au-dessus du Bossu.

— Tout ! tout ! s'écrie le paria. Qu'on me donne son cœur et tout ce que l'on me commandera, je le ferai.

Maintenant l'interlocuteur du Bossu s'est assis à ses côtés et, si près de lui qu'il lui souffle dans la figure une haleine embrasée, il demande d'une voix grave :

— Serais-tu prêt à perdre ton âme en échange de l'amour de la femme que tu désires ?

Ébloui par la pensée de Fernande qui serait sienne, hypnotisé par le regard de cet homme qui le subjugue, il répond sans réfléchir à rien autre qu'à la jouissance promise :

— Je vendrais mon salut éternel !...

Un éclair de joie et de triomphe illumine la figure de l'inconnu.

Celui-là, après un instant, ajoute :

— Mais qui êtes-vous pour me faire ces promesses ?

— Que t'importe ? rétorque-t-il. C'est à prendre ou à laisser. Le nom n'y fait rien. Je te donne dix ans de bonheur avec la femme que tu aimes et, à l'expiration de cette époque, ton âme appartiendra à Satan. Est-ce entendu ?

— Entendu.

— Tu le jures ?

— Je le jure.

— Sur ton âme?

— Sur mon âme.

— Très bien. Donne-moi la main.

Le Bossu tend une main irrésolue. Une brûlure into-
lérable accompagne la pression des doigts. Il pousse un
cri déchirant et tombe inanimé le long de l'étang.

… Quand le Bossu revint à lui, le soleil qui se levait
au-dessus des bois jetait de la lumière et de la gaieté sur la
campagne. Il se frotta les yeux et s'étira comme au sortir
d'un long et profond sommeil. Mal éveillé, il se rappela
son rêve ou plutôt son cauchemar de la nuit. Comme ses
idées étaient encore confuses, il se demanda si ce cauchemar n'aurait pas dû être une réalité.

La nature, elle, reprenait vie avec un sourire d'épa-
nouissement. Le firmament semblait plus bleu, le soleil
plus brillant, l'herbe plus verte, les oiseaux plus réjouis.
De loin arrivaient aux oreilles du Bossu des fusées de
rires frais et jeunes, les refrains sonores de l'homme des
champs au cœur joyeux et sans souci; il entendait les coqs
qui entonnaient leurs triomphes dans les basses-cours. Le
jour venait à peine de luire et déjà, dans toute la campagne, abondaient le contentement et la joie. Mais, lui, il
allait se lever comme à chaque matin de son existence
insupportable et, par les chemins poudreux, traîner sa
bosse et son pied bot, ne recueillant partout que du
mépris et de la crainte. On lui jetterait des pierres, on
lancerait les chiens à ses trousses. Trouverait-il de quoi se
mettre sous la dent? La verrait-il aujourd'hui? Ne pas la
voir lui serait une douleur atroce. Et la voir, nouveau supplice, défendu qu'il lui était de parler, de déclarer ses
sentiments.

Ah! ce rêve, pourquoi n'était-ce qu'un rêve? Et cet homme qui lui avait promis le cœur de Fernande, pourquoi n'avait-il jamais existé que dans son imagination malade? Encore une fois il voulut mourir.

Il va se lever quand, tout à coup, il découvre une sacoche à ses côtés. Il l'ouvre. Quel n'est pas son ébahissement de la trouver pleine de belles pièces d'or. Il y plonge les mains avec une jouissance frénétique. Il se met à genoux, se penche au-dessus du trésor, plonge de nouveau ses mains fiévreuses dans les jaunets dont le son harmonieux caresse ses oreilles et dont la fraîcheur lui met une chaleur au cœur. Il les embrasse, les cajole, leur donne les noms les plus tendres.

Il est debout maintenant. Ses goussets pèsent lourdement. Il y met les mains. De l'or, encore de l'or.

Mais que voit-il? Son étonnement est à son comble.

Au lieu des guenilles sordides et vermineuses qui le couvraient à demi, il se trouve habillé de drap fin et de toile d'une blancheur éclatante. Il se baisse au-dessus de l'étang. L'onde transparente lui renvoie l'image d'un beau garçon aux traits jeunes et réguliers. Il passe sa main derrière le dos; la bosse a disparu.

Alors il se remémore la scène de la nuit, son désespoir, sa tentative de suicide, son colloque avec l'inconnu, son serment, sa poignée de main brûlante comme un feu de damné. Son front se rembrunit, une sueur froide perle sur son visage, il est pris d'un tremblement convulsif.

Mais, après quelques minutes d'une angoisse sans nom, il s'écrie sur un ton farouche:

— Tant pis! le sort en est jeté. Je l'aime trop! je l'aime trop!

Comme le Bossu — qui n'avait plus de bosse — atteignait le village, les cloches de l'église tintaient lugubrement. Il continua son chemin jusqu'à ce que, arrivé près d'un cottage en briques rouges à toiture verte enfoui dans les arbres, il aperçût un attroupement qui s'entretenait à voix basse sur le trottoir de bois.

S'étant rapproché, reconnu par personne, naturellement, il saisit des bribes de conversations et il comprit qu'on parlait d'une mort subite arrivée après le coup de minuit.

Une pensée mauvaise lui vint. Impatient de savoir, il demande le nom du défunt. C'est Thomas, lui répond-on. À cette nouvelle, il ne peut cacher un mouvement de joie. Thomas, son rival abhorré, n'était plus.

Sans en entendre davantage, le Bossu se dirigea vers l'unique hôtellerie de la place. Il y arrivait quand il rencontra une jeune fille en larmes. C'était Fernande. Il fut sur le point de lui demander la cause de son chagrin, prétexte de lui adresser la parole, mais il passa outre, se contentant cette fois de lui lancer un regard audacieux, ce qu'il n'avait jamais osé faire avant sa métempsycose[1].

Après avoir retenu une chambre à l'auberge pour quelques jours, il se rendit chez le notaire pour l'achat d'une maison en pierre d'imposante apparence, en vente depuis plus d'un an. Se donnant pour un chercheur d'or qui s'était enrichi dans l'Ouest et désirait mener une existence paisible dans un coin de campagne, le Bossu dit s'appeler Pierre Arsenault.

---

1. Passage de l'âme dans un autre corps.

Le moment venu d'apposer sa signature au contrat de vente, le soi-disant mineur ne fut pas peu perplexe, n'ayant jamais connu la différence entre la première et la dernière lettre de l'alphabet.

— J'ai encore la main paralysée des suites d'un accident, dit-il, voulez-vous signer pour moi ?

Comme il s'excusait de ne pouvoir signer, le Bossu sortit de son gousset des rouleaux d'or. Le tabellion, émerveillé, ébloui, peu habitué à ces transactions rapides, eût signé volontiers deux fois pour un acheteur aussi commode.

Une fois propriétaire de la maison, l'ancien bossu n'eut plus qu'un désir : rencontrer la belle Fernande et s'en faire aimer. Attendre quelques semaines, pour donner le temps au chagrin et aux regrets de la jeune fille de s'estomper, telle fut la première pensée du jeune homme. Mais son impatience de la revoir pour lui faire l'aveu de son amour était si grande qu'il ne sut attendre.

La terre qui recouvrait la tombe de Thomas était encore fraîche. L'ancien forçat de la société s'en allait à pas lents, un matin, sur la même route qu'il avait si longtemps parcourue en traînant désespérément sa besace, sa bosse, son pied bot, sa misère. Soudain, il eut un éblouissement. Fernande venait en direction opposée. À mesure qu'elle approchait, son émotion à lui s'accentuait.

Elle avançait à petits pas, sous le chapeau à larges bords qui ombraient à demi la figure aux lignes délicates flottaient les deux lourdes tresses d'or fauve. Sur son front immaculé errait un voile de tristesse qui contrastait avec tant de jeunesse et de beauté.

S'inclinant avec une politesse un peu affectée, le Bossu dit :

— Mademoiselle, me permettez-vous de vous reconduire?

Fernande n'ignorait pas le nom du jeune homme. Comment en eût-il été autrement? Le lendemain même de la transformation du Bossu, tout le village connaissait le nouvel arrivé. Ne croyant pas trahir un secret professionnel, le notaire, de son côté, n'avait rien eu de plus empressé que de colporter l'état de fortune de son client. Et depuis il n'avait plus été question que du joli garçon richissime dont l'apparition dans le pays avait produit autant d'effet que s'il était tombé de la lune. Aussi quel remue-ménage dans le camp des jeunes et vieilles filles à marier. Fallait voir se trémousser les bonnes mamans. Peu communicatif toutefois, le Bossu montrait fort peu de disposition à se laisser approcher.

Fernande, qui savait toutes ces choses, et dont la réserve ajoutait à ses charmes, fut interdite et devint rouge comme un coquelicot. Elle allait continuer son chemin en hâtant le pas. Mais il avait attaché sur elle un regard chargé de tendresse. Dans ce regard il y avait de la prière, de la hardiesse, de l'attirance à un point tel que Fernande ne baissa pas les yeux et fut prise tout d'un coup malgré la grande douleur qu'elle ressentait encore de la perte de l'autre. Elle aima sur-le-champ, de toutes ses forces et pour toujours.

Elle accepta le bras de celui qu'elle ne connaissait que de nom sans ne rien savoir de son passé, de son caractère, de ses mœurs.

Il l'avait ensorcelée, commenta le père Jérôme, et voilà qui expliquait tout.

Les fréquentations avaient été fort courtes, au scandale des envieux qui ne se gênaient pas de remarquer que la jeune fille n'avait pas été lente à oublier celui qui avait emporté son cœur et sa foi dans le tombeau. Les sages trouvaient qu'elle était bien imprudente de se livrer sans plus de garanties, à l'aveuglette, en étourdie, à un inconnu après tout, bien qu'on le dît riche comme un nabab, et qu'il fût beau et galant comme pas un. Les parents s'en mêlèrent, employèrent tour à tour la menace et la supplication. Mais allez donc faire entendre raison à une jeune fille qui s'est laissée prendre au piège, qui a été ensorcelée, pour répéter le mot du père Jérôme, qui le redisait lui-même cent fois à qui voulait l'entendre en ajoutant avec des branlements de tête :

— Ça finira mal, ça finira mal !

Quinze jours plus tard, Fernande, devenue la femme du Bossu, ou de Pierre Arsenault, franchissait le seuil de la maison maudite.

Il y avait dix ans que le Bossu avait accepté le pacte infernal. Et cependant, malgré la possession de la femme convoitée avec une passion aussi aveugle, malgré son or qu'il avait prodigué, il n'était pas heureux ; il ne l'avait guère été. Son humeur était plus sombre que dans les temps de sa plus dure misère. Jamais on ne le voyait sourire et, dans la contrée, on l'avait surnommé la porte de prison. À personne il n'adressait la parole, si ce n'est à sa femme, et quand, par hasard, quelqu'un osait lui parler, le misanthrope ne répondait que par monosyllabes et s'éloignait aussitôt.

Il fait nuit. La tempête est déchaînée dans toute sa violence. Les éclairs sont suivis de roulements et d'éclats de tonnerre qui ébranlent les maisons sur leurs bases. Le vent, qui mugit comme un troupeau de bêtes fauves, casse les branches, déracine les arbres, arrache les jalousies et les contrevents de leurs gonds, les lance dans l'espace. Un peu partout des cierges bénits s'allument et l'on supplie le Dieu de miséricorde d'étendre à tous sa bonté et sa clémence. Dans une maison de pierre assise loin de la route, au fond d'un parterre saccagé par la tourmente, une femme dont la beauté épanouie est empreinte de mélancolie, est à genoux devant une statuette de la Madone. Elle dit son chapelet. Le cierge qui brûle à côté de la Vierge fait briller comme des diamants les larmes qui descendent lentement des yeux de ciel de Fernande.

À quelques pas de là, un homme aux cheveux de neige, mais qui n'a certainement pas encore atteint l'âge du vieillard, est écroulé dans un fauteuil. Les traits bourrelés par le remords sont frappés d'une terreur inexprimable. Les mains nerveuses sont crispées sur les bras du fauteuil. À chaque éclair qui flambe à travers les persiennes closes, à chaque grondement de tonnerre, un frisson le secoue de la tête aux pieds et, instinctivement, il se retourne, comme si un danger inévitable le guette, ou un ennemi invisible doit le surprendre par-derrière.

Soudain, l'homme jette un cri d'épouvante qui domine le fracas de la tempête. Dans un angle de la pièce, une apparition d'un rouge flamboyant couve le Bossu des yeux en faisant entendre un sinistre ricanement. Il y a dans cette vision tant de fascination terrifiante que le misérable n'en peut détacher la vue.

Le Bossu comprend. La date de l'échéance est arrivée. Il faut payer.

Il veut appeler au secours. Comme dans le plus affreux des cauchemars, aucun son ne sort de son gosier. Encore un cri et il tombe foudroyé la face contre terre.

Un coup de tonnerre retentit en même temps, et, au sein d'un vacarme d'enfer, le toit s'effondre à l'intérieur. Des débris s'élèvent des tourbillons de flamme qui projettent une lueur lugubre sur cette scène de désolation.

Telle avait été la fureur de l'incendie qu'un quart d'heure plus tard il ne restait plus de la maison maudite que quatre murs fumants.

Cependant Jérémie Castonguay, qui est mort l'an dernier, et son cousin issu de germain, Baptiste Provost, qui vit encore et pourra certifier le fait, passaient par là au moment de l'incendie. Eh bien! ils assurent avoir vu de leurs yeux un bel oiseau blanc qui du brasier s'élançait vers le ciel, tandis qu'un animal monstrueux, qui ressemblait à un sanglier énorme avec des tisons à la place des yeux, une corne au milieu du front et une queue terminée en pointe de flèche, se sauvait vers les bois en poussant des grognements sauvages et douloureux.

Les villageois, le lendemain, eurent beau fouiller les ruines, ils ne trouvèrent aucune trace des cadavres. Depuis, personne n'a osé s'aventurer près des décombres de la maison maudite.

Et tous les ans, à la même date, la nuit retentit de hurlements de damné.

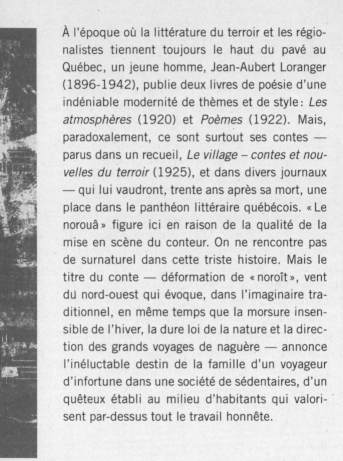

Jean-Aubert Loranger

À l'époque où la littérature du terroir et les régio-
nalistes tiennent toujours le haut du pavé au
Québec, un jeune homme, Jean-Aubert Loranger
(1896-1942), publie deux livres de poésie d'une
indéniable modernité de thèmes et de style : *Les
atmosphères* (1920) et *Poèmes* (1922). Mais,
paradoxalement, ce sont surtout ses contes —
parus dans un recueil, *Le village – contes et nouvelles du terroir* (1925), et dans divers journaux
— qui lui vaudront, trente ans après sa mort, une
place dans le panthéon littéraire québécois. « Le
norouâ » figure ici en raison de la qualité de la
mise en scène du conteur. On ne rencontre pas
de surnaturel dans cette triste histoire. Mais le
titre du conte — déformation de « noroît », vent
du nord-ouest qui évoque, dans l'imaginaire traditionnel, en même temps que la morsure insen-
sible de l'hiver, la dure loi de la nature et la direction des grands voyages de naguère — annonce
l'inéluctable destin de la famille d'un voyageur
d'infortune dans une société de sédentaires, d'un
quêteux établi au milieu d'habitants qui valori-
sent par-dessus tout le travail honnête.

Le norouâ

D ans la cuisine, où la famille veillait, le poêle à deux
fourneaux ronflait garni de grosses bûches. Dehors,
le norouâ[1] qui soufflait, depuis deux jours, s'engouffrant
par une des portes mal fermée de la grange ; et Pit
Godbout avait assuré, en entrant, que le thermomètre du
bureau de poste marquait plus de quarante degrés.

— Quarante degrés ! avait répondu le père Ménard,
en approchant davantage sa chaise du feu, c'est pas des
farces, ça mes enfants.

Tous les soirs d'hiver la famille se réunissait ainsi au
chaud dans la cuisine, où il était rare qu'on ne recevait
pas quelques veilleux. Les nouvelles qu'ils apportaient
étaient écoutées avidement et commentées, ensuite, avec
lenteur, pour les faire durer plus longtemps, car il faut
bien qu'on ait de quoi s'entretenir pour faire passer toute
une soirée.

Codère, le plus assidu, car il venait pour le bon motif,
s'asseyant à l'écart avec Eva, ce qui faisait infailliblement
dire, à la mère Ménard qui passait pour avoir de l'esprit,
que les amoureux n'ont pas besoin de la chaleur du
poêle.

Mais ce soir-là, vers neuf heures, après que les enfants
furent couchés, contrairement à l'habitude, la conversation, toujours si animée, tomba peu à peu, comme d'échelons en échelons, jusqu'à ce qu'on n'eût plus rien à se dire,
tous les yeux fixés à terre. Les silences, de plus en plus

---

1. Déformation de « noroît », vent du nord-ouest.

prolongés, qu'emplissaient les pétillements du poêle et le vacarme sourd du vent, avaient un léger caractère d'angoisse.

— Quarante degrés, reprit le père Ménard, puis le vent qui ne tombe pas !

— On est pourtant dans la pleine lune, releva quelqu'un.

La grosse lampe à pétrole faisait se tasser les ombres, dans les coins de la pièce ; et l'œil ardent de la porte du fourneau illuminait le dessous de la table, d'une lueur d'incendie.

Le père Ménard rompit encore le silence.

— Mets de l'eau dans le canard, sa mère, il se vide.

La femme, cette fois, remplit la bouilloire jusqu'au faîte.

— Chauffe pas trop, son père, tu sais que la cheminée est sale ! Avec un vent de même…

À la façon dont l'homme prononça « J'aime mieux mourir par le feu que par le froid », l'assemblée comprit que le père allait raconter quelque chose : et chacun approcha, plus près de lui, sa chaise.

On bourra de nouveau les pipes, et les premières bouffées de fumée créèrent, instantanément, l'atmosphère nécessaire au récit. C'est ainsi que l'auditoire a coutume de marquer son grand désir d'écouter.

La voix du conteur, alors, monta lente et pleine ; et le père Ménard parla les yeux fixes, en homme qui ne cherche pas, par tous les coins de la pièce, où trouver ses mots.

« Vous n'avez pas connu, vous autres, Kenoche, le quê-teux. Vous êtes trop jeunes. Il restait, à quatre arpents d'icitte, où Péloquin a bâti, aujourd'hui, son moulin.

« Il faut croire, qu'il ne s'était pas arrangé, avec les autres quêteux de Sainte-Julienne, et qu'il n'aimait pas leur compagnie, pour être venu rester avec sa femme et son petit enfant. Toujours est-il, que Péloquin lui avait loué, pour presque rien en toute, une vieille maison qu'on a démolie depuis.

« Kenoche avait donc commencé par tirer du village tout ce qu'il put, pour ensuite pousser plus loin, chez les voisins, sa randonnée de quêteux.

« Il ne pouvait pas compter sur le village pour le faire vivre bien longtemps. Entre gens d'un même village, on s'entraide, mais on ne se fait pas la charité. Et Kenoche, lui, n'était pas autre chose qu'un quêteux et qui ne savait faire que ça. Et puis, vous le savez bien, on aime toujours ça quand un quêteux vient de loin ; c'est plein d'intérêt quand on le fait jaser.

« Toujours est-il, il partait de bonne heure, tous les printemps, avec sa femme et son petit enfant, dans une grosse *waguine*[1]. Ça n'allait pas du train des chars je vous l'assure : son vieux cheval ne pouvant pas trotter, rapport qu'il avait les pattes de devant trop raides. Je crois même qu'on avait dû le lui vendre bon marché, justement parce que c'était un cheval qui ne trottait pas, par conséquent, rien que bon pour un quêteux comme lui. Mais la belle saison permettait toujours, à Kenoche, de faire sa tournée au pas, et de revenir s'enfermer, pour l'hiver, dans sa maison juste à la première bordée de neige de la Sainte-Catherine.

« En tout cas, voici ce qui est arrivé. On a tous su l'affaire plus tard ; et si le quêteux ne l'avait pas racontée lui-

---

1. Déformation de « wagon » : voiture à cheval dédiée au transport des marchandises.

même, on n'aurait, ma foi, jamais pu rien comprendre, tant c'est incroyable.

« Un bon jour du mois de janvier, rapport que la dernière tournée avait dû être mauvaise, Kenoche s'est aperçu qu'il n'avait pas de quoi vivre encore deux semaines. Mon doux ! il aurait dû aller trouver monsieur le curé ou monsieur le maire, puis leur expliquer son affaire. Mais, vous savez bien, ce que c'est qu'un quêteux. Quand on dit, orgueilleux comme un quêteux, hein ? Il était donc trop fier. Puis, cet homme, pouvait-il en réalité prévoir ce qui devait lui arriver. Non, en toute ! Ça mes enfants, ça ne se pouvait pas. »

Ici le père Ménard se tut, pour bourrer sa pipe et tirer une touche. Tout le monde en fit autant, vivement intéressé et les dimensions de la cuisine se perdirent dans ce regain de fumée.

Dehors, le vent hurlait toujours.

Après avoir poussé une nouvelle bûche dans le poêle, le père Ménard continua.

« Eh bien, qu'est-ce qui restait à faire, à un fou comme lui, dans ces conditions-là ? Pouvait-il consentir à mourir de faim comme un chien ? Ça non, les enfants, un quêteux ne meurt jamais de faim ! C'est bon pour les braves gens.

« Vous le devinez, hein ? C'est bien ça. Vous le voyez d'icitte, là, un bon matin, atteler sa picouille, fermer la porte de sa maison comme il le faisait au printemps, et partir tout seul, pour aller quêter dans une petite tournée.

« Sa femme, puis son enfant ? Sans avertir personne, il les a laissés seuls. Il n'était pas inquiet, le chrétien : n'allait-il pas revenir, dans une semaine ? Sa femme avait, à la maison, juste de quoi pour l'attendre. Une semaine, c'est pas beaucoup, pour ramasser ce qu'il faut pour vivre en paix, en attendant le printemps. Mais, il comptait bien sur la pitié des autres villages. D'ailleurs, il était bien certain de ne pas avoir de concurrence. Pensez donc, un quêteux qui cogne chez vous, en plein janvier!

« C'était plein de bon sens, tout ça, mais là, ousqu'il devenait un criminel de serpent, c'est que sa femme était malade, puis qu'il le savait. Ah, le bondieu d'homme!

« Et le voilà donc parti.

« Au bout de cinq jours, il s'est mis à tomber une bordée de neige, mes enfants, vous m'entendez, une neige qui était une vraie punition du Bon Dieu.

« Je me rappelle encore, qu'au premier matin, chez mon vieux père, qu'on ne put pas arriver, en toute, à ouvrir la porte de la cuisine, puis qu'on a été obligé de passer par une fenêtre de deuxième, pour pouvoir tout déblayer.

« Puis, par là-dessus, le vent s'est élevé. En tout cas, et en peu de temps, il n'y avait pas une route de praticable. Il fallait battre le chemin, à la grande scrépeuse, pour se rendre chez le voisin.

« Il y a toujours du norouâ qui s'amène, dans une affaire de même. Puis quand je vous dis que le norouâ soufflait comme à soir, je conte une menterie, mes enfants. C'était pire qu'à soir…

« Personne savait, au village, que Kenoche était parti, puis on a fini par trouver ça curieux que la cheminée du quêteux ne fumait plus, par un froid pareil. Vous comprenez bien qu'on est allé voir.

« Il a fallu défoncer la porte.

« Vous ne savez pas ce qu'on a trouvé, hein ? Bien je vais vous le dire, moé.

« On a trouvé la maison vide. Sans blague, vidée à net…

« La mère Kenoche, trop malade pour sortir demander du secours, avait brûlé tous ses pauvres meubles ; tout ce qu'il y avait dans la maison… Puis on l'a trouvée morte, gelée dure comme une pierre de cimetière, couchée à terre, de tout son long, avec son enfant, à moitié nu, dans ses bras, gelé, lui aussi, comme elle.

« Le pire, dans tout ça, mes enfants, et toutes les femmes du village en braillaient, tellement ça faisait pitié à voir, c'est que l'enfant tenait encore dans sa main un morceau de galette de sarrasin gelé. Tout ce qui restait à manger dans la maison…

« Pauvre petit enfant… »

Le père Ménard s'étant tu, se leva pour verser un peu d'eau dans la bouilloire, car elle commençait à chanter. Et après avoir rallumé sa pipe, il garda un silence obstiné.

Dans un coin d'ombre, la pendule cognait doucement.

Au premier abord, l'auditoire sut gré au conteur pour ce temps qu'il accordait à l'apitoiement, mais au bout de quelques minutes, il devint impatient. L'histoire ne pouvait pas finir là.

— Puis le quêteux Kenoche, finit-on par lui demander anxieux, est-ce qu'il est revenu ?

Entre deux bouffées de fumée, le père Ménard répondit, distrait.

Ouais…

Venant du grenier, un craquement sec se fit entendre, et tout le monde sursauta.

— C'est un clou qu'a sauté dans son trou, par le froid, expliqua quelqu'un.

Le père Ménard fumait toujours, distraitement.

— Son père, répondez donc, supplia-t-on, qu'est-ce qu'il a fait, le quêteux, après?

Alors, le père Ménard tendit l'oreille aux hurlements du vent et après avoir secoué sa pipe contre le talon de sa chaussure, il répondit d'un ton contrarié.

— Il s'est pendu…

Jacques Ferron

Médecin, plus par devoir que par goût («[C]e sera le médecin qui entretiendra l'écrivain. Je serai mon propre mécène», écrivait-il dans *Gaspé-Mattempa*, en 1980), Jacques Ferron (1921-1985) exercera d'abord dans la campagne gaspésienne, puis dans les quartiers défavorisés de Montréal, faisant preuve d'une solidarité remarquable à l'endroit de ses compatriotes. Socialement engagé sur plusieurs fronts, il réalisera une œuvre narrative dont la richesse poétique et l'humour aigre-doux en font, pour reprendre une formule de Victor-Lévy Beaulieu, un «écrivain très grand parmi les très grands de toutes les littératures[1]». Tirés des *Contes du pays incertain* (1968), les deux contes choisis ici explorent les thèmes universels du mystère de la naissance et de l'angoisse de la mort. Si «Le chien gris», faisant écho au motif du loup-garou, étire habilement les limites du fantastique, «La Mi-Carême» relève plutôt de l'«étrange pur», s'inspirant des mythes qui entourent la venue d'un nouveau-né dans les sociétés traditionnelles. Bien que la génération soit valorisée au point où le prêtre pouvait légitimement reprocher à une mère de famille de tarder d'être enceinte, la conception, elle, n'en comporte pas moins une part taboue, qu'il faut cacher aux enfants. Cet interdit est un terreau fertile pour l'imagination.

---

1. Victor-Lévy BEAULIEU dans Jacques FERRON, (1998). *Contes*, Montréal, Presses Universitaires de Montréal, coll. Bibliothèque du Nouveau Monde, p. 11.

Jacques Ferron

La Mi-Carême

J'étais un flow[1], un gamin de la Côte. À huit ans je ne
connaissais guère la Mi-Carême[2], qui avait jusque-là
passé chez nous durant la nuit. Mais voici que ma mère,
un matin, se rendit compte que pour une fois il en serait
autrement. Du bout des lèvres, car elle ne voulait pas que
son trouble parût, elle me dit :

— Va chercher Madame Marie.

Je courus prévenir la vieille, qui changea vite de
tablier. Je l'attendis, pensant qu'elle allait me suivre tout
simplement, mais non : son tablier changé, elle empoigne
un gros bâton et le lève au dessus de ma tête, disant : « Ah,
mon sacripant ! » Je déguerpis, vous vous imaginez bien.
Ma mère, qui guettait mon retour, du regard m'interroge.
Je lui fais signe que oui. Quelques minutes passent. Autre
regard. Même réponse. Enfin la vieille arrive, tout essouf-
flée ; elle se laisse tomber sur une chaise, cligne d'un œil
et de l'autre examine la situation. C'est l'affaire d'une
seconde et la voilà qui se retourne contre nous, les enfants,
qui ne lui avons jamais rien fait. « Dehors ! » nous crie-
t-elle. Mais nous sommes trop saisis pour bouger. Alors
ma pauvre mère du bout des lèvres nous dit :

— Allez, allez chez la voisine.

---

1. Jeune garçon ou adolescent. Provient sans doute d'une contraction de
   l'anglais *fellow*.
2. Pour les catholiques, le carême est la période de célébrations et de privations
   qui précède Pâques. Pendant la Mi-Carême, qui se déroule, comme son nom
   l'indique, à peu près au milieu de cette période, des gens déguisés (les « Mi-
   Carêmes ») défilent par les maisons, goûtant les plats et surtout les alcools
   qui leur sont servis. Dans certaines régions, la Mi-Carême est plutôt un
   personnage mythologique qui sert à expliquer les naissances.

Quand nous revînmes à la maison, la vieille avec son bâton nous attendait au milieu de la place. Derrière elle, immobile, ma mère était au lit, qui tourna lentement la tête vers nous et sourit. À cette vue les plus jeunes qui n'avaient pas le nombril sec, les bedaines, ne purent s'empêcher de courir vers elle. La vieille les attrapa et les assit proprement.

— Ne touchez pas à votre mère, dit-elle : la Mi-Carême l'a battue.

À moi elle expliqua.

— C'est arrivé pendant que vous étiez chez la voisine.. Moi-même j'étais sortie quérir du bois. Soudain j'entends des cris, je rentre, qu'est-ce que je vois ? La Mi-Carême dans la maison. Je ne fais ni une ni deux, je tape dessus le tas avec mon gros bâton : aïe ! aïe ! aïe ! la Mi-Carême ne s'y attendait pas : par les portes, par les fenêtres, par tous les trous elle se sauve, oubliant quelque chose, devine quoi : ce bébé !

Et la vieille, clignant d'un œil, de l'autre me regarda :

— Sacripant, est-ce que tu me crois ?

Si, si, je la croyais. Seulement j'entendais les pas de mon père se rapprochant de la maison. La porte s'ouvrit, mon père s'arrêta dans l'encadrure, chaussé de ses grandes bottes, les mains couvertes d'écailles, et il dit :

— Je croyais que la Mi-Carême était dans la maison.

— Elle est retournée dans le bois, répondit la vieille. Mais regardez donc un peu ce qu'elle nous a laissé.

Mon père se pencha sur le paquet de langes. Quand il se redressa, il était heureux, rajeuni ; les écailles de hareng brillaient sur ses bras ; il se frottait les mains, il trépignait dans ses grandes bottes, et je pensais, moi, le flow, que c'était lui que la Mi-Carême aurait dû battre.

Jacques Ferron

Le chien gris

Peter Bezeau, seigneur de Grand-Étang, devenu veuf peu après son mariage, avait remplacé sa femme par la bouteille de rhum qu'il buvait chaque soir. D'une année à l'autre, il la vidait plus vite et se couchait plus tôt : ainsi déclinait-il. Mais le matin, toujours debout à la même heure, il redevenait dur et farouche. Quatre grands chiens noirs l'accompagnaient, par-dessus lesquels il adressait la parole à ses hommes ; comme les bêtes avaient la réputation d'être féroces, sa conversation intimidait. Terriens et pêcheurs, qu'il avait à son service, le craignaient tous ; quelques-uns le respectaient ; nul ne songeait à l'aimer.

Avec le soir Peter Bezeau vieillissait brusquement ; son visage se couvrait de rides, ses yeux devenaient hagards et cireux ; l'approche de la nuit le consternait. Il buvait alors sa bouteille. Quand il avait fini, il criait à sa fille d'appeler les chiens, puis, se jetant rond sur son lit, sombrait dans un profond sommeil. Nelly faisait rentrer les chiens et s'allait coucher à son tour.

Un matin le seigneur aperçoit parmi ses bêtes un chien gris qu'il ne connaît pas et dont l'allure inquiète et les yeux rouges l'étonnent : lui ayant ouvert la porte, l'intrus se glisse dehors avec la souplesse d'une ombre. Un mois plus tard il est de nouveau dans la place ; cette fois le seigneur le chasse d'un coup de pied pour le dissuader de revenir. Mais la bête est tenace ; elle revient un mois après. Alors le seigneur prend un fusil, pousse la porte ; la bête de fuir ; toutefois, au moment où il la vise, elle s'arrête et regarde en arrière ; ses yeux lancent de telles flammes que le seigneur abaisse son arme ; elle reprend sa course et disparaît. « Le mois prochain, flammes ou pas je tire », dit le seigneur Peter Brezeau. Il tira en effet, mais à l'instant même du coup le chien gris n'était plus là pour le recevoir.

— C'est sûrement un loup-garou, pensa-t-il.

Le soir son rhum bu, quand il cria à Nelly de faire entrer les chiens, il insista :

— Les chiens, pas le loup-garou !

Nelly pensa que son père était saoul. Naguère elle ne l'eût pas pensé. Elle avait changé depuis quelque temps. Le lendemain, comme elle lui apportait sa bouteille, il lui en fit la remarque ; elle haussa les épaules ; il fit de même et se tourna vers la bouteille.

Un autre mois passe ; le jour fatidique arrive ; Peter Bezeau se lève avec appréhension. Il descend dans la cuisine : ses quatre grands chiens noirs y sont, mais de chien gris nulle trace ! Il respire : le cauchemar est fini. C'est alors que Nelly apparaît dans la place. Elle n'a pas l'habitude d'être aussi matinale. Surpris, Peter Bezeau l'observe : son fin visage semble plus petit que naguère ; ses épaules sont renvoyées en arrière et le ventre…

— Nelly !

Nelly ne bouge pas.

— Sais-tu au moins ce qui t'arrive ?

Elle l'ignore. Peter Bezeau ne veut pas en apprendre davantage ; il se précipite au-dehors, suivi de ses quatre grands chiens noirs. Chez Madame Marie il va. À la porte il laisse ses bêtes et entre.

— Peter Bezeau, lui dit la vieille, vous semblez inquiet : êtes-vous malade ?

Le seigneur sans ses chiens est un pauvre homme, un vieillard de soixante ans et plus.

— Je ne suis pas malade, répond-il, je suis inquiet de ma fille : venez à la maison pour me dire ce qu'elle a.

Madame Marie voit Nelly.

— Votre fille, Peter Bezeau, est en voie de famille et pas mal avancée.

— Écoutez bien, Madame Marie, dit le seigneur, (et il lui parle cette fois par-dessus ses quatre grands chiens noirs), écoutez bien : s'il arrive malheur à Nelly, vous serez salée et séchée comme une vieille morue.

— Ouida, Peter Bezeau, je ne vaux guère mieux. Venez quand même me voir demain : je vous rendrai réponse.

Le lendemain le seigneur est chez elle dès le lever du jour. Il a laissé ses chiens dehors ; il est de nouveau un pauvre homme, un vieillard de soixante ans et plus.

— Qui a mis Nelly dans cet état, Peter Bezeau ?

— Je n'en sais rien.

La vieille le regarde fixement.

— En êtes-vous bien sûr ?

Peter Bezeau se trouble ; il avoue ce qu'il sait.

— Un chien gris aux yeux rouges ? Un loup-garou, quoi ?

— Je l'ai pensé aussi.

— Peter Bezeau, êtes-vous sérieux ? Vous voulez que j'accouche votre fille quand on ne sait même pas ce qu'elle a dans le ventre ! Je ne tiens pas à être salée et séchée comme une vieille morue.

Le seigneur n'a pas ses chiens ; c'est un pauvre homme, un vieillard de soixante ans et plus, que le malheur de sa fille désespère. Il implore pitié.

— J'aurai pitié de vous, Peter Bezeau, mais faites bien ce que je vous dis : amenez-moi Madame Rose, Thomette Tardif, la papesse de Gros-Morne et Madame Germaine. Avec leur aide je me fais forte d'accoucher Nelly, fût-elle grosse d'une licorne.

Le seigneur ne se l'est pas fait dire qu'il court déjà vers l'anse, précédé de ses quatre grands chiens noirs, qui aboient dans le vent ; des mouettes s'échappent de leurs gueules pour voler vers le quai et se perdre dans l'écume des vagues. Sur l'heure quatre barques appareillent et gagnent le large.

La première ramènera de Cloridorme Madame Rose, maigre et futée, qui connaît l'art de tromper les jeunes femmes sur leurs douleurs, leur faisant accroire que ce sont coliques éphémères et que le mal d'enfant ne viendra pas avant neuf jours ; elle nie l'accouchement à ses débuts pour mieux l'affirmer ensuite, quand il est sur le point de finir ; c'est une vieille fort utile. La deuxième barque reviendra de Gros-Morne avec Jane Ardicotte, dite la papesse, car elle possède une grosse Bible anglaise ; de cette Bible elle tire un verbe mystérieux, incantatoire, qui happe l'âme et l'élève à deux pieds au-dessus du lit, permettant ainsi au ventre de faire bêtement, bonnement son travail. La troisième aura à son bord Madame Germaine de l'Échourie, qui vous soigne un enfant comme s'il était un beau morceau de satin. Enfin Thomette Tardif arrivera de Mont-Louis sur la quatrième barque, apportant les crocs de sa fabrication, qui seront requis au cas que l'enfant (ou le monstre) reste collé aux reins de Nelly.

Les barques revenues, les trois sages-femmes, la papesse et l'homme aux crocs s'enfermèrent avec la fille du seigneur. Celui-ci, mis à la porte, resta dehors. De temps en temps un jeune homme venait lui donner des nouvelles. Il apprit ainsi que, Madame Rose ayant fini ses tromperies, la papesse l'avait remplacée et qu'elle était en train de lire dans son gros livre. Les heures semblaient longues; enfin la journée acheva. Le jeune homme revint, radieux.

— Les femmes ont renvoyé Thomette, annonça-t-il.

Le Seigneur le regarda par-dessus ses quatre grands chiens noirs.

— Qui es-tu, jeune homme, demanda-t-il, pour en savoir tant?

— Je suis votre commis. Vous ne me reconnaissez pas?

— Je n'aime pas mes commis: ce sont des ambitieux qui ne songent qu'à me voler ma seigneurie.

Le jeune homme ne répondit pas. Le soir tombait.

— Monsieur Bezeau, dit-il, venez au magasin; nous y serons mieux pour attendre.

Le seigneur le suivit. Ils s'installèrent dans le magasin. Aussitôt les quatre grands chiens noirs se mirent à flairer la porte de la cave.

— Que flairent-ils?

— J'ignore.

— Ouvre la porte, nous verrons.

Le commis ouvrit la porte et le seigneur aperçut un chien gris aux yeux rouges qu'il connaissait bien.

— À qui cette bête? demanda-t-il.

— À moi, répondit le commis.

Sur les entrefaites on vient leur apprendre qu'un fils est né à Nelly de la plus heureuse manière. Les deux hommes se rendent à la maison tout éclairée. Quand on souffla les lampes, « qui m'apportera mon rhum ? » demanda le seigneur. Ce fut l'habile commis. Peter Bezeau vida la bouteille et, s'étant jeté rond sur son lit, s'endormit comme d'habitude. Les jours suivants, toutefois, il parut bizarre ; on se rendait compte qu'il était un pauvre homme, un vieillard de soixante ans et plus. Il mourait peu après.

Ses quatre grands chiens noirs cherchèrent quelque temps autour de sa tombe, puis n'ayant rien trouvé, disparurent à leur tour de Grand-Étang. Le chien gris prit leur place.

Michel Tremblay

En 1966, deux ans après que sa pièce *Le train* lui a valu le Premier Prix du Concours des jeunes auteurs de Radio-Canada, deux ans avant la création des *Belles-sœurs* au Théâtre du Rideau Vert, Michel Tremblay (1942-) n'est pas encore ce flamboyant auteur dramatique, ni ce romancier de renommée internationale qu'il deviendra. Il publie aux Éditions du Jour *Contes pour buveurs attardés*, un recueil de vingt-cinq contes fantastiques répartis selon le vice nocturne de leurs narrateurs : *Histoires racontées par des fumeurs* et *Histoires racontées par des buveurs*. Comme l'ensemble des contes du recueil, « Le fantôme de Don Carlos » ne comporte pas d'éléments spécifiques du surnaturel canadien-français ou québécois. Sur un canevas qui rappelle le meilleur des grands maîtres du genre du XIXe siècle, quelque part entre Théophile Gautier et Edgar Allan Poe, le conte propose une variation habile sur le thème du spiritisme, et renoue, jusqu'à un certain point, avec les motifs européens des chasses fantastiques, qui mettent en vedette les âmes en peine de cavaliers maudits.

Michel Tremblay

Le fantôme de Don Carlos

Mon oncle Ivan était célèbre. Tout le monde le connaissait mais personne n'en parlait jamais publiquement. Mon oncle Ivan était spirite. On disait de lui qu'il pouvait communiquer avec les âmes des morts, grâce à un don que lui avait donné jadis une quelconque princesse hindoue. De fait, mon oncle possédait vraiment ce don. J'ai assisté dans mon enfance — mon oncle est disparu alors que j'étais à peine âgé de quinze ans — à des séances bien extraordinaires…

Ayant perdu mes parents alors que j'étais très jeune, je fus accueilli, instruit dans les choses de la vie et chéri par mon oncle Ivan. Malgré toutes les horreurs qu'on racontait sur son compte, par exemple qu'il était homme sans foi ni loi, qu'il avait vendu son âme au diable et autres stupidités du genre, mon oncle Ivan était un homme en tous points admirable.

Homme très érudit, il était le meilleur professeur qu'on puisse imaginer. Il savait expliquer les choses les plus compliquées d'une façon très simple et très claire, ce qui me permit, avec l'intelligence et les quelques talents que Dieu m'avait donnés, d'avancer assez rapidement dans tous les domaines et, surtout, dans le domaine des sciences.

Mais mon oncle refusa toujours de me parler de son don. Quand j'abordais le sujet, il se fâchait (ses colères étaient terribles) et me disait que jamais, au grand jamais, il n'accepterait de me dévoiler ses secrets. Il me semble encore l'entendre crier : « Tu veux devenir un médium, comme moi ? Pauvre, pauvre enfant, tu ne sais pas ce qui t'attend… Jamais tu ne deviendras médium ! Je refuserai toujours de te transmettre mon don, car c'est ce que tu veux, n'est-ce pas ? Je t'aime beaucoup trop ! Je t'aime beaucoup trop ! »

Tous les vendredis soirs, pourquoi le vendredi, je ne saurais dire, un groupe de six ou douze personnes envahissaient le salon de notre demeure et mon oncle invoquait les esprits. J'ai vu pendant ces séances extraordinaires des choses vraiment tragiques. J'ai vu des femmes perdre connaissance en voyant paraître devant elles qui son mari, qui son fils, qui sa mère… J'ai vu des hommes pourtant très braves se lever et sortir de la maison en poussant des cris d'épouvante parce que quelqu'un, un mort qui était venu de l'autre monde, les avait touchés… J'ai même vu une femme en pleurs embrasser passionnément l'image de son mari défunt. Mais la chose la plus effrayante, la chose la plus terrible et la plus terrifiante qu'il m'ait été donné de voir dans ce salon maudit, fut le fantôme de Don Carlos.

Isabelle del Mancio, une des femmes les plus riches et, disait-on, la plus belle femme d'Espagne, était venue un jour visiter notre petit pays. En homme distingué qu'il était, le premier ministre avait préparé un grand dîner en l'honneur de cette noble dame. Malheureusement pour lui, mon oncle Ivan fut invité à la fête. Mon oncle Ivan, malgré qu'il fût, comme je l'ai déjà dit, un homme admirable, était très peu sociable. Il n'était vraiment pas fait pour vivre en société. Aussi avait-il la réputation d'être un grand sauvage et c'était vrai. Mon oncle préférait la compagnie de ses livres et, je puis le dire sans fausse modestie, ma compagnie à celle de ces « insoutenables aristocrates », comme il se plaisait à les appeler. L'invitation du premier ministre lui fut donc très peu agréable. « Tu devrais te sentir flatté, lui dis-je, qu'un premier ministre t'invite à dîner en compagnie de la plus belle femme d'Espagne ! » Mon oncle Ivan sourit et dit doucement : « La plus belle femme d'Espagne, mon garçon, ce n'est pas Isabelle del Mancio. La plus belle femme d'Espagne… » Mon oncle ferma les yeux et me dit tout bas : « Je te la ferai voir, un jour. »

Mon oncle Ivan déclina l'invitation. Une mauvaise migraine…

Mais Isabelle del Mancio était une enragée de spiritisme. Elle avait entendu parler de mon oncle Ivan et tenait absolument à faire sa connaissance. Quand elle vit que mon oncle n'était pas présent à la fête offerte en son honneur, elle fut très vexée.

Tout de suite après le dîner, elle exigea qu'on fît venir sur le champ le « malade ». « J'ai parcouru des milliers de milles pour rencontrer ce médium (ici, le premier ministre fut un peu froissé) ; j'arrive enfin dans ce pays de malheur et on me dit que ce monsieur ne veut pas me voir sous prétexte qu'il a une grosse migraine ! On ne sait donc pas vivre, dans ce pays ? »

Mon oncle Ivan refusa catégoriquement de se rendre chez le premier ministre. Cependant, il accepta d'inviter Isabelle del Mancio à la séance de spiritisme du vendredi suivant. Ce soir-là, avant de se coucher, mon oncle Ivan eut de bien étranges propos. « J'espère, me dit-il, que cette Isabelle del Mancio ne connaît pas le fantôme de Don Carlos. »

La première chose dont Isabelle del Mancio parla le vendredi suivant fut du fantôme de Don Carlos.

Mon oncle pâlit et les muscles de sa joue tressaillirent ce qui marquait chez lui une profonde nervosité. Isabelle del Mancio s'en aperçut. Ce fantôme devait être bien terrible pour faire pâlir mon oncle Ivan ! Mais je vais tenter de rapporter le plus fidèlement possible la conversation qui s'engagea alors entre Isabelle del Mancio et mon oncle.

« Je vois, dit-elle, que la réputation de Don Carlos n'est plus à faire. Tous les médiums semblent le connaître et tous refusent d'entrer en relation avec lui. J'ose espérer cependant que vous, qui êtes peut-être le plus…

— Je vous prie, madame, coupa mon oncle, de ne pas me demander…

— Mais Don Carlos ne doit pas être si terrible !

— Si, madame, il l'est.

— Comment pouvez-vous le savoir ? Vous l'avez vu ?

— Je l'ai vu. Et même si je ne l'avais pas vu je refuserais quand même de le contacter. Don Carlos est un nom tabou dans le domaine du spiritisme. On ne peut le faire apparaître qu'une fois et… Comme vous le disiez à l'instant, tous les médiums le connaissent, mais aucun ne veut avoir affaire à lui.

— Comment se fait-il, alors, que vous l'ayez vu ?

— Ce serait une histoire trop longue à raconter. D'ailleurs, j'aime mieux l'oublier. Ou, du moins, je veux essayer. Car on n'oublie pas Don Carlos lorsqu'on l'a vu, ne serait-ce qu'une fois dans sa vie.

— Dites-moi comment il est, au moins !

— Je vous en prie, madame, insister me vexerait. »

Isabelle n'insista pas. La séance commença et ne fut pas un grand succès. Isabelle del Mancio avait assisté à un nombre incroyable de séances de cette sorte et rien ne pouvait plus l'intéresser, rien sauf le fantôme de Don Carlos. Mon oncle Ivan le vit bien et sembla en proie à une grande inquiétude durant toute la soirée. La séance se termina sur l'apparition de l'âme du père d'Isabelle. Mais celle-ci n'adressa même pas la parole à son père ; elle l'avait vu tellement de fois depuis sa mort qu'elle n'avait plus rien à lui dire…

Avant que les invités ne partissent, je vis mon oncle s'approcher de l'Espagnole et lui demander quelque chose. De grosses sueurs perlaient sur son front et sa voix était défaillante.

Isabelle sourit et vint s'asseoir à côté de moi, sur un gros divan près de la cheminée. « Votre oncle semble bien nerveux », me dit-elle d'un ton badin. Je sentis que quelque chose d'horrible allait se passer à cause de cette femme. C'est alors que je commençai à la détester.

Quand tout le monde fut parti, mon oncle Ivan vint nous rejoindre sur le divan. Il prit les mains de la belle Espagnole entre les siennes. « Je peux vous faire voir le fantôme de Don Carlos, si vous le voulez, dit-il. Je suis vieux maintenant et le spiritisme commence à m'ennuyer. Voyez-vous, le fantôme de Don Carlos est la dernière chose qu'un médium peut faire apparaître. Quand il reçoit son don, le médium s'engage à communiquer avec ce fantôme une fois dans sa vie, et il est obligé de tenir sa promesse. Ensuite, tout est fini pour lui. »

Je pensais à ce moment-là qu'un médium perdait son pouvoir quand il faisait apparaître le fantôme de Don Carlos… Oh! si j'avais su! Si j'avais su!

« Ma carrière tire à sa fin, continua mon oncle, et j'ai décidé ce soir de la couronner en faisant apparaître pour vous le fantôme de Don Carlos. J'ai tenu à le faire en secret parce qu'on ne peut montrer le fantôme de Don Carlos à n'importe qui. Il faut posséder une immense dose de sang-froid pour faire face à ce fantôme. Je sais, madame, que vous possédez ce sang-froid. Si vous voulez voir Don Carlos, vous le verrez. Mais je vous avertis: ce que vous verrez sera épouvantable ! » Et Isabelle del Mancio se mit à rire. « Il n'y a rien qui puisse me faire peur, dit-elle. Pas même le diable en personne ! »

J'essayai de dissuader mon oncle de mettre son projet à exécution mais ce fut en vain. J'eus beau lui dire qu'il serait dommage de perdre son don à cause d'une Espagnole un peu trop belle qui ne saurait même pas le remercier… rien n'y fit. « Le temps est venu pour moi de faire apparaître Don Carlos, » me répondit-il.

Isabelle del Mancio semblait très heureuse à la perspective de pouvoir enfin contempler le fameux fantôme de Don Carlos. Que lui importait le prix de cette apparition? « Depuis le temps que j'en entends parler ! » Et un sourire passa sur ses lèvres sensuelles. « On dit qu'il est très beau…

— Non, cria mon oncle Ivan, Don Carlos n'est pas beau ! »

Mon onde Ivan me dit d'éteindre toutes les lumières de la maison et de fermer toutes les portes et toutes les fenêtres. Nous habitions une immense maison au bord de la mer, une grande maison isolée qui pouvait avoir trois ou quatre cents ans… « Quand tu seras revenu au salon, dit-il, ferme la porte derrière toi, éteins toutes les lumières, sauf celle qui se trouve au-dessus de la table ronde, et cache-toi dans le coin le plus sombre de la pièce. Sourtout, ne te montre pas ! Sous aucun prétexte, tu m'entends ? Sous aucun prétexte ! »

Quand je revins au salon, mon oncle Ivan se tenait debout au milieu de la pièce et regardait l'immense glace qui pendait au-dessus de la cheminée. « C'est par là, dit-il enfin, qu'arrivera Don Carlos. »

Isabelle se mit à rire (elle ne savait que rire, cette femme !) et déclara qu'elle voulait absolument acheter le miroir quand tout serait fini. « Je veux apporter Don Carlos avec moi ! » déclara-t-elle. Mon oncle la regarda sévèrement. « Quand vous aurez vu Don Carlos, dit-il, vous ne voudrez certainement pas l'apporter avec vous ! »

Je me dissimulai derrière une tenture, dans un coin très sombre du salon, pendant que mon oncle Ivan et Isabelle del Mancio s'asseyaient à la table ronde. « Avant de commencer, chuchota mon oncle, je dois vous prévenir d'une chose. Il ne faut pas que Don Carlos sache que nous sommes ici. Il ne faut pas que Don Carlos nous voie ! Lorsque vous le verrez, ne faites pas de bruit. Surtout, ne parlez pas.

— Comme c'est dommage, déclara Isabelle en rejetant sa tête en arrière, moi qui voulais séduire votre fantôme ! »

Comme je haïssais cette femme ! Comme je la haïssais !

Mon oncle étendit ses mains sur la table ronde et dit à l'Espagnole de joindre ses doigts aux siens. Il proféra alors des mots que je ne compris pas et qu'Isabelle sembla trouver très drôles. Je la voyais qui riait en regardant mon oncle faire ses incantations… Si j'avais pu à ce moment-là prévoir ce qui allait se passer, j'aurais tué Isabelle del Mancio et j'aurais sauvé mon oncle Ivan!

Je n'entendis, tout d'abord, qu'un léger bruit. Bruit presque imperceptible, qui semblait venir d'au-dessus de la cheminée. Mon oncle Ivan se pencha vers Isabelle et lui chuchota : « Ne regardez pas le miroir tout de suite. Je vous avertirai quand vous pourrez regarder. » Isabelle détourna la tête mais, moi, je continuai à regarder dans la direction du miroir. Le même faible bruit se répéta à plusieurs reprises et une douce lumière orangée illumina soudain la glace. Mon oncle continuait toujours à marmonner des paroles incohérentes. Il ne regardait pas lui non plus dans la direction du miroir. Mais, moi, je regardais!

Tout à coup, mon oncle Ivan se leva précipitamment et se jeta sur moi comme un fou. « Ne regarde pas le miroir, cria-t-il. Ne regarde pas le miroir! Il pourrait te tuer! Don Carlos pourrait te tuer! »

Au même moment, un bruit épouvantable emplit toute la pièce et le miroir vola en éclats. Un coup de vent formidable souleva les draperies pendant qu'un sifflement perçant me déchirait les oreilles. « Malheur! cria mon oncle Ivan, le miroir est brisé! Le miroir est brisé! Don Carlos ne pourra plus repartir! »

Une longue traînée de fumée bleuâtre était suspendue au milieu de la pièce. «Il est déjà là, dit mon oncle Ivan. Surtout, ne faites pas de bruit! Sous aucun prétexte!» Il alla s'asseoir à sa place, sous le lustre allumé, près d'Isabelle del Mancio. Celle-ci semblait s'amuser énormément

La fumée tournoyait dans le salon en formant une longue spirale qui partait du plafond et qui se terminait au plancher. La spirale tournait de plus en plus rapidement. On entendait comme le sifflement d'un ouragan éloigné qui se rapprochait de seconde en seconde. À un certain moment, la fumée tournait tellement vite qu'on ne la vit plus. Elle était devenue une sorte de lumière transparente et bleue. Alors, j'entendis le plus formidable hennissement qu'on puisse imaginer. Cela tenait à la fois du cri d'un animal et du bruit du tonnerre.

Dans la lumière bleuâtre, la forme indécise d'un cheval blanc se mouvait. C'était un cheval magnifique, à la crinière extrêmement longue et à la queue superbe. «Quel beau cheval, chuchota Isabelle del Mancio.

— Taisez-vous, répondit mon oncle. Vous voulez notre perte?»

Le cheval hennit de nouveau et se mit à trotter dans le salon. Il fit le tour de la pièce deux ou trois fois, puis revint se placer dans la lumière bleue. Il leva alors la tête vers le plafond et hennit tout doucement.

Je vis alors apparaître l'être le plus extraordinaire et le plus répugnant à la fois qu'il ait été donné à un humain de voir. Ce n'était pas un homme, c'était un véritable titan. Assis sur son cheval, Don Carlos paraissait encore plus grand qu'il ne devait l'être en vérité. Sa tête touchait presque le plafond. Je n'avais jamais vu figure si laide et regard si hargneux… Je ne puis décrire ici l'horreur que ce géant m'inspirait. Il était laid, d'une laideur quasi insupportable et sa grandeur extraordinaire ajoutait encore à cette laideur. Il regardait autour de lui comme s'il eût cherché quelque chose qu'il ne pouvait trouver. Son front était plissé et il semblait en colère. Il descendit de cheval et fit le tour du salon, comme l'avait fait le cheval auparavant.

Isabelle del Mancio ne riait plus. Elle était extrêmement pâle et s'agrippait aux épaules de mon oncle Ivan.

Don Carlos semblait de plus en plus furieux. Il remonta sur son cheval. Ce dernier se dirigea d'un pas lent vers le miroir. Mais soudain Isabelle se leva et s'approcha du cheval. Mon oncle et moi ne pûmes réprimer un cri de stupeur. Nous criâmes juste comme Isabelle touchait le cheval du bout des doigts. Le cheval se cabra comme si une main de feu l'eût touché. Don Carlos se tourna vers Isabelle, sembla l'apercevoir pour la première fois et se pencha vers elle. Il la regardait droit dans les yeux. Isabelle semblait hypnotisée par son regard et ne bougeait plus. Don Carlos enleva lentement son gant droit et appliqua sa main sur la figure d'Isabelle. Ses ongles pénétrèrent dans la chair de la jeune femme et, pendant qu'Isabelle hurlait de douleur, cinq filets de sang coulèrent sur son visage.

N'y tenant plus, mon oncle Ivan se jeta sur Isabelle del Mancio. Il tenta de toutes ses forces de la soustraire à l'étreinte du fantôme, mais sans résultat. Il courut alors à la cheminée, s'empara d'un énorme chandelier et frappa Don Carlos au bras gauche. Don Carlos ouvrit la bouche mais aucun son n'en sortit. Il lâcha enfin la pauvre Isabelle qui s'écroula sur le plancher. Quelques morceaux de chair restèrent accrochés aux ongles de Don Carlos. Mon oncle laissa tomber le chandelier en criant : « Sauve-toi ! Sauve-toi, avant qu'il ne soit trop tard ! Don Carlos nous a vus ! Nous sommes perdus !… Non, pourtant… il nous reste encore une chance… Ouvre, ouvre la fenêtre toute grande, Don Carlos croira que c'est le miroir et s'y précipitera ! »

Pendant ce temps, Don Carlos, qui était descendu de cheval, s'était dirigé vers le miroir et s'était rendu compte que celui-ci était brisé. Il se retourna lentement et regarda mon oncle, toujours en se tenant le bras gauche. « Vite, dépêche-toi ! » cria mon oncle.

Je me précipitai vers la fenêtre la plus proche et l'ouvris toute grande. Le vent s'engouffra dans la pièce et effraya le cheval de Don Carlos. La bête sembla effrayée à un point incroyable. Elle se mit à courir en tous sens dans la pièce, renversant tout sur son passage. Don Carlos la saisit par la crinière et grimpa dessus. Mon oncle s'était plaqué contre le mur pour éviter le cheval. « Sauve-toi ! Sauve-toi ! Don Carlos est en colère ! Rien ne pourra l'arrêter, maintenant ! Le miroir est brisé ! Don Carlos ne pourra plus repartir ! »

J'assistai alors au spectacle le plus horrible de ma vie. Vision atroce qui laisse en moi un vertige infini de peine et d'horreur. Le cheval de Don Carlos galopait en tous sens dans la pièce pendant que son maître se retournait sans cesse pour ne pas perdre mon oncle Ivan de vue. Mon oncle, lui, courait pour éviter de se faire piétiner par la bête folle. Le corps d'Isabelle del Mancio gisait, écrasé et sanglant, près de la cheminée. Moi, j'étais dissimulé derrière ma tenture et ne pouvais bouger, paralysé par toutes les horreurs que je voyais.

À un moment donné, le cheval passa très près de mon oncle Ivan; Don Carlos souleva ce dernier de terre en se penchant et le plaça de travers, devant le pommeau. Je lançai un grand cri et me précipitai sur la bête. Mais il était trop tard. Don Carlos avait vu la fenêtre et déjà son cheval l'avait franchie. « Adieu! cria mon oncle, adieu! Je t'aimais trop pour... »

Le lendemain, au village, un pêcheur jura avoir vu galoper un cheval sur la mer. Deux hommes étaient sur ce cheval. L'un paraissait très grand. L'autre ne bougeait pas. Il semblait mort.

1963

Yves Thériault

Après avoir pratiqué trente-six métiers, encore jeune, Yves Thériault (1915-1983) s'imposait déjà comme un romancier prolifique, populaire dans le sens noble du terme. Son roman *Agaguk*, traduit en plusieurs langues, lui permettait de connaître un succès international dès le début des années 1960. Retenu du recueil de contes éponyme, « Valère et le grand canot » joue habilement avec les frontières poreuses de la réalité et de la fiction. Veuf et quelque peu délaissé, Valère, par le biais d'une sorte de chasse-galerie spatio-temporelle, renoue avec le passé de l'un de ses aïeuls, ramenant à son entourage des informations que seul un *voyageur* du temps des premières expéditions dans l'Ouest aurait pu posséder.

Valère et le grand canot

Voici quelque chose qui mérite d'être rapporté, même si l'on n'arrivera pas facilement à décider où est le vrai, où est le faux, et s'il s'agit d'un rêve, d'une légende, ou d'un agréable canular.

Cela concerne Valère. Tout écrivain a comme ça un supposé cousin, quatrième issue de la fesse gauche, dont les exploits, si cela peut ainsi se nommer, défient quelque peu les lois de la gravité littéraire.

D'une façon, ce mien cousin était devenu fou à nos yeux. Doucement, paisiblement fou.

Il disait, l'air ténébreux:

— J'embarque pour une autre vie.

Cela signifiait pour lui un voyage d'audace plus que d'itinéraire.

Il parlait aussi de la barre du jour en désignant l'aube. Et s'il parlait de la nuit, il l'appelait, *le soir fermé*. Sa barque était solide et naviguait au large, même dans la passe des gros navires, assez loin dans le golfe pour ne plus apercevoir le détail des maisons, ou la forme vraie du morne. Mais cette barque il l'appelait parfois son grand canot, et il évoquait souvent les portages d'autrefois accomplis par ceux avant lui. Aux inquisiteurs, il racontait volontiers des exploits anachroniques, en prenant soin de les attribuer à ses ancêtres.

— Tu te nommes Côté, disait sa femme, de quels ancêtres veux-tu parler?

Elle l'avait souvent entendu nommer un Lebœuf depuis quelque temps, soi-disant maître d'un grand canot de traite, qui avait, semble-t-il, combattu au fort Michillimakimac[1], si loin du golfe d'habitude de Côté qu'on n'en pouvait certes tirer un lien logique.

— Mon idée, disait Côté — qui était de Saint-Yvon, sur la belle Gaspé si mal connue —, c'est que j'ai un ancêtre Lebœuf. Il le faut. Je me vois lui, dans les anciens temps, et je me sens lui. Je sais même ce qu'il a fait.

Un jour, la femme de Côté mourut sans avoir jamais voulu admettre cette lignée, se contentant de rappeler à Valère, son mari, que le premier Côté avait atterri à Québec, qu'il y était resté, et qu'on n'avait jamais ouï-dire qu'il était devenu, lui, ou les siens de généalogie, voyageur dans les grands canots de traite allant droit sur l'ouest de la fourrure, et des bourgeois de Montréal, les McTavish tout premièrement.

Toutefois Valère Côté en parlait comme d'hier. Il avait navigué, disait-il, les voies d'eau du temps, en passant par Manitoulin[2], si l'on veut, jusqu'à la tête des mers douces au faîte du Saint-Laurent, et par tout le pays plat s'étendant ensuite. Il avait retenu la nature des sons, la densité des couleurs, et même le goût du rubbadou, la concoction épaisse et malodorante que l'on cuisait les dimanches de halte. Il décrivait la pâtée quotidienne, cette ration personnelle de pois secs et de grains de maïs séchés à la sauvage, qui nourrissait tant bien que mal les équipages à chaque halte du soir.

---

1. L'un des forts tenus par les Français avant la Conquête, situé entre le lac Michigan et le lac Huron, bien loin de Gaspé.
2. Île du lac Huron, à l'est du fort Michillimakimac.

Il parlait tant et tant qu'il fallut la vieille Hachez pour parler sombrement de réincarnation. De là à le déclarer fou, il y avait peu ou point d'obstacle.

Dit Bourdages :

— Il a trop pêché tout seul, et trop loin dans le chenal. Le vent — ou le soleil — l'ont ébranlé.

On l'écouta raconter cependant, surtout après que le vicaire Delfosse, un prêtre instruit de Montréal, occupant à la paroisse, vérifia l'authenticité des détails fournis par Valère.

Et d'ailleurs, comme il ne savait pas lire, où aurait-il pris ce savoir ? La télévision raconte surtout des sornettes et montre des jeux idiots ; l'aventure des voyageurs explorant le grand Ouest par-delà Montréal n'est pas pâture pour elle, même occasionnelle.

— C'est, répéta la vieille Hachez, de la pure réincarnation.

On la savait curieuse, et sorcière de surcroît. On l'avait souvent vue questionner Valère en chuchotements, dans l'oreille. Et elle avait des livres dans sa maison. Il n'en faut vraiment pas plus.

Sa femme morte, Valère, qui n'avait jamais été le meilleur pêcheur de toute façon, prit encore moins de poissons que jamais. Il accalmissait trois, quatre jours à la fois, puis soudain disait partir pour une virée, s'attardait en mer, et revenait avec tout juste de la subsistance. Il n'était pas en grand besoin, faut dire. Frugal, maison payée, vêtu en solide pour des années encore. Il n'avait qu'à rencontrer son peu de dépenses. Le sucre, le pain, le café, le compte de l'Hydro, de rares radoubs de barque. Il eût pêché cent livres par jour sorti que ç'aurait suffi. Surtout que son trou dans la mer était une bonne et constante habitation de maquereaux, d'aiglefins et même d'esturgeons les bons jours.

Vaille que vaille, du courant pour la lumière, du chaud prévu pour l'hiver, une barque en état de naviguer, pourquoi davantage ? Les enfants presque tous morts, en bas âge, les deux restant partis à jamais à la ville, revenant plus pour le salin nostalgique que pour le respect filial une fois durant l'été. Valère n'avait vraiment pas à trimer en façon de pêcheur acharné six mois durant. Deux virées par mois suffisaient, disait-il.

— Une virée, dit Bourdages, c'est quoi, au juste ?

— Mon ancêtre Lebœuf, répondit Valère, et les autres gars de la fourrure, dans le temps, quand ils se risquaient plus loin que le fin bout d'habitude, ils appelaient ça une virée.

— Comme quoi, plus loin, par exemple ?

— Ben, disons qu'ils seraient allés jusqu'à la rivière Rouge, et auraient arrêté là plusieurs fois ; ensuite, un jour, ils auraient poussé plus loin, dans le pays inconnu, vis-à-vis d'autres câlisses de sortes de Sauvages. Puis une bonne fois, hardiment jusqu'à l'Assiniboine… C'est ça une virée. Toujours plus loin.

Bourdages, finaud, avait autant que possible retenu les noms mentionnés par Valère et les répéta dare-dare au vicaire instruit.

— Votre homme, dit ce dernier, raconte des choses authentiques. Il parle de vraies rivières. Et c'est exact que les voyageurs, comme les Bourgeois de la compagnie du Nord-Ouest les appelaient, nommaient une virée ces dangereuses excursions pour explorer plus loin encore le pays de la fourrure. Vous êtes bien sûr que votre Valère n'a pas été renseigné là-dessus auparavant ?

— Monsieur l'abbé, on est égaux dans l'ignorance icitte. (Il disait icitte, avec le i très long et très fin, à la manière du pays.) Quand la majorité du monde a de la misère à distinguer les Rois de la Chandeleur, où voudriez-vous que Valère ait autant appris ? D'autant plus qu'il sait presque pas lire…

Bourdages semblait vraiment bouleversé.

— Vous pensez pas, monsieur l'abbé, continua-t-il, qu'il y a du démon là-dedans ?

Ce fut une question de prêtre que le vicaire posa à Valère, et un peu dans le sens qu'insinuait Bourdages.

— Monsieur Côté, vous racontez des choses assez bizarres. Questions de temps anciens, de traite de fourrure, de voyages…

— De virées ? clarifia Valère.

— Oui justement.

— J'ai un ancêtre, Lebœuf, qui prenait toujours la pince d'un grand canot de portage.

— Leboeuf ?

— Mon arrière-arrière-grand-père.

— Ah !

— Je tiens ça de lui.

— Mais, monsieur Côté… ?

— Vous, dit Valère, je vous vois venir. Vous avez envie de m'exorciser !

— Pardon ?

— Soyez franc.

— Je ne dis pas, fit le vicaire, que je ne sois pas bouleversé.

Il était surtout à cheval sur la clôture des siècles, le pauvre vicaire. Il avait subi son entraînement quant au combat contre le démon, d'une part, et à l'ordination, il lui avait été effectivement conféré des pouvoirs qu'on appelait d'exorciste. Toutefois, il était moderne en tant que prêtre, il portait les cheveux longs et il avait fumé du pot par curiosité. Le démon ne lui disait plus grand-chose.

— Je vous assure, monsieur Côté, que…

Mais Valère l'interrompit patiemment :

— Monsieur l'abbé, je connais pas vos idées, mais mon ancêtre Lebœuf, même si c'était un gars tough et un gros buveur, c'était un catholique qui disait son acte de contrition quand il traversait le haut de la baie Georgienne dans une tempête. C'était pas un démon. S'il en était un, je le saurais, et je vous le dirais.

— Ah ? Vous… le sauriez ?

— Oui.

— Vous voyez donc votre ancêtre ?

Valère réfléchit un moment, hocha la tête, et puis soudain son visage s'éclaira largement.

En un geste rapide comme l'éclair, il se mit à genoux devant le vicaire, fit un grand signe de croix et débita tout d'une traite :

— Oui, je-vois-Lebœuf-large, il-a-une-fille-avec-lui-qu'il-amène-dans-son-grand-canot, une-Sauvagesse-de-l'Ouest.

Il se releva d'un bond.

— Pis j'vous ai pogné dans le secret de la confession, monsieur l'abbé, vous pouvez rien dire à personne !

Le jeune vicaire s'en fut penaud, songeur, et aussi ignorant qu'auparavant.

— Puis, dit Bourdages, en le revoyant près de la Caisse populaire, qu'est-ce que vous en pensez de notre Valère et de ses histoires?

Confus, le vicaire baissa la tête.

— J'ai pas d'opinion pour le moment, monsieur Bourdages. À mon avis, nous devrions oublier tout ça, et laisser monsieur Côté bien tranquille.

Cette nuit-là, comme cela se produisait de temps à autre, Valère rêva à l'ancêtre Lebœuf, qui naviguait paisiblement dans le chenal des cargos. La Sauvagesse était encore là, et Lebœuf appelait son arrière-petit-fils d'un geste du doigt très autoritaire.

Au très tôt matin, Valère jeta l'amarre et partit vers le large.

D'expérience, il n'y était pas allé dans la nuit même. Il l'avait fait et avait failli se perdre déjà, porté à dix encablures à peine de la côte nord. C'est pas faisable, des traversées de ce genre. Au franc mitan du fleuve, large à mourir à ces vis-à-vis, la vague saute comme des chevreuils par-dessus une crique. Et que serait-il devenu du canot de Lebœuf dans une pareille mer?

Valère avait vitement retraversé, la mort dans l'âme, en péril de chavirer en plein chenal, et s'était promis de ne plus recommencer. D'autant plus que Lebœuf se montrait tout aussi bien dans le jour, et parlait sans gêne.

Que voulez-vous, si loin des rives, qui distinguerait un canot d'une barque de pêche? Même un grand canot de transport d'autrefois. Qui même aurait songé à scruter la mer avec une lunette? Sauf la femme de Valère, au temps des bonnes pêches. Donc l'homme prit le large au coup d'aube, à peine de la grisaille et une promesse de soleil au-dessus des Shickshocks.

Il allait une fois de plus à son rendez-vous.

— Bonjour, grand-mère, dirait-il. Le bon vent vous porte?

La chose avait commencé presque de misère. Il avait fallu bien des rêves pour que Valère en tienne compte. Il s'éveillait le matin, tout gourd, mâchouillant sans joie, buvant le café de reculons, conscient et inconscient à la fois de ce qui s'était passé.

Mais petit à petit, l'image devint plus claire et précise. Surtout lorsqu'il commença à se remémorer les dialogues.

— Mon nom est Lebœuf, avait déclaré le puissant gaillard à la pince du canot. On est parent, comme qui dirait. Tu serais le garçon du garçon de mon petit-fils. C'est tout mort vieux, ce monde-là. Ça explique nos cheveux noirs et nos bons muscles à tous les deux.

De fil en aiguille, ou d'hameçon en hameçon si on peut dire, Valère de son côté, et Viateur Lebœuf du sien, se racontèrent, à tout vider le savoir.

Si bien que l'état de bonne parenté en vint à s'établir.

— T'es de mon sang, avait dit l'ancêtre.

— Mais je m'appelle Côté, dit Valère.

— Paraîtrait-il, expliqua Lebœuf, que le monde changeait ça un peu selon le caprice. Mon vrai nom, c'est Grillard, mais on m'a dit Lebœuf à cause de ma force. Pareillement, t'es un «dit» Côté, toi, résultat de j'sais pas trop quelle idée de ton arrière-grand-père.

— Ah! bon, c'est ça?

— Oui, c'est ça.

On causa, on causa, inlassablement, au milieu du chenal. Les prises de Valère étaient chenues, mais il ne s'en souciait guère. Il apprenait plein bloc ce passé d'aventure qui le fascinait.

— Toi, dit Lebœuf un jour, tu te risques pas gros !

— Non.

— Pourquoi pas ?

— Oh ! du vivant de ma femme, elle était peureuse pour moi, maladive, pleurarde, j'aimais mieux rester tranquille. Aujourd'hui qu'elle est morte, c'est moins important, on dirait.

— Ta femme est morte ?

— Oui.

— T'es jeune...

— Un peu passé quarante ans.

— Un homme se prend une autre femme.

— Où trouver ça ?

— Dans ton village, là-bas, beau dommage.

— Une veuve pas trop regardable. Une vieille fille séchée sur le plant ?

— Puis, les jeunes ?

— À mon âge, les jeunes...

Lebœuf eut un grand rire et se tapa la cuisse.

— Moi, je viens sur le fleuve par aventure, loin de mon profit et de mes lieux. C'est mon genre de courir des risques... Tu devrais faire la même chose avec une belle jeunesse !

— Si vous êtes mort, vous risquez pas gros !

— Mort ou vivant, désincarné ou réincarné, c'est du pareil au même. Il s'agit de se grouiller, d'essayer, de jamais se compter battu. J'ai des projets pour toi. Reviens à la même place dans trois jours, à la minute. On verra ce qu'on verra.

Valère rentra, et pour une première fois vraiment, il sentit quelque chose de bizarre en lui, et les paroles de son ancêtre le troublèrent profondément.

Surtout, il voyait de plus en plus de rapport entre ses propres pensées et ce rendez-vous, si proche et si fermement indiqué. Il y avait longtemps qu'à même ses rêves de nuit autant que dans les songeries du jour, Valère évoquait la belle fille dans le grand canot. Mais il la prenait pour l'amie de cœur ou autrement de son ancêtre, et puis, que faire d'une femme-fantôme ? À moins que quelque magie jamais mentionnée ne puisse incarner de nouveau ce que la mort a, comment avait dit Lebœuf, *désincarné* ?

— Oui, désincarné...

À tant songer, l'espoir devient projet, le projet devient un plan, et le plan devient formule de succès possible. De son bord, tout bonnement, la solitude ajoure l'uni, orne la conjecture et de loin la simple appréciation devient de près l'amour. Et quand il s'y mêle l'aventure !...

Toutefois, Valère n'éprouvait aucune crainte. Même il constata non sans surprise que les sentiments de réticence ne semblaient plus exister en lui. Et il partit le cœur chantant.

Valère ne quitta pas l'amarrage sans revoir le vicaire. Il fallait plus que jamais le secret de la confession.

— Je-me-confesse-à-Dieu-et-à-vous-mon-père-La-Sauvagesse-du-ouest-avec-Lebœuf-je-pense-qu'il-veut-me-la-faire-marier-pour-que-j'arrête-de-brailler-d'ennuyance-de-ma-défunte.

Comme convenu, Valère fut au rendez-vous. Il avait longuement discouru chez tous ses concitoyens, sur les temps anciens de la fourrure là-bas, au nord-ouest de Montréal, et plus haut et plus loin que les sources mêmes du fleuve. Si bien que derechef le vicaire et Bourdages ressentaient de grands troubles intérieurs.

Le vicaire frissonna, n'osant vraiment déduire les conclusions qui se présentaient à son esprit. À tout hasard ce soir-là, il relut les prières d'exorcisme, se trouva vieux jeu, mais ne pratiqua point le latin du texte, devenu quasi du charabia pour lui. Il dormit mal, rêvant qu'il avait perdu tout pouvoir de chasser le démon, et que celui-ci finissait par le manger à la sauce madère, laissant pour le pleurer une paroisse éplorée et un curé soupçonneux.

Valère avait vraiment dans son idée que les projets de Lebœuf concernaient finalement la Sauvagesse. Ce n'était pas une étrangère. Toujours, elle avait été dans le grand canot, aussi silencieuse que les autres rameurs pouvaient l'être, mais jetant des regards curieux au descendant du boss-voyageur Lebœuf. Elle était jeune, mais pas trop. Elle n'était pas toujours vêtue à l'indienne, et portait parfois une robe qui semblait en coton. Dans l'esprit de Valère, il devenait de plus en plus logique que c'était là un destin préparé par Lebœuf. Il ne s'objectait nullement. La maison était grande et vide. La fille était vraiment aguichante, et elle était d'un âge acceptable.

Il fut donc au rendez-vous sans hésiter.

Le grand canot était là, avec ses rameurs silencieux, la belle fille au point d'équilibre du milieu et Lebœuf assis à cheval sur la pince, à son habitude, en train de croquer une mâchée de tabac à même le torquine à chiquer.

— Mon garçon, dit-il, quand la chique fut bien imbibée et bonne au goût, j'ai réfléchi et j'ai décidé de te donner une femme.

— Oui?

— Oui.

Il montra la Sauvagesse qui était, cette fois-là, vêtue de beaux atours de Blanche, de belles couleurs et de coupe élégante.

— Passe-la dans ta barque, dit Lebœuf, amène-la dans ta maison. Elle rapetasse les chausses, cuit la sagamité, braise le gibier, et fait du pain plat comme une fille de la colonie. Aucune misère à prévoir.

— Et puis? voulut continuer Valère.

Mais Lebœuf l'interrompit:

— Et puis, sur l'eau, tu vois qu'elle sait se tenir et qu'elle aime ça. T'en trouveras jamais une meilleure.

Intrigué, bouillant d'impatience, agréablement tendu et l'esprit rempli de musique, Valère ramena la fille vers la rade de Saint-Yvon.

En chemin, il l'examinait à la dérobée, découvrant, d'un tiercé de vagues à l'autre, qu'il s'était beaucoup plus souvent hâté à la rencontre d'un grand canot à cause d'elle plutôt qu'à cause de son ancêtre. Il lui parla, espérant que le son de sa voix comblerait encore plus ses vœux.

— Comment te nommes-tu? demanda-t-il.

D'une voix douce, mais modulée, une des plus belles voix qu'il avait été donné à Valère d'entendre, elle répondit:

— Je suis Kalena, de la nation des Mandanes, aujourd'hui disparue, et je te servirai à travers tous les temps.

— Tous les temps?

— Oui.

Au village, l'arrivée de Valère escortant cette fille ne passa certes pas inaperçue.

On la montrait presque du doigt. Bourdages, plus audacieux, se hâta, coinça presque Valère et, une fois la fille entrée dans la maison, il questionna durement :

— Peux-tu me dire, dans le monde, d'où ça vient, c'te fille-là ?

Valère montra vaguement, vers le haut, la mer, le ciel, d'un geste qui ne désignait rien à la fin.

— Parle ! s'exclama Bourdages.

— Est-ce que je suis veuf ? demanda Valère.

— Oui.

— Bien sûr ?

— Oui.

— Donc, je suis libre.

Le plus beau, c'est que la fille portait une grande robe longue, finie en frison au bas. Les femmes de Saint-Yvon n'ignoraient pas que c'était là une robe récente. Elles avaient vu des touristes ainsi vêtues. Valère acquit un prestige qu'elles ne cachèrent pas.

Dans la maison, l'homme découvrait le monde. Il avait eu tôt fait de reprendre avec Kalena d'anciennes tendresses qu'il croyait avoir oubliées.

Et soudain, un grand tourment s'empara de lui.

— Kalena, dit-il d'une voix angoissée, aurais-tu été la maîtresse de mon arrière-grand-père ?

Elle éclata de rire.

— Et suis-je cet homme réincarné ?

Elle rit encore plus fort.

— Bon Dieu de Bon Dieu! s'écria Valère. Qu'est-ce qui va arriver?

La fille eut une moue moqueuse.

— Je crois, dit-elle, que la généalogie sera très compliquée pour tout le monde.

Évidemment, ceci est peut-être une légende, peut-être un conte, peut-être simplement un rêve. Chose certaine, Valère et Kalena ont des enfants qui viennent de commencer l'école, jamais plus Lebœuf n'est apparu à Valère et le vicaire a demandé son obédience en pays de mission. À chacun donc de tirer sa conclusion.

Victor-Lévy Beaulieu

Écrivain dont la présentation n'est plus à faire, Victor-Lévy Beaulieu (1945-), par la bouche de son grand-père, raconte la légende qui entoure la construction de l'église de Trois-Pistoles. Écrit dans la plus pure tradition des Fréchette, Le May et Beaugrand, « Le Grand cheval noir du Diable » illustre en outre une langue colorée, foisonnant de québécismes et de métaphores brillantes : c'est du Beaulieu. Le narrateur, toutefois, ne succombe guère à l'hésitation constitutive du fantastique. Le lecteur trouvera surtout son plaisir dans l'intelligence du style et la riche composition du personnage du conteur.

Victor-Lévy Beaulieu

Le grand cheval noir du Diable

Tous les dimanches après-midi, mon grand-père sortait Bélial de l'écurie qu'il y avait entre la grande maison de la rue Vézina et la boutique de forge. Bélial était un colossal cheval noir qui gardait ses oreilles dans le crin et le jarret toujours tendu, signes que cette bête-là resterait à jamais rétive et rebelle, sans doute pour honorer la mémoire de ses ancêtres, de puissants broncos sauvages sur lesquels on avait jadis chassé le bison dans les grandes plaines de l'Ouest. Bélial ne se laissait atteler que par mon grand-père ; personne d'autre non plus pouvait jouer des cordeaux avec lui, à moins de lui passer entre les mâchoires le terrible casse-gueule fait de fer et de cuir qui trônait en permanence au milieu de la boutique de forge, suspendu à la plus grosse des poutres.

Une fois Bélial attelé au cabriolet, mon grand-père le conduisait devant le perron où nous l'attendions, aussi fébriles qu'une trâlée d'hirondelles bicolores. Ma grand-mère montait s'asseoir à côté de mon grand-père, et nous les enfants, on s'accroupissait devant eux, contents de voir s'ébranler enfin le cabriolet en direction du Deuxième Rang au bout duquel une petite montagne, tout en crans de tuf, allait nous barrer le chemin. Mon grand-père y avait un petit chalet, sur le cran de tuf le plus haut, ce qui nous donnait une vue magnifique sur le fleuve et sur l'église des Trois-Pistoles dont les clochers ressemblaient à de grandes flèches argentées quand le soleil donnait en plein dessus.

Mais le plus haut des crans de tuf au sommet duquel nous faisions pique-nique représentait pour nous bien davantage que le simple plaisir de voir comme nulle part ailleurs l'île aux Basques pareille à un grand baleinier échoué dans le sable et le varech. C'est que dans le roc, on pouvait reconnaître les empreintes de quatre fers à cheval, celles que le grand cheval noir du diable avait laissées en guise de souvenir après son passage aux Trois-Pistoles. C'était une histoire que mon grand-père ne se lassait jamais de raconter, ce qu'il faisait généralement une fois le panier de pique-nique vidé de son contenu alors que le soleil, dans l'éclatement de ses couleurs, se laissait lentement aspirer par la grosse veine bleue du fleuve.

Sa pipe allumée, mon grand-père se mettait aussitôt en état de racontement, disant :

— Sacàtibi, sacàtabac ! Salut ben, la compagnée ! Écoutez-moi ben parce que mon narré[1] commence drette là de même, dans le refoule de la rivière des Trois-Pistoles, à cette époque-là qu'on se lichait pas les badingoinces avec de la torquette de tabac virginien[2] ou ben avec de l'eau bénite en guise de rinçoir de dalot.

Dans ce temps-là, les Pistolets (c'est comme ça qu'on les surbroquait) portaient bien leur appellation non contrôlée : ils étaient loin d'être tranquilles comme les pipes de plâtre de Saint-Éloi qui se contentaient d'entrer en tabagie quand on leur sonnait les cloches trop durement… Ils étaient loin d'être bucoliques comme les sauceux dans le sirop de Saint-Paul-de-la-Croix qui préféraient faire trempette dans leur quart de mélasse plutôt que de se mettre les pieds dans les plats. Les Pistolets n'étaient point de cette race de monde-là pantoute. Portés

---

1. Ma narration, mon histoire.
2. Signifie approximativement qu'on ne chiquait pas du tabac doux à l'époque, que les anciens Pistolets (habitants de Trois-Pistoles) étaient plus coriaces que ceux d'aujourd'hui !.

sur la chicanure, la moindre chiquette te les embrasait que ça prenait pas mèche de temps que le paysage se virait à l'envers sous sa bougrine[1].

Comme preuve, je vais vous remembrer cette fameuse guerre des clochers qui, au beau mitan du siècle dernier, a duré aussi longtemps que la guerre de Troie. Pour une église que les gences d'en bas voulaient érecter sur le bord du fleuve tandis que le parti des gences d'en haut voulait la bâtir sur le piton de la côte, la chicane a pogné raide dans les cordeaux, si tant ben que les Pistolets se sont betôt retrouvés avec trois églises : deux dans le bas de la côte pis l'autre en haut. Il y avait tellement de mécontents que c'était comme un péché mortel permanent : on faisait plus baptêmer ses enfants, on sacrait plutôt que de consacrer, on enterrait ses morts ailleurs que dans la paroisse pis l'on mangeait tellement de curés[2] que les pauvres, tout désossés, allaient se remplumer la falle dans les cantons voisins[3].

Comme je l'ai déjà dit, cette mécréance-là a duré dix ans, comme dans la guerre de Troie. Il y a eu de la mortalité aussi, comme dans la guerre de Troie : un marguillier qui pensait avoir son siège à vie, comme pensent les députés de notre véreuse d'époque, a fait une crise d'apoplexie dans l'église. Comme il voulait être certain qu'on lui vole pas son banc, il est resté assis dessus pendant des jours, à manger des cretons, du porc frais pis des oreilles de Christ. En plein hiver, dans une église pas chauffée, c'est dur en torvisse même pour un chrétien. Mais il semblerait que la mort du marguillier a ramené la paix chez

---

1. Sous son manteau. «[Le] paysage se virait à l'envers sous sa bougrine» : l'humeur des Pistolets était orageuse.
2. «Manger du curé» : manquer de respect à l'endroit de la religion.
3. Les prêtres, découragés, finissaient par changer de cure.

les Pistolets : le sanguin a enfin laissé sa place au consanguin, ce qui a amené des trâlées d'enfants si nombreux que l'église se retrouva betôt plus assez grande pour accueillir tous les paroissiens. On décida alors d'en bâtir une autre. Comme on s'entendait pas sur la place que la nouvelle église devrait être construite, la guerre menaçait de reprendre. Être la risée de toute la province une fois, ça peut toujours se prendre… mais deux fois en moins de cinquante ans, même un Pistolet y perdrait son chien. Pour que ça n'arrive point, le bon Dieu qui gouverne et dégouverne le monde provoqua un miracle : en plein mois d'août, il fit neiger une grosse neige mais juste là où l'église devait s'érecter, aura des rues Notre-Dame et Jean-Rioux. Comme vous savez, on parlemente pas avec les miracles : on se retrousse plutôt les manches, on se crache dans les mains, on sort les sciottes, les haches, les ciseaux et les marteaux, pis d'autant plus si on veut que l'église soit fine parée pour les aveilles de Noël.

Mais t'as beau avoir le jarret coriace pis de la mosselle de bras en masse, c'est pas de la sinécure que de tailler de la pierre au flanc des écores[1] de Tobune pis de la charroyer jusqu'à la rue Jean-Rioux. En novembre, on en était encore au premier pan de mur parce que la pierre se faisait attendre. Ça devenait comme qui dirait dans le décourageant à mort, surtout pour le vieux curé Barrette qui avait promis à son évêque que l'église neuve serait prête pour l'accueillir quand le p'tit Jésus se ferait agneau de Dieu pour résolver le grand péché commis dans le jardin d'Éden par le bonhomme Adam. Le vieux curé Barrette avait beau se démener comme un diable dans son eau bénite, invoquer toutes les saintetés du paradis, se

---

1. « Rive escarpée d'une rivière. » (Bélisle, *op. cit.*)

morfondre dans la prière, le bon Dieu qui gouverne et dégouverne le monde restait sourd à ses supplications, de sorte que le charroyment de la pierre se faisait toujours sans tambours ni trompettes, c'est-à-dire dans du grand branlement de manche. Désespéré, le vieux curé Barrette s'enferma dans son presbytère pour consulter le *P'tit Albert,* un almanach de magie noire confisqué par lui chez un paroissien qui, durant la guerre des clochers, s'en était servi pour alimenter le feu des grandes chicanes. Si le *P'tit Albert* avait été écrit pour jeter la discorde dans le monde, c'était peut-être ben possible de l'utiliser afin de rendre grâce pis gueloire au bon Dieu. Après avoir marmonné les incantations du *P'tit Albert,* toutes écrites en charabia qui est la langue même du yiabe, une tempête effroyable s'abattit au-dessus du presbytère, dans de grandes coulées de vent, des éclairs qui tirebouchonnaient dans le ciel pareilles à des queues de cochons. La grande fenêtre du presbytère vola en éclats pis le roi des enfers, Lucifer lui-même, apparut au vieux curé Barrette, lui disant :

— Donne-moi ton âme pour les siècles des siècles et dès demain matin, ça va charroyer de la pierre comme ça s'est jamais vu encore dans tout le Bas-Canada. Crois-moi : ça prendra pas goût de tinette[1] que ton église, tu vas l'avoir, aussi haute qu'une cathédrale, aussi solide qu'une forteresse, aussi belle qu'un...

Le diable aurait voulu dire : « Aussi belle qu'un péché mortel », mais il se ravala dans son gorgoton pour que le vieux curé Barrette ne retrouve pas son requinben[2], son goupillon pis son eau bénite, ce qui aurait mis fin à toute

---

1. Ça ne traînera pas.
2. Sa présence d'esprit.

tentative de négoce. Viré à l'envers comme une crêpe dans sa bougrine, secoué par la tempête qui faisait rage, le vieux curé Barrette ne savait plus trop ce qu'il faisait, ce qu'il disait, ce qu'il croyait. Il abandonna donc son âme au grand Lucifer lui-même en échange pour l'aide que celui-ci apporterait dans le charroyement des pierres, des écores de Tobune à la rue Jean-Rioux.

Quand le petit matin rempli de brouillard se leva, on entendit dans les Trois-Pistoles le bruit des sabots d'un cheval qui trottait comme quelqu'un qui y aurait dansé. Ce bruit-là se rendit jusqu'à l'église où c'est que les ouvriers attendaient qu'on les emmène dans les écores de Tobune. Laissez-moi vous dire que ce matin-là, ça a écarquillé les yeux grands en pas pour rire. Imaginationnez-moi ça. Imaginationnez le plus beau cheval noir que vous ayez jamais vu, avec un chanfrein quasiment humain, un poil lustré comme par 666 mains de femmes, une encolure large comme l'engin d'une locomotive pis des naseaux qui crachent de la fumée comme si on avait affaire à une gueule de dragon. Imaginationnez itou qu'à côté de ce grand cheval noir était un tout petit homme, presquement un nain, avec des yeux rouges, pas comme quelqu'un qui a trop bu d'eau bénite, mais comme une créature qui ressoud de l'extramonde, dans le creux de la terre, là où c'est que Vulcain[1] tape à tour de bras sur son enclume. Le grand cheval noir appartenait à ce tout petit homme-là. Il l'offrit aux ouvriers en leur disant :

— Moi, je vous le prêtons mon cheval noir. C'est une bête pas fatigable. Elle va vous charroyer vos pierres jour et nuitte, par grand soleil aussi ben que par temps d'orage. Vous avez juste à lui donner du foin de grève pis un quart

_____

1. Dieu romain de la forge, du feu et des volcans.

d'avoine tous les jours. Pour le reste, mon grand cheval noir va faire exactement tout ce que vous allez lui demander. Mais il y a une condition par exemple : faut jamais le débrider mon grand cheval noir. Si vous le faites, vous allez le perdre aussitôt dans la brume.

À cheval donné, on regarde pas la bride, dit le dicton. Sauf que les ouvriers auraient pu se méfier des bizarres yeux rouges que portait malicieusement au beau mitan de sa face le tout petit homme. Mais quand on veut fêter Noël à tout prix dans une nouvelle église, il y a des détails importants de même qu'on se brosse les dents avec. Après tout, ce qui compte, c'est la pierre taillée qu'on charroye plus comme de pauvres yiables, mais aussi aisément que des pinottes en écales.

Avec pour résultat que les aveilles de Noël se présentèrent pis qu'il ne restait plus qu'un simple petit voyage de pierres à faire venir des écores de Tobune. On était en plein milieu de la nuitte, les ouvriers avaient la langue qui leur pendouillait hors du mâche-patates tellement ils étaient vannés à force d'avoir besogné. Plus personne avait la force de mener le grand cheval noir jusqu'aux écores de Tobune, sauf ben évidemment le gros toxon[1] à Pit Dublanc qui s'offrit comme volontaire. Lui, ça l'intriguait que le grand cheval noir soit aussi dur avec son corps sans que ça ne paraisse jamais. C'est pour ça qu'une fois arrivé aux écores de Tobune, il s'est mis à examiner comme il faut le grand cheval noir. C'est là que le gros toxon à Pit Dublanc a aperçu des gouttes de sang qui coulaient d'un coin de la gueule du grand cheval noir. Le bizarre, c'est que ce sang-là était sombre comme de

---

1. Bœuf écorné. Lorsque toxon ou tocson désigne quelqu'un, le mot signifie « rude », « têtu ».

l'encre, pis frette comme un mort allongé dans sa bière. Interbolisé par sa découverte, le gros toxon à Pit Dublanc débrida le cheval noir pour mieux voir. Ça a pas pris de temps que les cheveux lui ont redressé sur la tête comme des dents de râteau. Imaginationnez ça : le grand cheval noir se contorsionna sur lui-même, devint une boule de feu toute rouge avec des moignons d'ailes qui sortirent de là-dedans en même temps que ça s'élança à la fine épouvante vers l'église des Pistolets dans un bruit de sabots digne des enfers. On vit cette boule-là de feu passer au-dessus de l'église des Trois-Pistoles pis disparaître derrière la montagne du Deuxième Rang. Quand on remonta jusqu'à elle, on découvrit le gros toxon à Pit Dublanc les deux genoux enfoncés dans la terre pis les yeux virés à l'envers devant les empreintes de quatre sabots étampés dans le roc. C'est là qu'on comprit qu'on avait eu affaire au grand cheval noir du diable. On le comprit d'autant plus quand on vint pour soulever la dernière pierre taillée qui manquait pour finir la façade de l'église. Elle était tellement pesante que même Louis Cyr n'aurait pu la lever de terre : la grande langue du diable te l'avait collée là pour les siècles des siècles.

Aujourd'hui encore, cette grande pierre-là manque tout en haut de la façade de l'église des Trois-Pistoles. C'est comme ça qu'on a voulu se souvenir à jamais du grand cheval noir du diable qu'on ne devait pas débrider mais qui l'a été pour que moi je puisse vous en narrer l'histoire.

Son conte terminé, mon grand-père frappait sa pipe sur le tuf, au milieu des quatre empreintes que les fers du cheval du diable débridé avaient imprimées dans le roc puis, nous regardant, il venait pour prononcer ses fameux Sacàtibi ! et Sacàtabac ! de manière à boucler comme toujours la boucle de son narré, mais nous protestions aussitôt :

— Le conte, il est pas fini, grand-père.

— Comment ça, pas fini ?

— Une fois le cheval du diable débridé, on sait pas ce qui est arrivé au vieux curé Barrette. C'est-y qu'il s'est retrouvé au fond des enfers avec le grand Lucifer lui-même ?

— Ben non, les enfants ! Le diable serait pas le yiable si, au détour de n'importe quel conte, on ne parvenait point à le rouler. Qui, pensez-vous, avait soufflé à l'oreille du gros toxon à Pit Dublanc d'examiner le fameux cheval noir, sinon le vieux curé Barrette lui-même ? Il savait ben qu'à cause du sang qui coulait de la gueule de la bête magique, le gros toxon à Pit Dublanc la débriderait pis que le maléfice imaginé par le grand Lucifer se retournerait tusuite contre lui-même.

Même si nous étions pas vraiment convaincus par l'explication de mon grand-père, nous remontions avec lui et ma grand-mère dans le cabriolet tiré par Bélial, laissions la petite montagne au bout du Deuxième Rang et redescendions vers les Trois-Pistoles. Il faisait toujours noir quand nous arrivions devant l'église, de sorte que nous avions beau y chercher la pierre manquante, elle restait invisible à nos yeux. Seul mon grand-père la voyait, supposément tout en haut, là où le clocher s'élançait comme une flèche vers le ciel. Mon grand-père disait :

— Quand vous serez dans vos grosseurs[1], vous allez la découvrir la pierre manquante. Mais en attendant, rentrons à la maison.

---

1. Quand vous serez grands.

Puis, faisant claquer les cordeaux sur le dos de Bélial, mon grand-père ajoutait, levant son chapeau comme pour saluer les statues qui montaient la garde au-dessus de l'église :

— Sacàtibi ! Sacàtabac ! C'est vrai comme le yiabe que mon conte finit d'en par-là ! Cric, crac, cra, les enfants ! Foin sec de mes parli, parlo, parlons ! Trouvons nos couchettes de fer avant que la bête à grand'queue nous crochisse les doigts de pieds pour les siècles des siècles ! Salut ben, la compagnée !

DU VIEUX NOUVEAU

Les années 2000 s'ouvrent avec l'expérience d'une légende urbaine gonflée en problème mondial : le bug de l'an 2000 trouve dans notre dépendance aux ordinateurs et dans notre économie hypersymbolique une angoisse similaire à celle que le diable et les loups-garous pouvaient trouver dans la société canadienne-française traditionnelle. Mais c'est le 11 septembre 2001 qui marque réellement l'entrée dans le siècle, lorsque s'ajoute à l'horizon des changements climatiques, scientifiquement validés cette même année, le choc de l'altérité culturelle et économique : l'économie de marché n'égale pas prospérité et démocratie pour tout le monde. L'être humain est forcé de prendre conscience de la fragilité de son existence et de celle de son milieu de vie.

Connectés à leur époque, à ses terribles craintes comme à ses formidables promesses, après avoir porté au pouvoir et réélu à quelques reprises un parti souverainiste, fait du français la seule langue officielle de la province et tenu deux référendums sur la question nationale, les Québécois, plus riches et plus éduqués, n'accordent plus en apparence autant d'importance à la question identitaire. Le traitement médiatique des accommodements raisonnables et l'éternel retour du débat sur la qualité et la pénétration du français permettent toutefois d'affirmer que cette question s'exprime avec autant d'urgence, sans pour autant se confiner au domaine constitutionnel. Alors que la technologie permet de communiquer efficacement aux quatre coins du globe, que l'art populaire s'assimile parfois à un art préfabriqué, destiné à la consommation rapide, la menace d'uniformisation est réelle, les voix particulières indispensables à l'écologie d'une civilisation sont en péril. Qu'il s'agisse de télévision, de cinéma ou de chanson, la culture emprunte des voies qui paraissent de plus en plus similaires d'un bout à l'autre de la planète : Madonna appartient au monde entier, tout comme Céline Dion. Dans ce contexte, le Québec joue un rôle majeur dans l'adoption de la Convention de l'UNESCO sur la protection et la promotion de la diversité des expressions culturelles (2007), convention que, deux ans plus tard, une centaine d'États ont déjà ratifiée.

On sait que la redécouverte du folklore et de l'imaginaire médiéval ont pu remodeler le paysage culturel européen à la fin du XVIIIe siècle. Dans un ordre plus modeste, le conte, qui connaît un renouveau depuis une vingtaine d'années, contribue à rendre manifeste cette diversité culturelle. Par leurs formules, leurs rites, leurs thèmes semblables du nord de l'Ontario à la Kabylie ; par leur verbe et leurs histoires, les conteurs du monde entier utilisent un langage universel, celui des mythes et des merveilles, qui permet de communiquer la diversité de l'expérience humaine dans leurs langues et arts respectifs. Ils présentent ainsi un visage de l'humanité qui échappe autant au repli sur soi qu'à la production en série. À l'heure où l'on tente de mettre le génie comme l'eau en bouteille, la liberté de ton du conte permet d'embrasser des sujets complexes tels que la perte de repères liée à la vie moderne ou l'exclusion sociale : « Wildor le forgeron », « Rrrraoul » et « Le rayon vert » en sont de bonnes illustrations. Par sa structure et ses thèmes assimilés depuis l'enfance, le conte permet aussi d'entrer rapidement dans la danse de l'imaginaire, sans manuel d'instruction. Fred Pellerin et

Renée Robitaille nous offrent ce voyage, le premier à l'aide du thème du diable beau danseur, déjà visité dans « L'étranger », et la seconde en réenchantant l'univers trop souvent aseptisé de la maternité et de la petite enfance.

Jocelyn Bérubé

De la génération de la Bottine souriante, de Michel Faubert ou d'Alain Lamontagne, Jocelyn Bérubé (1946-), le diable dans l'archet et le vent dans les cordes vocales, est partie prenante de ce renouveau. On sait que la forge, indispensable à la société canadienne-française traditionnelle, était un peu le lieu de rencontre du village : l'endroit où les hommes allaient faire ferrer leurs chevaux et réparer leurs outils, l'endroit où les histoires, les vérités comme les menteries, s'échangeaient, renforçant l'appartenance à la communauté. Par extension, « Wildor le forgeron » fait le pont entre les deux époques du folklore, lui donnant son sens non plus dans la survivance d'une tradition, mais dans la redécouverte d'un imaginaire qu'on aurait pu croire à jamais étouffé par l'industrialisation et la vie moderne. Forgeron et maréchal-ferrant, dépossédé de son utilité sociale au temps de l'automobile, Wildor finit par s'inventer un rôle en transformant outils et matériaux de son ancien quotidien en instruments de musique.

Jocelyn Bérubé

Wildor le forgeron

Ferre, ferre mon p'tit cheval
Pour aller à Montréal,
Ferre ferre ma p'tite pouliche
Pour aller à Yamachiche,
Ferre, ferre ma p'tite jument
Pour aller à Batiscan,
Ferre, ferre mon p'tit joual vert
Pour aller à Trois-Rivières[1] !

Enfant, son père lui chantait cette comptine en le faisant sauter sur ses genoux et, un jour, devenu grand, c'est lui qui a sauté dans les bottes de son père pour devenir à son tour le forgeron du village. Wildor avait hérité, de sa mère Imelda, sa force tranquille du dedans, tandis que celle du dehors lui venait d'Adjutor, son père, un esprit jovial, mais un peu rude et naïf. Adjutor lui avait aussi transmis l'art de faire, gardant en mémoire sa dernière et sa plus belle signature d'artisan-forgeron : le coq du clocher de l'église du village. Le père avait tellement mis d'adresse, d'art et d'âme dans son travail, qu'au dernier coup de marteau sur la queue rougie de l'oiseau, le jeune Wildor avait alors vu le coq, sûrement saisi par l'adresse, s'envoler pour aller se joucher[2] de lui-même sur le bout de la flèche du clocher, où il tournait encore aux quatre vents. L'habile artisan, en regardant son fils et en lui remettant son tablier, avait dit fièrement :

---

1. Vieille chanson populaire française, transposée depuis longtemps en Amérique.
2. Se jucher.

— Un jour, je te souhaite d'en faire autant, mon gars !
C'est en forgeant qu'on devient… tu sais quoi ?

— Euh…, for… for…

— Bien plus fort que ça encore !

— Forgeron ?

— C'est en plein ça, mon garçon.

Mais pour ce qui est du clocher de la grosse église
dans la ville d'à côté, ni Adjutor, le père, ni aucun autre
forgeron de l'époque n'avaient été approchés pour y forger
une girouette en forme de coq, car tout le canton avait eu
vent que c'était le Diable, sous la forme d'un puissant
cheval noir, qui avait transporté la pierre pour la
construction du bâtiment, et qu'on n'y met pas, dans ce
cas-là, un coq sur son clocher ; on disait que c'était même
une des conditions du Diable dans son pacte avec le curé.
De toute façon, la grosse église en question avait deux
clochers : on ne met pas deux coqs dans un poulailler.

Mais pour en revenir à Wildor, maintenant maître à
bord, c'est dans l'antre chaud de sa forge que les gens
venaient se raconter les dernières nouvelles, les plus
incroyables et les plus fantastiques. Wildor, de temps en
temps, mettait son grain de sel dans la conversation tout
en mâchouillant un morceau de fer, car c'était sa manière
d'en reconnaître la qualité. Cette chaleur humaine de la
forge, venait-elle de Wildor lui-même, des grands secrets
qu'il avait appris de son père et qu'il transportait à travers
le temps pour le mieux-être de ce qu'il appelait commu-
nément la communauté ? Il connaissait l'âme du feu et
des étincelles qu'il sculptait sous son marteau en mouvement, faisant naître, du fer rouge sur l'enclume, des poi-
gnées ouvragées, des serrures en fleur de lys, des pentures
en queue d'aronde, des clous, des vis, des écrous, des

roues, des outils de toutes les formes pour toutes les fonctions et tous les goûts. L'art de Wildor était de transformer la matière par le feu, et une bonne partie de son travail était aussi de faire, avec du fer, des fers : des fers à cheval, car il était aussi forgeron maréchal.

Quand l'hiver arrivait en gros sabots enneigés, Wildor accueillait à sa forge les percherons du canton en les appelant même par leur p'tit nom. Les chevaux venaient y faire vérifier et réparer leurs attelages, mais surtout changer leurs fers d'été pour ceux d'hiver. Les chevaux de trait et aussi ceux d'agrément dételaient leurs gréements d'été : « buggys », calèches, charrettes, « waggines » et machines aratoires, pour reculer dans les « menoires » de ceux d'hiver : berlines, berlots, traîneaux, bacagnoles, carrioles et « sleighs-doubles » à billots. Le cheval, aussi indispensable au quotidien que, sur la table, l'était le pain.

Un jour, dans la forge de Wildor, entre un homme tiré à quatre épingles, empoussiéré et essoufflé, chapeau melon sur le ciboulot, la moustache frisée par en haut à la barre de savon, p'tits souliers en cuir « patant[1] » : un riche de la grand-ville d'à côté, sûrement. Il demande à l'artisan :

— Ça vous serait-y dur de réparer ma voiture ?

— Ben sûr que non, répond Wildor, occupé à ferrer un sabot de jument, vous pouvez dételer votre monture…

— Non, dit l'homme au chapeau dur, ma monture est une voiture ! Vous comprenez pas ? Venez donc voir ça.

Wildor finit d'abord la besogne commencée, puis sort dehors ; il aperçoit en effet, devant les grandes portes de

---

1. En cuir verni.

sa boutique, une espèce de bête de tôle foncée, luisante, pas de poil, pas de queue, pas de pattes, mais des roues de caoutchouc en dessous, un autre caoutchouc accroché au derrière. Un mot brillant est écrit sur le devant ; Wildor connaît sa langue, mais il n'en a pas appris les lettres. Il demande au pacha :

— Qu'est-ce qu'elle a d'écrit là ?

L'homme au melon lui répond :

— Mais c'est son nom, voyons ! Ford, modèle « T ».

— Ah bon, dit le forgeron, c'est un nom bête… Ils lui ont étampé son nom sur le museau, puis ça lui a fait sortir les deux yeux de la tête…

— Ça, dit l'homme à la moustache retroussée, ça mange ni avoine ni moulée ; mais ça ronge le foin des portefeuilles ! C'est la révolution, mon cher monsieur ! Ce nouveau siècle commence avec la révolution de l'explosion du… du… piston par la combustion… euh non… c'est plutôt que la fonction d'explosion créant, disons d'une certaine façon, de la friction dans la pression des pistons provoque une réaction due à l'action de la carburation : les roues en rotation, développant une accélération, sont donc l'effet d'une tension en relation par extension avec la traction de la contraction dans la con… euh non… de la contra… de la contradiction dans la confusion de mon explication… En un mot comme en deux : ça marche au cheval-vapeur !

— Cheval-vapeur… ? Ah bon… Ça doit être pour ça que ça sue du capot…, lui répond Wildor, impressionné, en touchant le pare-brise suintant et encore chaud.

— Ça, dit le fier Jos Connaissant, c'est une bête à moteur ! Car dorénavant, l'avenir sera le moteur du futur,

comme le présent est présentement le moteur de… heu…
de maintenant!

— Hé, monsieur! Vous parlez comme le député du
canton!

— Non, je suis seulement le nouveau maire de la
grand-ville d'à côté, et c'est avec des promesses concrètes
comme ça que j'ai pu me faire élire et me payer cette
merveille-là!

— Mais là, lui dit Wildor, j'sais pas trop si je peux
vous aider, c'est la première fois que je vois une chose
comme ça. Qu'est-ce qu'elle a?

— Je ne le sais pas; elle veut plus avancer pantoute!

— Ah, elle « bucke » ?

— C'est à peu près ça…

— Ben, chicanez-la! Si c'est vous le maître, apprenez à
la connaître! Brassez-la! Un coup de fouette, un p'tit
coup de cordeau, pis envoye par là!

— Ah non, ça, quand ç'a quelque chose, ça ne l'dit
pas. Pis y'a pas de cordeaux sur ça mais un volant, et c'est
pas pour voler mais pour rouler.

— Mais c'est peut-être un voleur qui vous a roulé, le
vendeur… des maquignons « snorauds », y en a partout,
vous savez… Est-ce qu'elle peut au moins entrer dans ma
boutique?

— Faudrait la pousser…

On pousse, on tire, mais en vain; finalement, on sort
la jument frais ferrée de la forge, on l'attelle en avant,
pour faire rouler l'engin jusqu'en dedans.

À la nuit tombante, Wildor, resté seul avec la bête de
tôle, va à son âtre où le feu couve encore sous les cendres,

et quand les flammes se remettent à jaillir comme un volcan en grondant sous l'effet du grand soufflet, il se sent comme au paradis. Il sifflote, heureux du défi qui se présente à lui. Il se met à scruter l'engin luisant, imberbe, figé et sans vie. Il se dit:

— Il faut que je trouve son âme; c'est là qu'est sa vie… et sa maladie.

Il prépare ses outils et étend par terre une vieille couverture qui sert à « abrier » les chevaux en hiver; il ouvre le capot et examine le dedans comme il faut, en se concentrant sur les jonctions, les connexions, les embranchements. Il est fasciné et émerveillé par cette nouvelle bête patentée de toutes pièces et qu'on peut reproduire identique et à volonté. Puis, quand il pense en avoir bien compris les fonctions et les circuits, de son œil de feu, il les imprime dans sa mémoire comme une photo. Puis lentement, il se met en frais de les démonter, morceau par morceau, rangeant chaque pièce en ordre sur la couverture. Il pense: « Quand je vais tomber sur son âme, j'saurai ben le sentir… »

La nuit est venue, le cœur de la bête de fer est démonté, mais Wildor, découragé, n'a pas trouvé d'âme. Il remonte lentement chaque morceau exactement à sa place. Au moment où il referme le capot, la porte de l'arrière-boutique s'ouvre. C'est Fébrénie, sa femme, la paupière lourde mais l'œil allumé. Elle lui dit:

— Wildor, veux-tu ben me dire ce que tu fabriques si tard?

Il lui répond:

— Je cherchais son âme, mais je l'ai pas sentie nulle part. Regarde-moi donc c'te belle chose-là!

Fébrénie, les yeux ronds, reluque l'engin. Elle qui revient d'une longue journée en réunion avec son cercle de couture a déjà eu écho de la chose, car certaines couturières pendant la pause ont brodé sur le sujet : certaines pour l'avoir aperçue de loin filer à toute vitesse ; d'autres avaient vanté son luxe et sa beauté, mais toutes avaient critiqué son bruit et ses gaz empestés.

Fébrénie, dont le nez est le plus fin, est attirée vers l'arrière de la bête de tôle. Elle aperçoit la panse de fer du réservoir :

— Tu trouves pas que ça sent l'diable dans l'derrière de ça ?…

Wildor se penche et donne quelques p'tits coups de poing sur le réservoir en disant :

— Ça sonne creux…

Fébrénie réfléchit, puis en déduit :

— Ce qu'elle boit lui donne des gaz… Ça serait-y que ce serait l'essence… Voyons Will, elle n'a pas d'âme, son âme, c'est son essence, mais son essence est sans âme, et sans essence, elle n'a pas de vie. Ça peut être ça, son bobo… Mon vieux, j'pense que tu t'es « désâmé » en misère noire toute une nuit blanche pour en arriver à l'essentiel : le vide d'essence. Will, la journée est finie, viens te coucher s'il te reste assez d'essence pour te rendre au lit.

Le forgeron, devant ce constat, reste pantois ; les bras lui en tombent, mais avant, il s'essuie le front d'une main et lui répond :

— Ouais… C'est beau l'instruction…

Pas plus tard que le lendemain, on a trouvé de l'essence en bordure du village. Le remède des bêtes à moteur coulait déjà dans des pompes, funèbres pour les chevaux.

Sur le chemin du village, Wildor voyait de plus en plus de tacots passer toujours plus vite comme s'ils narguaient sa boutique, chassant à coups de criard les chevaux apeurés et dépassés; la mort dans l'âme et le mors aux dents, ils mordaient la poussière derrière. Le soir, les yeux des bêtes de fer s'allumaient et brillaient dans la noirceur comme des yeux de chat, mais c'étaient des yeux de « char » sans vie, branchés sur une batterie. Wildor n'entendait plus comme avant descendre sur le village le silence de la brunante, et dans l'air frisquet de l'hiver, les grelots des chevaux, mais plutôt les rumeurs des moteurs, des démarreurs qui toussaient, des klaxons qui s'énervaient et des roues qui viraient dessous dans la boucane bleue des essences de l'ère nouvelle.

On aurait dit que le temps se mettait à débouler plus vite pendant que la vieille forge, elle, se désertait. Le marteau résonnait moins fort sur l'enclume et le feu dans l'âtre vivotait. De sa fenêtre, où les toiles d'araignées n'étaient plus souvent décrochées, Wildor voyait des garages, des *machine-shops* pousser comme des champignons dans le voisinage des maisons.

Le vent avait tourné car, à chaque bourrasque venant de l'ouest, il entendait le coq du clocher grincer et toussoter en virant du côté de la grande ville, et l'air dégageait en même temps une étrange odeur de soufre. C'est qu'un bon matin, il aperçut à l'autre bout du grand terrain, jusqu'alors encore vague et séparant son village de la ville voisine, une forme bizarre étendue comme une drôle de colline avec une cheminée au-dessus qui crachait dans l'air une fumée brunâtre. N'en croyant pas son nez et son œil, il a vu tout à coup la cheminée se mettre à bouger:

c'était le grand cigare allumé d'un géant de l'immobilier qui fumait à son aise, allongé, en regardant changer la couleur du temps, tout en cuvant dans l'autre main un pot de vin au bouquet acide tiré de la réserve d'un ami personnel, fruit de grappes industrielles. Peu après, le géant s'est levé et a planté au beau milieu du champ un écriteau marqué : « Sold/Vendu » ; puis, il s'est mis à marcher à pas mesurés et comptés en direction du village, la démarche lente dans son pantalon pressé, égrenant dans l'air la cendre et la fumée de son cigare roulé en feuilles de pâtes et papier. Le géant, en habit d'agent « pro-moteur » d'avenir, étirait sans complexes encore apparents ses bretelles de béton armé jusqu'au seuil des quartiers désarmés, escorté par une meute de béliers voraces et nouvellement mécanisés se mettant au passage sous leurs dents d'acier des pâtés de maisons « désâmées ». Le village quittait sa défroque d'étoffe et se rhabillait en nouveaux tissus urbains uniformisés. Wildor, retranché dans sa vieille forge, sentait le cœur de son village se greffer aux artères du grand centre d'à côté et ajuster ses battements aux nouveaux rythmes d'un temps en accéléré.

Wildor se retrouvait maintenant, et plus souvent qu'autrement, seul dans son antre : ses anciens amis, conteurs merveilleux du quotidien, étaient partis ; sa femme Fébrénie avait, elle aussi, quitté le monde avant lui pour aller aviver le feu dans le foyer d'un paradis inconnu ; l'époque des chevaux était révolue. Son fils, artiste, gagnait son pain dans la grande ville en forgeant sa vie dans la musique. C'était maintenant l'heure de fermer boutique et d'en placarder les vitres ; Wildor actionna une dernière fois son grand soufflet pour attiser la braise et faire un brin de chaleur, car le froid s'installait à demeure. Mais dans les flammes pointues et dansantes sortant de l'âtre sont tout à coup apparues les cornes rouges d'un petit diable triomphant et ricaneux venu hanter les lieux, attiré au village par l'air sulfureux. Il tenait dans ses griffes un parchemin qui ne prenait pas en feu. Devant le vieil artisan prêt à rendre les armes, il lui souffla tout feu tout flamme :

— Vends, vends, pendant qu'il est encore temps ! Vends-moi ton âme, c'est le bon moment ; je vais négocier tout ça pour toi ! C'est quand on spécule qu'on fait des pécules, le vieux ! J'ai fait les plans, je vais en faire un bel emplacement pour une future chaîne de restaurants, un grand stationnement, et pourquoi pas, dans un avenir certain, ce qu'on appellera un centre d'achats, et cetera... ra... rat !

Le pauvre Wildor était sur le point de mettre sa croix en bas du contrat quand, tout à coup, il a eu l'impression d'entendre le vieux coq rouillé du clocher lancer un soubresaut de cocorico imitant une boutade jadis entendue, dans son jeune temps : « Un jour, je te souhaite d'en faire autant ! »

Le vieil artisan n'a pas baissé les bras et, de ses grosses mains cornées, a empoigné par les cornes le petit diable à l'allure visqueuse pour le lancer dans le tonneau d'eau ferreuse servant à refroidir le fer chauffé. On disait de cette eau qu'elle était magique : le p'tit diable râlait et s'y débattait comme dans de l'eau bénite. Wildor, l'âme en paix, décida que sa dernière œuvre était arrivée et qu'il fallait la signer. Du grand coffre de bric-à-brac empoussiéré sous l'établi, il sortit d'abord un petit soufflet ; son père lui en avait fait présent quand il était enfant pour l'initier au métier ; il l'avait toujours gardé pour le prêter aux jeunes venant fureter dans sa forge, fascinés par la magie du feu et du lieu. Il l'a regardé un moment en

jonglant à une idée traversée d'une pensée pour son fils.
Et une autre également pour son père fanfaron qui l'avait
un peu nargué à propos du coq du clocher : « Un jour,
mon p'tit gars, je te souhaite d'en faire autant ! » La passion du démontage et du patentage l'avait repris : il a
défait le petit soufflet, puis il a pris le siège d'un vieux
buggy sur lequel Fébrénie s'était si souvent assise en belle
saison : le bel érable piqué y était devenu doux comme la
soie de ses jupons. Il le scia en deux morceaux avec une
scie qui ne demandait pas mieux que de brosser ses dents
dans du bois franc. Il sortit du grand coffre des belles
lamelles d'acier qu'il avait toujours conservées : c'étaient
celles des baleines du corset de Fébrénie. Il les a coupées
en dix parties, les a martelées, les a limées. Les lamelles
du corset sont devenues des anches fines et résonnantes
de musique qu'il vissa aux deux pièces de bois d'érable
remontées de chaque côté du petit soufflet qui s'est mis à
s'étirer de nouveau et à respirer comme une âme qui
renaît. Il en sortit une musique si entraînante et joyeuse
qu'elle réveilla les vieux compagnons de vie du forgeron :
ses machines endormies et ses outils accrochés sur les
murs autour de lui. Au rythme de la cadence, ils entrèrent
en transe sur les sons de cet instrument patenté qui
résonnait dans l'air, forts et légers comme s'ils sortaient
d'un accordéon Messervier[1] ! Dans un coin, même les
liasses de crins ébouriffés du vieux cheval de bois de son
fils se sont faits archet sur la branche d'un fouet pour
dépoussiérer et ressusciter le violon de Fébrénie, exposé
dans le grand coffre en pin. Les cordes du violon se sont
mises à vibrer et à accompagner ce drôle d'accordéon. Sur
les murs, les masses et les maillets étaient complètement

---

1. Fabriqué par Marcel Messervier (1934-   ), célèbre accordéoniste de
   Montmagny (Québec).

marteaux et cognaient en rythme sur le tonneau ; les rabots et les vastringues swingnaient comme dans un bastringue, les cisailles et les tenailles se serraient la pince, heureuses de se dérouiller !

Le vieil artisan, fier de sa dernière veillée, a « callé » à ses outils :

Allez, compagnons, swingnez ma compagnie !
On est encore en vie !
J'étais artisan de la belle ouvrage,
Vous en serez un témoignage… !

Dehors, le géant de l'immobilier s'était immobilisé et les béliers étaient à la renverse, effrayés par la musique magique sortant de ce lieu antique. Dans le fond du tonneau en fer, un clou rouillé et crochu disparut, comme un diable vaincu par plus fort que lui !

Fred Pellerin

La nouvelle génération de conteurs, Fred Pellerin (1977-) en tête, traque l'inédit et l'ineffable qui sortent de la bouche des grands enfants que nous sommes. Par la richesse de son vocabulaire et sa malice évoquant le Yvon Deschamps des grands jours, le conteur s'empare de l'imaginaire du terroir et s'en sert comme d'un canevas qui lui permet de ravir l'auditeur (le lecteur) : le thème lui étant connu, ce dernier peut se concentrer sur le travail de la forme. C'est avec le motif du diable beau danseur, maintes et maintes fois exploré et représenté, dans ce recueil, par sa toute première version écrite « L'étranger », que Pellerin fait risquer sa vertu plutôt que son âme à la belle Lurette. L'horizon d'attente de l'auditoire a changé et la portée morale cède plus de place à l'humour que chez Philippe Aubert de Gaspé.

La danse à Lurette

Ma grand-mère disait que l'histoire s'est passée dans le temps où c'est que le monde avait du plaisir.

« Dans ce temps-là, la neige était encore blanche dans les chemins puis les portes avaient pas de barrure. Aussi, les fêtes de l'année se célébraient ailleurs que dans les magasins. Aujourd'hui, c'est rendu qu'on a des taxes d'amusement, des permis de jeu, puis encore. On est pris pour acheter du plaisir en caisse de douze ou en petite pelouse. Pour éviter que ça nous coûte un bras, c'est rendu qu'il faut avoir du fun en cachette. »

Ma grand-mère disait que l'histoire s'est passée dans l'antan où c'est que le monde avait du plaisir.

Un été avait fait son tour. Déjà, un autre automne achevait de se décolorer. Depuis le retour de l'éclopé, malgré les demandes répétées, Ti-Bust n'avait jamais consenti à laisser aller sa fille en mariage. Le forgeron tenait mordicus à ses positions sadiques.

La fin novembre traînant avec elle le jour des vieilles filles, Lurette allait être parmi les celles qui coifferaient sainte Catherine. (C'était pareil à chaque fois : on organisait un grand bal à l'huile, chez Brodain Tousseur, à l'attention des filles qui resteraient sur la tablette. Lurette serait définitivement de la batch des non-matchées.)

En guise de dernier spasme de rêve, elle espérait profiter de cette veillée-là pour convaincre son père de la laisser s'unir à Dièse. Elle avait mis ses petits suyiers[1] de satin puis sa robe la plus fine, elle s'était peignée comme une princesse. Toute la journée, elle avait donné des petites faveurs à son père, elle l'avait cajolé comme un enfant dans la ouate.

Au soir venu, au bras du forgeron, elle était allée rejoindre le rassemblement chez le *bootlegger*. Déjà, sur les marches de la galerie, on pouvait entendre des bribes d'airs entraînants, le rythme secoué des semelles qui battaient le plancher de bois de la cuisine.

— On va pouvoir danser, pôpa !

Dans le coin de la cuisine, sur une chaise droite, Babine s'essoufflait dans sa musique à bouche depuis déjà une bonne demi-heure. Le gros du monde était installé tout le tour de la pièce, les dossiers accotés au mur. Ça placotait en masse, ça fumait. Les éclats de rire puis les simagrées remplissaient l'ambiance.

À l'arrivée du père et de la fille, monsieur Tousseur vint dégreyer les manteaux et chapeaux.

— Tirez-vous une chaise !

(Ti-Bust dans le coin des vieux, Lurette dans la ronde des jeunesses.)

À l'entrée de sa belle, Dièse n'avait pas pu se retenir de l'aimer encore plus. Dans l'oreille, il lui avait soufflé mot.

— Ma belle Lurette, donne-moi ton âme, à soir !

— Écoute Dièse, que murmura Lurette en rosissant, tu vas trop vitement ! Commence par me demander mon cœur. Après ça t'auras mon âme et puis mon beau p'tit-p'tit-p'tit porte-bonheur...

---

1. Souliers.

La belle prononçait ses mots comme on dirait une comptine d'enfant, presquement avec mélodie.

Quelques minutes plus tard, après une petite gorgée de bière de bibites[1] pour les gars puis des rires timides pour les filles, les scrupules étaient tombés. Dièse, de temps en temps, tendait sa bouche à l'oreille de Lurette.

— Ma belle Lurette, donne-moi ton cœur !

— Écoute, Dièse ! Tu vas trop vitement ! Commence par me demander ma main. Après ça t'auras mon cœur, mon âme et puis mon beau p'tit-p'tit-p'tit porte-bonheur.

La danse était maintenant généralisée. Babine reprenait son souffle de bourrasque, puis il poussait les airs les plus endiablés de son répertoire.

— Ma belle Lurette, donne-moi ta main !

— Écoute, Dièse ! Tu vas trop vitement ! Commence par me demander un bec. Après ça t'auras ma main, mon cœur, mon âme et puis mon beau p'tit-p'tit-p'tit porte-bonheur.

Cotillons, danses rondes et sets carrés, gigues simples et compliquées, danses et contredanses s'enfilaient sans répit. Puis dans le swing des jarrets légers, Dièse jouait le tout pour le tout. Autrement, Lurette serait vieille fille à partir de demain …

— Ma belle Lurette, donne-moi un bec !

— Écoute, Dièse ! Tu vas trop vitement ! Commence par me demander une danse. Après ça t'auras un bec, ma

---

1. Bière de fabrication artisanale. Dans l'univers de Fred Pellerin, « bibites » est à prendre au sens propre : des insectes entrent dans la composition de la recette, comme on peut le voir dans le conte « La mémoire » (Fred Pellerin, *Dans mon village, il y a belle lurette*, Montréal, Planète Rebelle, 2001, p. 67).

main, mon cœur, mon âme et puis mon beau p'tit-p'tit-p'tit porte-bonheur.

Les pirouettes et le sprignage[1] des danseurs ne sla-quaient pas. On n'avait jamais vu pareille danse dans toute l'histoire du village. (Ti-Bust lui-même, qui s'était promis de garder son sang-froid, se sentait devenir le sang chaud. Il s'émoustillait à la vue des belles jeunesses frin-gantes qui se déviraient les talons.)

Les heures passaient, dans l'emportement des steppettes.

Tout d'un coup, comme on ne s'y attendait pas, ça cogne-cogne-cogne à la porte. À cette heure-là (il était presque minuit), la fête devait finir. Pourtant, quelqu'un arrivait.

— On satan pas à recevoir d'autre visite !

— Entrez, que lança Brodain.

Puis la porte grinça sur ses pentures. On vit un beau jeune homme faire un pas dans la cuisine. (Silhouette sombre… Personnage étrange qui portait la tête haute dans des allures princières.) Les yeux écartillés, toutes les filles du *last-call* se pâmaient déjà.

— Considérez-vous comme notre invité d'horreur, m'sieur. Soyez comme chez vous !

(Il était habillé comme un dépité. Grand chapeau, petits gants noirs, moustache taillée droite, queue entre les deux jambes et feu au derrière. Il avait dans les yeux une lueur de poêle au charbon.)

Toutes les têtes se tournaient vers celle de l'inconnu. (Ti-Bust avait une légère impression de déjà-vu-quelque-part.)

---

1. Les danseurs semblent montés sur des ressorts (*springs*) et sautillent.

— En avant la musique, que lança Brodain.

Babine s'époumonait de nouveau dans son flûtage pendant que, sous les regards mouillés de toutes les créatures de la place, le beau jeune homme s'enlignait directement sur Lurette.

— Ma belle Lurette, donne-moi une danse!

— Va pour une danse, qu'elle répondit tout émotionnée, mais je t'en donne rien qu'une!

Ni une, ni deux, puis ça part! Comme un coup de vent! La belle Lurette dans les bras de cette amanchure d'homme-là. Le duo occupait tout le plancher de la cuisine. Ils tournaient, tournoyaient, virevoltaient. On aurait cru qu'ils ne touchaient pas à terre. Babine s'épuisait à *reeler* ses entraînes. La belle, tout ébarouïe, se collait de plus en plus sur le beau danseur. Elle se sentait emportée dans le courant. Elle se sentait décoller. Comme dans une transe. Une transe en danse. Ça fortillait tant tellement ce couple-là que le village en tremblait. (Ça doit être Richter, d'ailleurs, qui alerta le curé parce que quelques minutes passées minuit, la soutane toute croche, il arriva comme une repousse.)

— Arrêtez la musique! Le Yable est parmi vous!

(C'était ça! C'était Lui!)

— Arghhhh! Lurette, tu me donnes une danse d'éternité. Après ça je prendrai un bec, ta main, ton cœur, ton âme et puis ton beau p'tit-p'tit-p'tit porte-bonheur.

(Ti-Bust le reconnaissait.)

— Me semblait, itou...

Trop tard, pourtant. Babine ne pouvait plus s'arrêter de jouer. Les danseurs tournaient si vite que personne ne pouvait s'approcher de leur carrousel. La compagnie était en sueur.

— Qu'est-ce qu'on va faire pour la sauver ?

Vite d'esprit, Dièse se renfonça les doigts dans l'orbite. Arrachant son œil de vitre, il le garrocha sur le plancher.

… roule…

(Juste espérer que l'Yable se mette la patte dessus !)

… roule…

(Il va tomber en pleine face !)

… roule, mais rien…

(Il ne se passait rien ! L'œil de vitre de Dièse avait roulé sur le plancher pour se rendre au meilleur spot : juste dessous la robe de Lurette. De là, il profitait tranquillement d'une vue sur le p'tit-p'tit-p'tit porte-bonheur !)

La musique ne finissait plus de finir. Le Yable s'approchait de plus en plus de la porte, en dansant toujours plus serré, la Lurette ensorcelée dans les bras.

— Arrêtez-les !

D'un coup, la belle et la Bête firent un faux pas. Le cornu mit le sabot sur le voyeur. Marchant sur l'œil comme sur une bille, il s'enfargea. (Salto arrière et fers en l'air : une figure que Ti-Zoune lui-même n'a jamais su reproduire.) Avant de s'étendre de tout son long, sa tête fessa sur la bavette du poêle. Dans une boucane, comme un pétard, le Yable disparut.

☐ ☐ ☐

— Tassez-vous !

Babine avait arrêté de jouer. La poussière retombait. On aurait pu entendre une mouche atterrir. Dièse puis Ti-Bust se penchèrent sur Lurette. Étendue à terre, abasourdie, la belle s'ouvrit un œil. L'œil dans l'œil, elle regarda Dièse. D'égale à égal.

Dans un murmure, elle laissa entendre son cœur.

— Je t'aime comme une maudite !

Une déclaration d'amour ! Tout est bien qui finit bien !
(Pensez-vous vraiment que Ti-Bust allait laisser faire ça ?
Non, monsieur !) Blanc comme un drap, avec le village en
entier comme témoin, il répéta son avertissement :

— Penses-y même pas, Lurette. Il en est pas
question !

Ma grand-mère m'a dit que c'est comme ça que
Lurette devint vieille fille.

Renée Robitaille

L'univers de Renée Robitaille (1974-) est sans contredit parmi les plus poétiques. Dans un village créé de toutes pièces, peuplé de personnages typés, Robitaille brode à partir du tabou de la naissance et de la sexualité des contes où la joie de vivre et de jouir est exprimée par l'entremise de jeux de mots et de procédés syntaxiques ludiques. «La nounou russe» est centré sur le désir que le petit Victor, vieillissant, garde du sein maternel.

La nounou russe

Anna n'avait que quinze ans,
mais déjà tout le monde, dans le village, l'appelait :
la femme aux mamelons montagneux !
Parce qu'elle faisait partie de la lignée des nourrices.
Son arrière-grand-mère était arrivée dans le village par
    un soir de tempête.
Elle était allée frapper chez le maréchal,
il l'avait fait rentrer, elle était en pleines contractions,
    la pauvre.
Pendant la nuit, elle avait accouché d'une fille.

Les anciens racontent qu'elle venait de Russie.
Puisqu'elle n'avait pas vraiment d'argent,
et que personne ne comprenait rien de ce qu'elle
    disait,
elle donnait le sein aux enfants du village
en échange d'une bouchée de pain et d'un bol de soupe.
Au début, les gens étaient un peu réticents,
mais les femmes se sont vite rendu compte que c'était
    bien pratique
de ne pas avoir leurs petits accrochés aux mamelles, à
    longueur de journée.

Alors on a fini par bâtir une maison pour la nounou
    russe.
Et c'est là-dedans
qu'elle a abreuvé toutes les bouches du village
pendant plusieurs années.
Mais sa fille avait grandi pendant ce temps-là.

Et quand elle a eu quinze ans,
c'est elle qui a pris la relève,
tout naturellement,
comme si c'était inscrit dans ses gènes.
Personne n'a bronché dans le village.
Et c'est devenu une tradition :
quand tu faisais partie de cette lignée-là,
dès que t'avais quinze ans,
on te fécondait, t'accouchais, t'avais ta montée de lait,
    pis bingo !
tu devenais la nounou.

Bien qu'elle venait d'atteindre l'âge de la fécondation,
    aucun homme du village ne réussissait à faire un
    enfant à Anna.
Les commères racontaient à qui voulait bien l'entendre
    que c'était la fin de la lignée !
Cherchant à leur clouer le bec,
la mère d'Anna avait tout de même entrepris d'initier sa
    fille.
À la grâce de Dieu !

Et à force de se faire téter par les bouches affamées,
Anna avait eu sa première montée de lait !
Imaginez l'excitation dans le village :
la fête avait duré trois jours et trois nuits,
les bébés roulaient par terre, ivres morts.

C'était la mère d'Anna qui était soulagée :
elle allait enfin pouvoir cesser la traite.
Vive la retraite ! Bien méritée, d'ailleurs !
Faites le calcul :
dix tétées par jour,

cinq jours par semaine,
cinquante-deux semaines par année,
pendant quinze ans :
ça fait trente-neuf mille tétées !
Elle avait son quota.

Quelques années plus tard,
à la grande surprise de tous,
Anna a rencontré les faveurs du Simple-d'Esprit.
Elle a senti la vie bouger en elle !
Sur le coup, tout le monde était content,
on se disait, comme de raison,
qu'Anna allait accoucher d'une fille
et que la lignée serait assurée !

Mais bien avant que l'enfant naisse,
la panique s'est répandue comme la peste dans le village,
car Anna avait désormais les mamelons trop sensibles
pour s'acquitter de ses tâches auprès des enfants.
Imaginez le drame !
Plus aucun bambin ne portait la moustache de lait !

Alors on s'est dit qu'il fallait prendre son mal en patience.
Il suffisait d'attendre la naissance de l'enfant pour que ça
    cesse enfin.
Mais dès sa venue au monde,
ç'a été pire encore.
La petite fille,
qui ressemblait au cordonnier Barabao comme deux
    gouttes d'eau,
était gourmande par-dessus le marché !
C'était bien là le problème :
la petite Gloria gardait les seins de sa mère pour elle
    toute seule.

Elle était si affamée
qu'elle buvait jusqu'à dix fois par nuit.
Et les soirs de pleine lune,
elle devenait possédée,
elle tétait tant et si fort
que de grands sillons de lait chaud se traçaient dans les
    cieux.
La voie lactée.

Le bébé d'Anna avait brisé la tradition.
Tout le village était en désarroi.
À la boulangerie, le pain dégonflait ;
la maîtresse d'école ne chantait plus l'alphabet ;
le docteur souffrait d'urticaire ;
les pompiers jouaient aux allumettes ;
et même les poules se rongeaient les griffes.
Ne sachant plus à quels seins se vouer,
les villageois se sont tournés vers l'Église.
Le bon Dieu leur a rendu grâce, un an plus tard,
quand la petite Gloria a été suffisamment grande
pour ne réclamer le sein qu'une fois la semaine,
comme tous les autres bambins du village.
L'ordre se rétablissait enfin.

Les enfants ont recommencé à téter, goulûment.
Les mamelons montagneux de la nounou étaient dodus,
    chauds, douillets, moelleux, élastiques !
Il faisait bon s'y frotter le nez une fois la semaine.
En fait, Anna avait des seins si généreux
que son lait chaud s'était adapté aux goûts des enfants :
les lundis, elle goûtait la pistache ;
les mercredis, la vanille française ;
et les vendredis, le chocolat fondant.
Chacun prenait rendez-vous selon son goût personnel.

Mais dès leur entrée à l'école,
les enfants cessaient de voir la nounou.
Je dois vous avouer que le sevrage
était souvent difficile pour bien des jeunes garçons.
Pour Victor, le petit dernier des Monette,
c'était une épreuve insurmontable.
Il en avait perdu l'appétit, il ne dormait plus.
Inquiète, sa mère l'a envoyé chez le docteur, son grand-
  père.

C'est en examinant la gorge de son petit-fils
que le grand-père découvrit un vilain secret coincé à
  l'intérieur :
— Eh bien ! Victor, raconte à ton grand-papou ce qui ne
  va pas…
Mais Victor resta muet.
Le docteur insista :
— Si tout va bien, pourquoi tu viens me voir ?
— C'est à cause des montagnes, grand-papou. J'aime me
  balader sur les montagnes, avoua Victor.
— C'est un problème, ça ?
— Oui, parce que dans une semaine, je commencerai
  l'école.
— Ah, c'est ça… ! Un vilain virus, en effet. Viens ! suis-moi,
  Victor.

Victor agrippa la main de son grand-père,
et ils marchèrent jusqu'à la boutique du maréchal
  Fernand.
Ils se cachèrent derrière un étalage pour espionner
  l'ouvrier.
Le docteur s'approcha de l'oreille de Victor et lui dit :

— Regarde bien, Victor. Regarde bien le visage de ce
      monsieur…
Ce que vit alors le petit Victor fut si étonnant
qu'il ne put retenir un cri de surprise.
Avant même que l'ouvrier ne les aperçoive,
le docteur et son petit-fils déguerpirent.
Ils étaient maintenant camouflés dans le champ de
      betteraves de la grosse Berthe.
Et au moment où la bacaisse se retourna vers eux,
on entendit le cri de Victor retentir dans le pré.
Ils prirent leurs jambes à leur cou,
et allèrent se cacher sous la fenêtre de l'Impératrice,
qui se faisait confesser par le curé Torvis.
Victor gloussa de plus belle en voyant leurs têtes :
ils avaient tous une moustache de lait ! ! !
Se retournant vers son grand-père, Victor lui demanda :
— Toi aussi, grand-papou ?
— Non, avoua le docteur, le sourire en coin. Moi, j'ai
      rendez-vous les mercredis, je préfère la vanille…
Le sourire de Victor fut si éblouissant
qu'il rayonna jusqu'à la fenêtre de la nounou.
Anna, qui donnait le sein, a relevé les yeux,
comprenant qu'une fois de plus,
le docteur avait révélé le secret des montagnes russes.

Jean-Marc Massie

Jean-Marc Massie (1966-) fut, avec André Lemelin, l'un des initiateurs des célèbres soirées de conteurs du Sergent recruteur, bar montréalais qui a depuis fermé ses portes. Animateur bien connu du renouveau québécois du conte, il est l'auteur d'un manifeste qui explique le phénomène et lui donne une valeur politique (*Petit manifeste à l'usage du conteur contemporain*, 2001). Le conte retenu ici, «Rrrraoul» dans *Montréal démasquée*, revisite le motif du loup-garou en lui donnant un contexte urbain et une intrigue aux résonances actuelles, qui renverse, de manière comique, la logique de l'exclusion sociale. L'hésitation propre au fantastique s'incarne par un jeu, canonique en littérature, entre la folie et la raison, et la connotation sexuelle de la bête, dont les instincts s'opposent au corset raisonné de la morale ou de la religion, est fiévreusement explorée...

Rrrraoul

Avec la crise du logement, plus ça va, plus on vit avec du monde qu'on ne connaît pas pour arriver à boucler ses fins de mois. La crise du logement, ça c'est quand vous êtes obligés de faire un emprunt à la banque pour louer un appartement deux mille dollars par mois alors qu'il y a à peine quinze ans, vous pouviez l'avoir pour cinq cents par mois les doigts dans le nez. Si vous êtes sages, vous allez quitter le Plateau-Mont-Royal pour aller habiter soit dans Hochelaga-Maisonneuve, soit à Montréal-Nord. Dans le pire des cas, vous devrez vous exiler à Laval.

Toutefois, si vous voulez rester sur le Plateau, soit vous décidez d'habiter avec votre blonde, soit vous choisissez de vous prendre un coloc et de peut-être tomber sur un « pas évident ». Ne reculant devant rien, moi, je me suis pris un coloc. Pour ce faire, j'ai passé une petite annonce dans *Le Journal de Montréal*.

Cherche coloc, sérieux, propre sur lui, pas fatigant, genre dominé cherchant dominant. P.-S. : on n'est pas obligés d'être des amis, l'important, c'est de pas se faire chier dans la vie.

Le premier qui s'est présenté, il regardait ses pieds. Il s'appelait Raoul. Juste en entendant le Rrrr de Raoul, j'ai su d'emblée que j'étais en sécurité. Une guenille avait trouvé son torchon. Il avait les cheveux bruns, avec la raie sur le côté, les lunettes en corne brune, les souliers, les bas et les pantalons bruns avec un t-shirt sur lequel étaient imprimés à l'avant le visage de Luke Skywalker et, à l'arrière, la face de Darth Vader. J'étais tombé sur un fan de la *Guerre des étoiles*. Regardant toujours ses pieds et tenant d'une main un sac de vidanges brun contenant tous ses effets personnels, il est parti dans sa chambre en marchant comme C3PO dans *Star War*, comme s'il avait toujours su, lui aussi, que lui et moi, on était faits pour s'entendre, sinon se compléter. Nous étions l'Alpha et le Bêta de la parfaite cohabitation.

Dans sa chambre, il y avait un lit et une bibliothèque. Il a sorti de son sac de vidanges la collection complète des DVD de la série télé *X-Files* mettant en vedette les agents Mulder et Scully. Il a placé le tout sur la dernière rangée de la bibliothèque. Puis, sur la rangée du haut, il a étalé les trente-trois tomes d'un type d'encyclopédie que je ne connaissais pas : *Comment exceller à Donjon et Dragon*. Enfin, il a sorti de son sac une télé et un lecteur DVD. Il a mis cela sur le haut de la bibliothèque et, dans les semaines qui ont suivi, je ne l'ai pratiquement pas vu sortir de sa chambre. Raoul, voyez-vous, c'était un *nerd*, un vrai de vrai. Moi, j'étais heureux, j'avais trouvé le coloc qu'il me fallait.

De temps en temps, ses amis venaient le voir, tout en brun comme lui. On aurait dit une scène du film culte *Revenge of the nerds*. Ils s'enfermaient dans sa chambre, écoutaient les épisodes des *X-Files* en rafale, tout en discutant du premier paragraphe de la dernière page du treizième tome de *Comment exceller à Donjon et Dragon*. Moi, j'étais tout seul dans mon salon, assis sur mon beau divan ranch en cuir devant mon écran géant, entouré d'une myriade d'enceintes acoustiques pilotées par un amplificateur reproduisant le son ambiophonique des cinémas high-tech. Mon dieu s'appelait Dolby stéréo et il était le maître du THX, de l'effet *surround boosté* aux stéroïdes. J'étais toujours maître chez nous.

Les semaines ont passé. Je ne voyais pratiquement jamais Raoul. Je supposais qu'il ne sortait de sa chambre que pendant mes absences. J'ai compris qu'il était un vrai mâle bêta le jour où, à mon retour, j'ai remarqué qu'il avait ramassé les vêtements que je laissais traîner ici et là. Non seulement il les avait ramassés, mais il les avait aussi lavés, séchés, sans oublier l'assouplisseur, puis pliés et placés aux bonnes places dans les tiroirs de ma commode. Rrrraoul, quel être forrrrmidable !

Un bon soir, assis sur mon divan devant mon écran géant, j'écoutais pour une xième fois *Elvis, That's the way it is !,* un documentaire sur l'éclatant retour sur scène du King en *jump suit* à l'International de Las Vegas, au cours de l'été 1970. Et là, j'ai réalisé à quel point Elvis était *hot* avant de devenir irrésistiblement kétaine. On oublie trop souvent qu'il fut un temps où il a dominé son époque et ses contemporains. Ce soir-là, quand je l'ai entendu chanter le premier couplet de l'incontournable *Mystery train,*

> *Train mystery train got the blues*
> *I've got Africa in my head*
> *I've got the blues, i've got the blues*
> *Train mystery train got the blues*
> *Do you understand me, my friend*
> *I've got the blues, i've got the blues, i've got the blues…*

j'ai dû me rendre à l'évidence : le King s'était adressé à moi directement. Elvis avait chanté *Mystery train* avec de nouvelles paroles qui ne respectaient rien du texte original. Et cette version inédite m'était personnellement dédiée. Quand il chantait : « I've got Africa in my head », il faisait implicitement référence à mes origines. Il savait d'où je venais, qui étaient mes vrais ancêtres. « Do you understand me, my friend », la question qui contenait en elle-même la réponse m'était aussi personnellement adressée. À travers les décennies qui nous séparaient, il avait reconnu l'un des siens, un membre de la tribu des dominants.

Il m'a vraiment parlé, je le jure sur la tête de ma mère, une sainte, s'il en est une. Ce qu'il essayait de me dire de manière subliminale, en tenant la note sur le *my frieeeeeeend,* une magnifique note couvrant toute l'étendue de la gamme chromatique, c'est que lui et moi, en fait, on vivait la même affaire, à trente-sept années d'intervalle : le grand isolement des dominants. Lui, enfermé dans son sous-sol à Memphis ; moi, encastré dans mon immense divan en cuir, devant l'écran géant de ma solitude. Le message qu'il avait essayé de me transmettre ce soir-là pourrait se résumer ainsi : « Toi et moi, on est du même sang, le sang des dominants. Nous sommes voués à respirer l'air raréfié des sommets enneigés, là où peu de gens parviennent à survivre. Mais parfois, il faut retourner dans la vallée reprendre contact avec les dominés. Ne sois pas méprisant à leur égard, demeure ferme tout en étant bon et généreux. Car sans eux, nous ne sommes rien. Tel est le paradoxe de la relation maître/esclave. N'oublie jamais cela ! » Ainsi parlait Elvis !

Ce soir-là, j'étais seul. Aussi seul que Raoul dans sa chambre. Moi dominant, seul, lui dominé, seul. C'est ce que le King avait voulu me faire réaliser. J'avais beau régner sur tout l'appartement, j'étais encore plus seul que Raoul. Je n'avais même pas d'amis qui, comme c'était le cas avec lui, venaient me visiter. Je commençais à me dire : « Dominant, dominé, même combat. Faut se faire des amis dans la vie, faut avoir une vie sociale ; un écran géant, c'est pas tout. Je suis seul et je le crie avec d'autres. »

Obsédé par les enseignements d'Elvis, j'ai crié : « Rrrraoul ! » Le dominant avait parlé, le dominé est sorti. Il s'est agrippé au cadre de porte en regardant ses pieds, l'air de dire : « Oui, maître… » Je me suis senti *cheap*. Après tout, c'est une bonne action que je voulais faire ! Ça fait que je l'ai interpellé de nouveau, mais cette fois-ci en adoptant un ton amicalement autoritaire : « Rrrraoul ! À soir, mon ami, je te sors. Je te déniaise. » Tout son corps avait l'air de me dire non. J'ai insisté une dernière fois, guidé par la voix du King : « Do you understand me, my frieeeeeeend. Yeaaaaaaaah ! » J'étais devenu le King du Mile-End, le bienfaiteur de tous les *nerds* du quartier. J'allais sortir Raoul dans mon bar rococo art déco saturé de drag queens, où l'on dansait jusqu'à épuisement total et où l'on faisait l'amour à plusieurs, à voile ou à vapeur ; l'important, c'était d'y mettre sa sueur. Raoul est passé comme C3PO entre moi et l'écran géant. Il a fini par aller se préparer dans la salle de bains.

Il a commencé par faire péter la tête blanche de ses boutons, avant d'en extraire de longs poils noirs et soyeux. Puis, il a désinfecté le tout avec sa lotion après-rasage Old Spice. Ensuite, il a enfilé son complet brun trois pièces, sans oublier son fameux t-shirt de la *Guerre des étoiles* mais, ce soir-là, Darth Vader était à l'avant et Luke Skywalker, à l'arrière. Il a finalement *spiké* ses cheveux bruns, la raie par en avant.

Tandis qu'on se dirigeait vers mon bar, je le sentais marcher dans mon dos comme une espèce de moron moteur : le genre de gars qui ne sait pas accomplir naturellement les simples gestes du quotidien comme marcher, manger, boire, lacer ses souliers, ouvrir une porte… Chez Raoul, tout est calculé, tous ses gestes sont robotiques, découpés, séquencés, modélisés, aucune fluidité. Je le sentais marcher dans mon dos, et je me disais : « À soir, ça sent la catastrophe… y va m'brûler dans la place. »

C'est là que j'ai décidé de lui parler franchement : « Écoute-moi ben, là, on s'en va dans mon bar. Va falloir que tu danses. Pis je veux pas que tu me fasses honte. Écoute, l'expert. *Smooth* ; faut que tu *grooves smooth*. Même si la techno est carrée, tu *grooves cool* tout en rondeur. Tu combats le rythme dominant, tu es un dominant. Ça fait que, là, quand tu vas rentrer sur la piste de danse, t'en fais pas trop, sinon on va penser que t'es un homo qui s'est échappé du ghetto. Mais y faut que t'en fasses assez, sinon on va te prendre pour un hétéro coincé. Faut que tu sois androgyne ; t'es entre les deux. Un mélange de John Travolta et d'Uma Thurman dans *Pulp Fiction*. Là, je vais te donner mon truc à moi. Avec ton genou, tu pointes celle que tu veux pas et, avec tes yeux, tu regardes celle que tu veux. Pis sans avertissement, tu *switches*, ton genou vers celle que tu veux, tes yeux vers celle que tu veux pas. Pis après tu *switches* de nouveau. T'arrête pas de *switcher* de la soirée. Tu vas voir, elles vont toutes être mêlées sur la piste de danse. Et les femmes qui sont mêlées, elles deviennent vulnérables. C'est à ce moment-là que t'en profites pour attaquer, pour t'emparer du cœur de ta proie. »

Après mon petit laïus, on est rentrés dans mon bar. Raoul est passé derrière moi comme une p'tite souris. Il s'est assis au comptoir et il s'est commandé sambuca sur sambuca tout en regardant ses pieds. Ti-Pit, l'habitué de la place, a fini par arriver. Lui, c'est le fatigant, insupportable et collant, mais comme il consomme en sacrament, on le laisse emmerder les clients. Inévitablement, Ti-Pit en a profité pour aller achaler Raoul : « T'es nouveau, toé, icitte ? Tu veux-tu savoir mon truc avec les femmes ?

Regarde mon pendentif. Deux lettres plaquées or accro-
chées à une chaînette. TP pour Ti-Pit. Quand je vois une
belle femme, je pogne la barre du T, pis je l'enfonce dans
le trou du P. Pis là, je regarde la femme drette dans les
yeux, d'un regard qui ne laisse aucun doute sur mes
intentions. »

Moi, je les ai laissés ensemble et j'en ai profité pour
aller danser. Je me sentais *hot*, ce soir-là. Surtout que j'ap-
prochais dangereusement de mes quarante ans. J'avais
décidé qu'avant que la bedaine me tombe dessus comme
la misère sur le pauvre monde, j'allais en profiter en
masse. Je me suis mis à *switcher* comme un possédé.
Toutes les femmes sur la piste de danse étaient mêlées ; je
venais de nouveau de prendre le contrôle de la place. Au
moment où j'allais m'abattre sur ma proie, Raoul est
tombé sur le cul. Je ne sais pas si ce sont les paroles de
Ti-Pit ou la sambuca qui lui avaient tourné la tête. Mais le
fait est qu'il était étendu de tout son long au pied du bar,
tandis qu'une des drag queens de la place essayait de le
ranimer en lui faisant un bouche-à-bouche où s'échan-
geait davantage de salive que d'oxygène. Traumatisé,
Raoul a repris subitement connaissance, a bondi dans les
airs, traversant le bar sur toute sa longueur pour finalement atterrir au beau milieu de la piste de danse. Et là, il
s'est mis à danser de manière étrange. Les babines
retroussées, le regard hagard, il griffait avec ses ongles
une pelote de laine imaginaire, pour ensuite frotter ses
pieds sur la piste de danse comme un chien qui gratte
avec ses pattes arrière la terre battue. Raoul avait l'air
d'un animal en rut. Invariablement, il concluait sa choré-
graphie en effectuant à la perfection le mouvement clef du
techno taï chi, le repoussoir du singe, avant de venir tou-
cher le sol avec ses trois doigts. Quand j'ai vu sa danse de
pas d'allure, j'ai fait comme si je ne le connaissais pas. À

mon grand étonnement, tout le monde s'est mis en arrière de Raoul, imitant le moindre de ses gestes. Il venait d'inventer une nouvelle danse en ligne. Ça chantait en cadence : Ra-ra-ra Ra-ra-ra Raoooooooooul Raoooooooul. Ça sonnait comme une mélodie techno. Quand j'ai vu le succès qu'obtenait mon coloc avec sa danse de *nerd*, je suis revenu danser à ses côtés. Il m'a regardé d'un air menaçant. Il avait pris le contrôle de la piste de danse. Comme j'étais dans un bon *mood*, toujours étrangement obsédé par les enseignements d'Elvis, je suis allé me mettre derrière lui comme tout le monde. Toutes les plus belles femmes du bar dansaient derrière lui. Étonnamment, il n'y avait aucune blonde aux yeux bleus ; que des noiraudes aux yeux verts, que des beautés méditerranéennes, des femmes aux courbes invitantes, avec des longs cheveux de jais et une peau lustrée, subtilement parfumée aux agrumes et à l'huile d'olive.

Elles avaient cependant un système pileux assez développé. En y regardant de plus près, on pouvait remarquer chez chacune d'entre elles un léger duvet au-dessus de la lèvre supérieure et de longs poils noirs et soyeux sur les avant-bras. Leurs plantureuses poitrines, leurs culs rebondis, leurs ports de tête altiers et leurs grands yeux verts énigmatiques confirmaient qu'elles étaient bien des femmes, de très belles femmes… légèrement plus hormonées que la moyenne. À un moment donné, la plus belle des beautés méditerranéennes s'est levée. Tout le monde l'appelait la Dolce Vita, genre Anita Ekberg dans la fontaine de Trévise. Sauf qu'elle était la version noiraude aux yeux verts d'Anita. Notre beauté était accompagnée de son amie, celle qui a une belle personnalité, Natasha, esthéticienne à Laval. J'ai décidé que la Dolce Vita serait pour moi. Raoul, lui, se contenterait de Natasha.

On s'est finalement tous retrouvés dans mon appartement aux petites heures du matin. Il y avait Natasha en face de moi et la Dolce Vita collée sur Raoul. Je l'ai laissé se brûler avec le pétard. Moi, pas idiot, j'allais attaquer le dernier et remporter la mise, tout en laissant à mon coloc le prix de consolation. Sans crier gare, laissant derrière elle une étrange odeur d'huile d'olive et d'orange sanguine, elle s'est dirigée vers la chambre de Raoul, avant que ce dernier n'aille la rejoindre. Ébranlé sur le coup, j'ai finalement compris que mon inconscient m'avait joué un vilain tour. Je voulais tellement faire une bonne action au profit de Raoul que j'avais saboté ma relation avec la plus belle des beautés méditerranéennes ; j'avais permis à mon coloc de se déniaiser en laissant mon inconscient réfréner mes ardeurs à l'endroit de ma proie préférée. C'est pour ça qu'il l'a eue. J'avais pris un peu trop au pied de la lettre les leçons du King.

Une fois mon amour-propre rassuré, j'ai décidé de continuer mes bonnes actions en m'intéressant à Natasha, la belle personnalité, douce, calme et l'air pas très déluré. J'allais lui donner ce qu'aucun homme ne lui avait jamais donné avant. À ma grande surprise, elle a pris l'initiative. Ses seins remontaient langoureusement le long de mon épine dorsale, alors que son haleine d'huile d'olive citronnée me traversait les narines pour ressortir par mes tympans. Étonnamment, ce n'était pas déplaisant, c'était même excitant. Au moment où j'allais passer à l'acte, incrédule, je l'ai vue rejoindre nonchalamment Raoul dans sa chambre. Moi, j'ai fini tout seul dans la mienne à regarder le plafonnier, en me faisant un plaisir solitaire, les entendant copuler comme des bêtes dans la chambre d'à côté. Un jour, vous finissez toujours par rencontrer votre homme et là, je venais de rencontrer le mien. Il s'appelait Rrrraoul. Comme disait ma mère : « On connaît pas vraiment quelqu'un tant qu'on n'a pas mangé un kilo de sel en sa compagnie. »

J'ai quand même réessayé de sortir encore une couple de fois avec Raoul. C'était toujours le même *pattern*. Il venait de plus en plus de beautés méditerranéennes aux avant-bras velus à l'appartement, qui finissaient toutes sans exception dans sa chambre. Avec le nombre de femmes poilues qui étaient passées chez nous, on avait vu se former un épais tapis de longs poils noirs et soyeux imbibé d'huile d'olive. On ne faisait plus seulement sentir l'odeur, on pouvait la voir. Il y avait un smog à couper au couteau qui flottait dans mon logement. Je n'étais plus capable, c'était rendu invivable. L'odeur acide du citron et de l'orange sanguine était telle que j'en avais les narines décapées. Je ne sortais pratiquement plus avec Raoul, j'allais dans d'autres bars. Le *nerd* était rendu trop *hot*. Je suis allé me refaire l'instinct dominant ailleurs. Finalement, je me suis arrangé pour ne plus le croiser. Je rentrais pendant qu'il sévissait sur la piste de danse de mon ancien bar, et je ressortais au petit matin, juste avant qu'il rentre. Mais un jour, j'ai fini par tomber dessus à l'appart. Vêtu uniquement de son *g-string* léopard, monsieur avait pris ses aises, assis sur mon divan, devant mon écran géant et ayant laissé traîner ses vêtements un peu partout dans le salon. C'est là que j'ai pété ma coche. Mais au moment où j'allais l'engueuler, je me suis arrêté net. Le regard qu'il m'a lancé avec ses babines retroussées m'a fait reculer. Il s'est senti un peu mal de me voir si apeuré. C'est à ce moment-là qu'il m'a dit : « Hey ! le coloc ! À soir, j'te sors. *Do you understand me, my frieeeeeeend. Yeaaaaaaaah !* » Le ton de sa voix à la fois ferme et rassurant m'a apaisé. Étonnamment, j'étais même content, voire honoré, d'être invité à sortir avec Raoul en personne, de réintégrer le cercle de ses proches.

Secrètement, j'espérais toujours décoder ce qui faisait son charme sur la piste de danse. On a fait notre toilette ensemble, il m'a laissé utiliser son Old Spice. Et, comble du bonheur, il m'a prêté son t-shirt blanc, avec capitaine Luke Skywalker et Darth Vader, sans oublier de me *spiker* les cheveux par en avant. Puis, il m'a passé son complet brun trois pièces et ses souliers bruns. J'étais aux anges. En chemin vers ce qui était devenu son bar, je l'ai regardé marcher comme un moron moteur. C'était peut-être ça, son truc : dès qu'il mettait le pied sur la piste de danse, il se démoronnisait. Et là, les femmes se disaient : « Voilà le trésor caché. » L'effet surprise comme arme de séduction.

Arrivé au bar, sans attendre, Raoul a sauté sur la piste de danse. Au premier grattement de pied sur le sol, les noiraudes se sont mises à danser en ligne derrière lui, entonnant toutes en chœur : Ra-ra-ra Ra-ra-ra Raouuuuuuul, Raouuuuuuuuul ! C'était chaud dans la place, la rumeur disait que Raoul s'était violemment engueulé avec Ti-Pit et que, depuis, on ne l'avait pas revu au bar. Mon coloc, c'était le King, il avait fait le ménage. Toutes les beautés méditerranéennes étaient là. Poilues, formées, terraformées, suintant l'huile d'olive fruitée qui, malgré tout, avait fini par me manquer. C'est là que Raoul m'a fait un clin d'œil : il voulait que j'aille danser à côté de lui. On était beaux tous les deux, dansant à l'unisson sur le même *beat*. Nous étions parfaitement synchrones dans notre gestuelle. Encore plus que les nageuses synchronisées. Pas de bedaine, le ventre plat comme les prairies du Manitoba, on avait fière allure. Magnanime, Raoul m'a laissé faire le *move* par excellence du techno taï chi. C'est en exécutant la routine que j'ai compris l'un de ses secrets. Le petit maudit, il callait la *shot*. Après avoir repoussé un singe imaginaire, le nombre de fois qu'il touchait le plancher de danse avec ses trois doigts correspondait au nombre de femmes qu'il allait ramener à l'appart. Ce soir-là, il m'a laissé le faire. Jusqu'à l'essoufflement, j'ai touché soixante-six fois le sol avec mes trois doigts, après avoir repoussé soixante-six singes imaginaires. Rrrraoul, quel être forrrrmidable!

Aux petites heures du matin, le vent s'est levé sur Montréal et le DJ est allé se coucher. Raoul et moi, on s'est ramassés avec toutes les beautés méditerranéennes dans l'appartement. Ça sentait l'agrume, l'huile d'olive, la Méditerranée. L'odeur partait du plafond et allait jusqu'au plancher. On avait à peine un pouce pour ramper. Si vous aviez été avec nous, vous vous seriez crus au Vietnam, dans la jungle des Vietcongs. Ce n'était pas déplaisant, même que c'était excitant. Raoul était toujours sur mon divan, devant mon écran géant, et j'avais totalement abdiqué devant son aura de mâle alpha.

La Dolce Vita, Natasha et les soixante-quatre autres beautés méditerranéennes déambulaient dans l'appartement, telles des Walkyries héroïnées, fières émules d'Uma Thurman. Ça glissait sur le plancher, sur les murs, sur les plafonds suintant l'huile d'olive. On aurait dit des sylphides sous acide, les sirènes dans l'Ulysse tentant de nous envoûter, Raoul et moi. Ce soir-là, je me suis dit que statistiquement parlant, je ne devrais pas me retrouver tout seul dans mon lit. Le tout, c'était d'avoir la foi.

Faut croire que les stats n'étaient pas de mon bord. Elles se sont toutes retrouvées dans la chambre de mon coloc. De l'intérieur de celle-ci, j'ai entendu marmonner comme une espèce de râlement. Tel un maître généreux, Raoul m'offrait Natasha. J'ai senti de nouveau ses seins pointer dans mon dos. Les seins de celle qui, avec le temps, était devenue tout simplement belle parce qu'elle avait su se faire désirer. Je la trouvais vraiment superbe, ce soir-là. Elle sentait bon l'olive noire et le citron. Elle a pris ma main, elle a caressé le bout de trois de mes doigts, comme ma mère faisait quand j'étais petit. Natasha, quelle femme! La maman et la putain réunies en une seule créature.

Quand on est rentrés dans ma chambre, elle s'est étendue de tout son long sur mon lit. Elle avait le pubis huilé qui lui montait jusqu'au nombril, taillé tel un hiéroglyphe égyptien, et les mamelons acidulés qui pointaient vers le plafond. M'enserrant entre ses bras, grâce à un bond prodigieux, elle s'est accrochée au lustre du plafond avant de nous faire tournoyer à une vitesse folle. Sur le dos, les cuisses entrouvertes, elle est retombée la première sur le lit. Toujours accroché au lustre, je me suis bien aligné avant d'atterrir directement entre ses cuisses. Son épaisse toison pubienne a amorti ma chute, alors que mon sexe s'enfonçait lentement, mais sûrement, à l'intérieur du sien. Nous avons joui en même temps puis, abruptement, comme si un démon venait de s'emparer de tout son être, les poils de ses avant-bras se sont hérissés avant de la voir me lever carré du lit. Les yeux injectés de sang, elle m'a emmené jusqu'au pied du calorifère pour ensuite me plaquer le dos dessus. Mon propriétaire, ce n'est pas un *cheap*, l'hiver, il chauffe en calvaire. Après un certain temps, des cloques d'eau se sont formées sur mon dos, résultat de l'intense chaleur du calorifère. Elle m'a sauvagement ordonné de me coucher de nouveau sur le ventre. Et là, avec contentement et application, elle a fait éclater, l'une après l'autre, chaque cloque d'eau, avec son ongle le plus long et le plus acéré. Puis, le sourire aux lèvres, elle a laissé tomber à intervalles réguliers sur mes plaies de fines gouttelettes citronnées s'écoulant de ses mamelons. Vous dire comment j'ai souffert le martyre, ça ne s'explique même pas. Bref, ç'a été mon premier *trip* sado-maso… et j'ai aimé ça.

En hyperventilation, mais totalement comblé, je regardais Natasha avec son visage d'ange qui dormait du sommeil des dieux, alors que dans ses yeux, l'instant d'avant, brillait la flamme de Satan. Je vous le dis, vrai comme je suis là, aucune femme ne m'avait emmené à un tel niveau de félicité. Du plaisir à la douleur, je venais de ressentir, jusque dans ma chair, l'amour, le vrai, le seul qui compte, l'amour passion, l'amour qui tache, l'amour qui crache, l'amour vache.

À un moment donné, le réveille-matin de Raoul a sonné. Contrarié, agacé de me faire sortir de ma bulle amoureuse par une vulgaire sonnerie, je me suis dirigé vers sa chambre pour éteindre l'appareil. Pour me rendre jusque-là, j'ai dû me faire un chemin dans la brousse des longs poils soyeux qui avaient envahi l'appartement depuis un certain temps. Muni d'un masque à gaz, j'ai rampé sous un épais nuage d'huile d'olive rancie. J'ai coupé l'odeur du revers de la main et j'ai arraché les poils à la force de mes poignets, pour finalement arriver dans la chambre de Raoul.

On aurait dit l'enfer de Dante. On voyait des membres humains dépasser de partout : des bras, des tibias entre-lacés, ponctués de pubis en feu, de culs et de sexes ensan-glantés, sans parler de l'odeur insoutenable de fauves ayant copulé sans arrêt toute la nuit. Ça sentait fort à vous en brûler les narines. Après avoir éteint le réveil de Raoul, avant que je reparte, j'ai remarqué, juste à côté du réveil, un pendentif en or. Le T et le P de Ti-Pit. Je ne sais pas comment j'en suis arrivé à cette conviction, mais j'étais sûr que mon coloc avait fait un mauvais, un très mauvais parti à Ti-Pit. Ça ne pouvait pas être de la paranoïa, mon affaire. Je n'avais pas sniffé de coke depuis un bon bout de temps. Et malgré les émotions fortes vécues avec Natasha, j'avais gardé toute ma tête. J'étais maintenant convaincu d'avoir démasqué Raoul. Ce qui s'était passé entre lui et Ti-Pit n'était pas catholique. J'ai bien pris soin de prendre le pendentif avec un papier-mouchoir, pour ne pas laisser mes empreintes digitales dessus, et je me suis enfui de l'appartement.

L'âme tourmentée par l'intime conviction que mon destin venait de basculer, j'errai dans Montréal tout l'avant-midi. De Wolfe à Montcalm en passant par Saint-Laurent et Saint-Denis, j'ai *bad-tripé* pas à peu près, pour finalement atterrir à la Binerie Mont-Royal, là où l'on fait la bouffe la plus réconfortante en ville. J'hyperventilais tellement que je me suis mis à halluciner jusqu'à l'écœurement total du pâté chinois à l'orange sanguine, du ragoût de pattes de lièvre blanchi au citron et de la tourtière au poulet bio et aux olives noires, alors qu'en première page du *Journal de Montréal*, on pouvait lire qu'on avait trouvé un corps démembré et désossé comme de la vulgaire chair à cochon, enterré au pied d'un immense érable, sur le mont Royal. La seconde d'après, le bulletin télévisé du matin est apparu à l'écran, et j'y ai appris que le corps retrouvé sur la montagne était celui de Pierre Tremblay, alias Ti-Pit. Je suis resté à la Binerie jusqu'après la fermeture, pour finalement retourner à l'appartement à onze heures du soir, l'heure à laquelle mon coloc sévissait sur la piste de danse. J'ai fait le 911, puis là, tout s'est accéléré.

La police a intercepté Raoul aux petites heures du matin, alors qu'il rentrait. Ils l'ont menotté, embarqué, incarcéré, inculpé, puis condamné pour finalement le faire interner à l'Institut Pinel. C'est là que j'ai réalisé que le pseudo *nerd*-dominé était en fait un irrécupérable mésadapté socio-affectif, un *borderline* chronique, un dangereux psychopathe, un mâle alpha doué d'un incroyable instinct de domination, prêt à éliminer quiconque se mettait en travers de son chemin. Le pauvre Ti-Pit avait payé de sa vie pour l'apprendre.

À grand-peine, pendant trois années, j'ai tenté d'effacer toutes les traces de ma traumatisante cohabitation avec Raoul. J'ai javellisé tous les murs de l'appartement suintant l'huile d'olive, éradiqué tous les longs poils noirs et soyeux qui avaient pris racine dans le bois franc des moulures et du plancher. Enfin, grâce à la chaleur dégagée par le calorifère de ma chambre, j'ai pu récolter les fruits d'un oranger et d'un citronnier, que j'ai vendus au marché Jean-Talon en les faisant passer pour des fruits bios, ce qui m'a permis de me payer une longue et intense thérapie chez un psy du boulevard Saint-Joseph. Le temps aidant à cicatriser les plaies de l'âme, la mémoire sélective ayant enfin fait son travail, j'ai réussi à effacer l'humiliation d'avoir été rabaissé par Raoul au rang de dominé, de faire-valoir ; j'ai vaincu ma dépendance aux pratiques sado-masochistes auxquelles m'avait initié Natasha, l'alter ego féminin de Raoul, la femme à la double personnalité ; j'ai chassé de mon esprit l'horrible fin que mon coloc à la personnalité trouble avait réservée à Ti-Pit ; j'ai fini par oublier jusqu'au nom de Raoul. C'est fou comme l'esprit humain peut surmonter les traumatismes les plus inhumains. Résilience, eh oui, la résilience qui nous permet de continuer à vivre après le déluge du Saguenay, après la crise du verglas, après Rrrraoul ! Au bout de trois années de thérapie, j'avais enfin retrouvé le King en moi.

Le jour où je pus enfin fêter ma guérison, j'ai reçu un appel de l'Institut Pinel. Au bout de la ligne, la voix désincarnée du psychiatre m'a dit d'un ton monocorde : « Un dénommé Rrrraoul a fermement insisté pour que vous lui rendiez visite, il semble que vous soyez le seul ami qui lui reste. Il ne cesse de répéter en boucle cette question : *"Do you understand me, my frieeeeeeend. Yeaaaaaaaah!"* Il nous a dit que vous comprendriez. » C'est fou, mais juste au son du Rrrr, mes trois années de thérapie se sont envolées en fumée et je me suis retrouvé à marcher en direction de l'Institut Pinel, comme un esclave à la recherche de son maître.

J'ai finalement abouti devant une immense porte capitonnée avec une petite lucarne à travers laquelle on pouvait voir Raoul, recroquevillé sur lui-même dans sa camisole de force. Les deux infirmiers m'ont assuré qu'il n'y avait pas de danger, que je pouvais entrer pour lui parler. Une fois en face de mon ancien coloc, j'ai vu son regard se planter dans mes yeux. Puis, Raoul s'est mis à me parler avec la voix d'un psychopathe, genre Hannibal Lecter dans le *Silence des agneaux* : « Hey ! le coloc, tu pensais t'en sauver. Tu te rappelles-tu de Natasha ? On est maintenant frères de semences, on a foulé le même triangle noir. On a bu à la même fontaine. On est frères de sang. Nous portons maintenant le même masque. Dorénavant, tu fais partie de ma gang. Sais-tu pourquoi j'ai tant de poils incarnés, mon homme ? L'intérieur de mon corps est comme une prison barbelée. C'est pas du métal qui me traverse les chairs, ce sont de longs poils noirs et soyeux qui transpercent mes organes et obstruent mes vaisseaux sanguins. J'ai mal chaque fois que je me réveille. Quand je danse, ça me fait moins mal. Si tu veux en savoir plus, rentre tes trois doigts dans ma gueule, pour que tu comprennes enfin mon secret. Toi, mon frère des délires à venir, toi qui sais *qu'il n'y a jamais eu de lumières sur l'eau...*[1]».

J'imagine que vous seriez sortis de là en courant, mais moi, l'épais, je suis allé me mettre trois doigts dans sa gueule et j'ai tâté trois fois l'intérieur de son palais. Au troisième tâtonnement, à la vitesse de l'éclair, il m'a coupé les trois doigts de la main avec ses dents effilées comme la pointe d'une lance. Encore sous le choc, je l'ai vu bondir dans la chambre capitonnée, comme à l'époque où il bondissait sur la piste de danse. Quand sa tête a frôlé le capitonnage, dans sa gueule est apparue une deuxième mâchoire avec deux immenses canines dégoulinantes de bave psychotique. Là, tout s'est passé au ralenti, comme dans un accident de voiture. Il a atterri sur moi, prêt à planter ses deux crocs dans mon mollet. J'ai senti deux brûlures, et c'est à ce moment-là que les deux infirmiers m'ont sorti in extremis de la chambre capitonnée, laissant Raoul, la face étampée dans la lucarne, l'air satisfait, avec le sentiment d'avoir fait ce qu'il avait à faire.

Je suis allé signer le registraire de l'institut. J'ai refusé qu'ils me soignent. En pleine crise d'hyperventilation, je leur ai dit que leur patient, je ne le connaissais pas et que je ne voulais plus jamais en entendre parler.

Cette nuit-là, alors que Montréal était recouverte d'un tapis blanc hivernal, j'ai erré de Wolfe à Montcalm en passant par Saint-Laurent et Saint-Denis, laissant à chaque pas deux gouttes de sang sur la neige poudreuse. C'est ainsi que j'ai écrit d'une belle calligraphie rouge vin toute la peur et l'angoisse qui me paralysaient le système

---

1. Du poète de brousse, Jean-François Poupart. (Note de Massie)

nerveux. En passant devant le mont Royal, j'ai vu un singe qui jouait de l'orgue de Barbarie, perché au sommet d'un arbre. Au pied de celui-ci dansait une drag queen déchue, tentant désespérément de séduire le chimpanzé. Tous deux étaient complètement envoûtés par un vieux chant africain rythmé par une lourde et puissante pulsation cardiaque, semblant provenir des entrailles de la montagne. La scène m'a bouleversé à un tel point que j'ai pris mes jambes à mon cou et couru à en perdre haleine jusqu'au bout de la nuit.

Une fois de retour à mon appartement, sous la douche, j'ai laissé les gouttelettes d'eau bouillante danser sur mes clavicules, retrouvant peu à peu ma respiration, mon calme. J'étais devenu zen. Au moment où j'ai voulu vérifier l'état de mes doigts et de mon mollet, j'ai bien dû me rendre à l'évidence : mes trois doigts avaient repoussé comme par enchantement et il n'y avait plus de plaies sur mon mollet, les chairs s'étaient rapprochées d'elles-mêmes. Il n'y avait aucune trace de sang coagulé, seulement deux longs poils noirs et soyeux faisant office de points de suture.

Un peu plus tard dans la soirée, enivré par une forte odeur d'huile d'olive et d'agrumes, je me suis retrouvé sur mon divan, devant mon écran géant, à regarder un épisode de *X-Files*. À la fin de celui-ci, je me suis plongé dans un des tomes de *Comment exceller à Donjon et Dragon*. J'étais bien, très bien, j'avais fait la paix avec mon passé, avec Raoul, avec moi-même. Je me suis finalement endormi pendant que, sur mon écran géant, Elvis chantait *Chien sale*, une version québécoise de *Hound Dog*, dont le sens avait légèrement été modifié :

T'as toujours été qu'un chien sale
Qui gémit tout le temps
T'as toujours été qu'un chien sale
Qui chiâle tout l'temps
T'as jamais été un homme
et tu seras jamais mon chum

Quand j'disais que t'avais d'la classe
C'était pour rire
Quand j'disais que t'avais d'la classe
C'était pour rire
T'as jamais été un homme
et tu seras jamais mon chum

Anne-Marie Olivier

Sur la rue Saint-Joseph, à Québec, le théâtre La
Bordée fait face au Dunkin' Donuts. Les soirs de
spectacle, il est saisissant de voir les gens bien mis
côtoyer un instant sans sembler les voir les men-
diants, les «squeegees» et autres exclus volontaires
ou forcés. Ce sont ces derniers que l'actrice et
dramaturge Anne-Marie Olivier (1974-) a mis en
scène dans son spectacle solo de contes et de
petites scènes, *Gros et détail* (Prix Masque du
public, 2005). Prenant pour décor la Basse-Ville
de Québec, de Limoilou à Saint-Roch, le livre tiré
du spectacle parvient à redonner à ses personnages, pions renversés de l'échiquier social, cette
part de rêve indispensable à la dignité humaine.
C'est d'ailleurs sur ce thème que «Le rayon vert»
use habilement du motif du lutin.

Anne-Marie Olivier

Le rayon vert

Un soir, j'ai faim,
y me reste pu rien, ça fait que
je vas à l'Auberivière
Ché pas si vous savez où c'est…
C'est dans la basse ville en face d'la gare
mais faut que tu passes par en arrière…

Faque j'rentre
La salle d'attente est loadée comme d'habitude.
Tiens, une fille avec les cheveux dans face,
un chandail Adidas.
J'la connais pas.

Heille, lui j'le connais.

— *(Conteuse)* Salut, Mike.
— *(Jouant Mike)* Bonjour, madame.
— *(Conteuse)* Ça va bien ?
— *(Jouant Mike)* Bonjour, monsieur.
— *(Conteuse)* Heille, c'est moi.
— *(Jouant Mike)* Bonjour, madame.
— *(Conteuse)* Bon O.K. Je vais peut-être avoir plus de chance avec Serge.

Y me dit l'affaire qui dit à tout le monde quand y a un verre dans le nez :

— *(Jouant Serge)* Toé, je t'aime, mais ce n'est pas sexuel.
Y se retourne vers Pierre pis y continue sa tournée :

— *(Jouant Serge)* Je t'aime, mais ce n'est pas sexuel…

Faque moi, j'm'assois pis deux secondes et quart après
je sens quelque chose à mes pieds

J'vois-tu pas un homoncule,
un p'tit homme haut de même
un lutin finalement
mais y est pas habillé avec des culottes vertes
pis une chemise médiévale jaune genre lutin
non
y a un imper
un vieux chandail de hockey, des bretelles,
la barbe pas faite, les ch'veux ébouriffés.
Y me sacre des mini-coups de pied
Au début, j'entends juste : « fadeshadebadewâw »
À tout hasard je me pince le lobe
et j'entends très clairement :

— *(Jouant Sarto)* Heille, j'ai dit heille, HEILLE !
Écoute-moé.
— *(Conteuse)* Oui ?
— *(Jouant Sarto)* Prends-moé dans ta main, ça presse, j'ai
de quoi à te dire pis j'ai pas de temps à pardre.

Ça m'a donné un choc qu'y parle de même. Je pensais que
les lutins parlaient, chépas, un français international, du
genre :

— *(Jouant le Lutin français)* Viens ! Suis-moi dans un
monde merveilleux ! *(clin d'œil)*

Pas pantoute.

Lui c'est plutôt :

— *(Jouant Sarto)* Heille, qu'est-ce tu niaises, tabarsnout,
pogne-moé la main, déguédine !

J'le trouvais prime, mais c'était un tout petit prime, je trouvais ça mignon.

Je lui serre délicatement la pince en le soulevant dans les airs, le dépose dans ma paume.

— *(Jouant Sarto)* Change d'air, fille, qu'y me dit. O.K. Cht'un lutin, *big deal!* faque c'est ça. J'ai besoin de toi. En fait, j'ai besoin de quelqu'un pour me guider en forêt.

En forêt? Heille, là chus mêlée. J'me demande sur quel illuminé chus tombé, me dis y est pareil comme certains icitte, sauf qu'y mesure deux pouces.

— *(Conteuse)* En forêt? Je comprends pas.
— *(Jouant Sarto)* Tu comprends pas. Heille! Chus pas sorti du bois, moé. Bon. Regarde autour de toé.

Je regarde autour de moi. Je vois tout le monde qui attend pour entrer dans cuisine, ça bouge pas, ça fume. Le temps semble suspendu dans une brume de nicotine… On se croirait effectivement dans une forêt de vieux arbres, oui, des vieilles branches qui craquent, grognent, des arbres asséchés, plein de nœuds.

(Elle mime un nœud au cœur, au dos, à la tête et au sexe.)

— *(Conteuse)* O.K. J'comprends (pour) la forêt.
— *(Jouant Sarto)* Embarque-moé su ton épaule, pis avance.

Je le mets sur mon épaule, je fais un petit test de solidité. J'avance dans la forêt, j'accroche un arbre, un gars. Le lutin en profite pour traverser.

— *(Jouant Sarto)* Moi je débarque icitte, viens me chercher dans deux minutes.

De loin j'le regarde aller. Y est sur l'épaule d'un homme que je connais pas même si j'le vois souvent.

Dans ma tête, quand j'le croise, j'l'appelle galette parce qu'y a des croûtes dins cheveux.

Y paraîtrait qu'y s'appelle Maurice ; un ancien ingénieur qui aurait perdu sa femme et ses enfants dans un accident de voiture… On le voit souvent parler à des automobiles. Y s'dit peut-être qu'y a des courant électriques qui passent là-dedans comme à l'intérieur de nous… pis que peut-être qu'un jour y va rencontrer la voiture qui a avalé son ancienne vie. En tout cas, ça c'est moi qui me dit ça. Fin de la parenthèse.

J'vois le lutin se rendre jusqu'à la naissance du cou de Maurice. Y escalade un de ces stalactites, se donne une *swing* à la tarzan, pour enfin atterrir dans l'oreille de l'homme.

Première affaire qu'y fait : y nettoie un tit-peu. Y met ses mains de même comme pour y dire quelque chose…

Pis là, crois-moi, crois-moi pas, j'ai vu des étoiles sortir de ses minuscules mains. Pas des étoiles roses pis jaunes de fée *cheap*. Non, comme un RAYON VERT ! Un bref éclat. Du même coup, je reconnais un peu de la même lueur dans l'œil de Galette.

Je capotais.

L'homoncule me regarde. Y me siffle.

— *(Jouant Sarto)* Heille, la bouche ouverte, amène-toi !

Je suis ses ordres ; le dépose sur l'épaule de Jocelyne. J'pense qu'est fine mais j'le sais pas vraiment, est un peu vedge. Là, le lutin a l'air de plus converser avec elle d'une certaine façon.

Même jeu : RAYON VERT !

Jocelyne étrangement se met à…

— *(Jouant Jocelyne)* « Votre tit-chien madame, vot tit-chien madame, Vot tit-chien m'a mordu ! »

Elle chante ! Comme si ça faisait longtemps que ça lui était pas arrivé, comme si dans ce temps-là elle était entourée d'amour…

Le lutin a l'air satisfait.

Ça tombe ben parce que la cuisine ouvre.

Je vais chercher mon cabaret… Une soupe à l'alphabet (je vais peut-être avoir plus de vocabulaire), un *hot-chicken* (nappé de sauce brune, comme il se doit) et un pouding au tapioca.

Assis sur le bord de mon cabaret, y me regarde manger ce qui est pour moi le plus succulent des *hot-chicken*.

— *(Jouant Sarto)* En fait, ce qui se passe, c'est que les chevaliers errants de l'an 2000 se ramassent toutes ici. Ils ont troqué leur monture contre un sac à vidanges.
— *(Conteuse)* S'cuse moi, je comprends pas, tit-lutin…
— *(Jouant Sarto)* Bon, j'vas essayer de te vulgariser ça : « Chus comme un genre de *gage*. »
— *(Conteuse)* Un *gage* : pour la pression des pneus ?
— *(Jouant Sarto)* Ben non !
— *(Conteuse)* Vas-tu m'envoyer ton rayon ?
— *(Jouant Sarto)* Non, toé t'en as pas besoin.

C'est là que le vautour arrive à notre table. Un p'tit verrat avec un *pinch*. Le vautour travaille à la cuisine. Y ramasse les cabarets. Y me regarde comme un oiseau de proie regarde un agneau. Ses yeux dans les miens, c'est insoutenable. Me sens toute nue jusqu'aux os.

— *(Jouant le vautour)* Saleuh.

J'file *low profile*, j'mange un p'tit pois. Y met ses deux bras sur la table, pour mieux m'checker. Le lutin en profite pour escalader ses tatoos. Il use du même stratagème mais son rayon vert entre dans une oreille et sort par l'autre. Le lutin glisse dans mon cabaret, atterrit dans mes patates pilées. Le vautour s'en va.

— *(Conteuse)* Heille, tit'n'homme, t'as la fale basse[1].
— *(Jouant Sarto, faisant mine de s'essuyer les yeux)* Qu'est-ce tu veux, ça marche pas tout le temps.
— *(Jouant Sarto)* Le connais-tu l'homme derrière roi?
— *(Conteuse)* Tu veux pas prendre une pause?
— *(Jouant Sarto, grommelant)* bienvoyonsdoncjeconnaispasçamoéunepausec'estquoile-butderienfairependant«x»menutes.

Le gars qui est en arrière de moi c'est le requin. Le regard bleu-gris, glacial. Zéro compassion. Y en a même qui disent qu'y a des centaines de milliers de piasses de collées mais que ça l'empêcherait pas de venir manger à soupe populaire rapport qui brasserait des affaires avec le monde qui s'tiennent icitte, des affaires louches.

Faque v'là-tu-pas mon lutin qui semble ben intéressé d'aller y visiter le lobe.

Même jeu: RAYON VERT!… Tout ce que ça fait c'est que le requin rit très doucement Ha! Ha! Ha!

Mon lutin fait pas ni une ni deux, pis entre entièrement dans son oreille. Une jambe pis l'autre, y disparaît complètement. Une minute, deux minutes, cinq minutes. Y

---

1. Avoir la «fale basse»: avoir l'air déprimé.

ressort de là 5 minutes après : le col brûlé ; de la suie dans face. Il sort sa petite tête de l'oreille.

— *(Jouant Sarto)* Ouais ben, y a ben d'la job à faire icitte, faque j'vas rester. En te remerciant !

C'est comme ça qu'y est disparu.

— *(Conteuse)* Prends soin de toi !
— *(Jouant le Requin)* Depuis quand tu parles toute seule ?

J'file *low profile*, je mange un autre p'tit pois. J'finis mon assiette en me demandant c'qui a ben pu m'arriver. J'ai l'impression de comprendre à moitié.

Je vais porter mon cabaret. J'vois un dictionnaire sur une étagère, pis là je cherche « lutin »… rien ! « *Gage* »… rien ! « Rayon vert : bref éclat de lumière qui apparaît dans une atmosphère très pure. On peut l'apercevoir au lever ou au coucher du soleil. Ce qui donne de l'espoir, de la joie… » O.K., je comprends là.

Je prends mes affaires.

Deux tables en face de moi, j'vois la fille de tantôt. Celle avec un chandail Adidas. A regarde son plateau de bouffe sans le manger. C'est pas que j'aie encore faim, non. Y a d'autre chose qui m'intéresse chez cette femme. En l'observant, j'ai l'impression qu'à veut mourir pis qu'est en train de se décider : si a prend une bouchée, a continue, sinon, a laisse faire, a l'abandonne. J'm'avance vers elle.

— *(Conteuse)* J'te le conseille vraiment. C'est le meilleur *hot-chicken* de toute la galaxie.

A prend une bouchée pis une autre.

La conteuse fait un clin d'œil et s'en va.

ANNEXE

Le yâbe est dans la cabane

C'est l'gros fun noir chez Joe Picard
Une veillée comme on en voit peu
Ça sonne à la porte, onze heures moins quart
C'est un étranger, beau comme un Dieu
Sans même lui demander son nom
On lui dit de passer au salon
Toutes les femmes tombent en pâmoison
Surtout la maîtresse de la maison... hon !

La femme à Joe jacke sa brassière
L'inconnu enlève son veston
Y'a quelque chose de cochon dans l'air
Comme dans Bleu Nuit à Quatre Saisons
La testostérone dans l'tapis
Les phéromones phénoménales
Les invités se mettent de la partie
Ça prend des allures de bacchanale

Le yâbe est dans la cabane
... et domino les femmes ont chaud
Le yâbe est dans la cabane
... pis déboutonnent le bouton du haut
Le yâbe est dans la cabane
... la boucane sort des oreilles à Joe
Le yâbe est dans la cabane
... wô! Ça sera pas beau

Joe Picard en a plein son casque
De voir sa femme se faire débaucher
Va chercher l'gun dans sa besace
Pis y'enligne le bel étranger
Pas trop habile avec son fusil
Rate le démon d'au moins trois pieds
La balle accroche le crucifix
Jésus a juste le temps de se tasser

Le Christ en croix observe Satan
Et toutes ces âmes qu'il pourrait sauver

En plus, ça doit faire deux mille ans
Qu'y s'est pas vraiment éclaté
Jésus se décloue de sur sa croix
Descend en bas pour aller danser
Y'est aussi hot que Travolta
Mais dans sa couche y'est plus sexy

Le yâbe est dans la cabane
... la situation se complique
Le yâbe est dans la cabane
... c'est un face-à-face historique
Le yâbe est dans la cabane
... Jésus pis le yâbe : duel biblique
Le yâbe est dans la cabane
... wô! Méchant bad trip

Mais attendons de voir la suite...

Le sourire du yâbe pogne la jaunisse
D'avoir perdu son follow spot
C'est-tu pour à soir l'apocalypse ?
C'est-tu à soir qu'on paye la note ?
La musique s'arrête d'un coup sec
Belzébuth veut se battre mais le Messie l'ignore
Sacré Jésus, quand même quel mec !
Y'a même pus de musique pis il danse encore !

Pis quand Jésus danse, c'est l'bout' de tout'
Il transpire même de l'eau bénite
De peur d'en recevoir une goutte
Le démon décide de prendre la fuite
La queue entre les jambes, la tête baissée
Pour lui, c'était trop de compétition
Personne ne peut rivaliser
Avec le fils de Dieu... Avec le fils de Dieu en canissons

Pas de chicane dans ma cabane
Pas de cochon dans mon salon

Mes Aïeux : *Entre les branches*

Rose Latulipe

Danse, danse, danse ma bergère joliment que le plancher en rompe.
Cette nuit la belle ne s'est pas endormie.
Cette nuit la belle a trop pris d'ecstasy.
Cette nuit la belle rêve tout éveillée.
Cette nuit la belle nous a tous oubliés.
Ils sont trois capitaines déguisés en martiens
qui veulent lui faire la cour en parlant avec leurs mains.
Ils sont trois capitaines dans leurs plus beaux atours.
Ils sont trois capitaines qui veulent lui faire l'amour...
Danse, danse, danse ma bergère joliment que le plancher en rompe.
Le plus jeune des trois, plus vite sur le piton dit :
« La belle mè que ça débuzze je t'invite dans mon futon. »
Le plus jeune des trois qui joue à l'étalon.
Mais la belle est possédée par le son du violon.
« Oh la belle écoute-moi car je suis bon garçon.
Le Smart Drink que tu bois c'est rien qu'un piège à cons,
le rythme qui te prend c'est la voix du démon.
Moi je te prendrai pour épouse si tu viens à la maison. Viens... »
Danse, danse, danse ma bergère joliment que le plancher en rompe.
Et la belle a dit : « Je ne veux pas de mari.
L'amour je n'y crois pas. Ma dope me suffit. Cette vie est éphémère.
Je ne veux pas de mari. Maintenant laisse-moi.
Mon trip est pas fini, je retourne en enfer. »
— « Oh la belle tu es cruelle, tu continues à danser.
Moi je reste dans mon coin et je vais t'observer.
Je t'ai vue au moment où t'aurais dû dire non :
quand le grand méchant loup t'a offert d'autres bonbons. »
Danse, danse, danse bergère joliment... sur le bord de l'overdose...
Danse, danse, danse bergère joliment... que ton cerveau explose...
Danse, danse, danse bergère joliment... jusqu'à la fin du monde...
Danse, danse, danse bergère joliment... que la calotte te fonde...
J'ai tant dansé, j'ai tant sauté, dansons ma bergère au gué...
J'en ai décousu mon soulier... J'en ai cassé mon sablier...

Mes Aïeux : *Ça parle au diable*

Bibliographie

AUBERT DE GASPÉ FILS, Philippe. « L'étranger », *L'influence d'un livre. Roman historique*, Saint-Laurent, ERPI, 2008, p. 32-40.

BEAUGRAND, Honoré. « La chasse-galerie », *La chasse-galerie*, Anjou, Les Éditions CEC, 2002, p. 18-37.

BEAULIEU, Victor-Lévy. « Le grand cheval noir du Diable », *Les contes québécois du grand-père forgeron à son petit-fils Bouscotte*, Trois-Pistoles, Éditions Trois-Pistoles, 1998, p. 93-105.

BÉLISLE, Louis-Alexandre (1974). *Dictionnaire général de la langue française au Canada*, Bélisle-Sondec.

BELMONT, Nicole (1999). *Poétique du conte. Essai sur le conte de tradition orale*, Paris, Gallimard.

BERGERON, Bertrand (2004). *Contes, légendes et récits du Saguenay–Lac-Saint-Jean*, Trois-Pistoles, Éditions Trois-Pistoles.

BÉRUBÉ, Jocelyn. « Wildor le Forgeron », *Portraits en blues de travail*, Montréal, Planète rebelle, 2003, p. 65-77.

BOIVIN, Aurélien [introduction et choix de textes] (2001). *Les Meilleurs contes fantastiques québécois du XIXe siècle*, Montréal, Fides, p. 285-296.

DAUPHIN, Roma (2002). « La croissance de l'économie au Québec au 20e siècle », *Le Québec statistique* [document PDF], Québec, Institut de la statistique du Québec.

DEMERS, Jeanne (2005). *Le conte. Du mythe à la légende urbaine*, Québec Amérique, coll. En question.

DUCHESNE, Louis (2002). « La population du Québec au 20e siècle : un siècle de mutations », *Le Québec statistique* [document PDF], Québec, Institut de la statistique du Québec.

FERRON, Jacques. « La Mi-Carême », *Contes*, Montréal, Presses Universitaires de Montréal, coll. Bibliothèque du Nouveau Monde, 1998, p. 90-92.

FERRON, Jacques. « Le chien gris », *Contes*, Montréal, Presses Universitaires de Montréal, coll. Bibliothèque du Nouveau Monde, 1998, p. 95-100.

FRÉCHETTE, Louis. « Le loup-garou ». Dans Aurélien Boivin [introduction et choix de textes], *Les meilleurs contes fantastiques québécois du XIXe siècle*, Montréal, Fides, 2001, p. 285-296.

FRÉCHETTE, Louis. « Le mangeur de grenouilles », *Contes*, vol. II, Montréal, Fides, 1977, p. 123-133.

GIRARD, Rodolphe. « La maison maudite », *Nouveaux contes de chez-nous*, Montréal, BQ, 2004, p. 65-82.

LACOURSIÈRE, Luc. « La Corriveau ». Dans « Présence de la Corriveau », *Cahier des dix*, n° 38, Québec, Les Dix, 1973, p. 259-263.

LÉGARÉ, Clément. « Tit-Jean, voleur de géants », *Pierre la fève et autres contes de la Mauricie*, Montréal, Les Quinze éditeur, 1982, p. 143-160.

LEVER, Yves et Pierre PAGEAU (2006). *Chronologie du cinéma au Québec*, Les 400 coups, coll. Cinéma.

LORANGER, Jean-Aubert. « Le norouâ », *Contes I*, Montréal, Fides, 1978, p. 44-49.

MASSIE, Jean-Marc. « Rrrraoul », *Montréal démasquée*, Montréal, Planète rebelle, 2007, p. 53-74.

MASSIE, Jean-Marc (2001). *Petit manifeste à l'usage du conteur contemporain*, Montréal, Planète rebelle.

OLIVIER, Anne-Marie. « Le rayon vert », *Gros et détail*, Montréal, Dramaturges éditeurs, 2005, p. 35-41.

PELLERIN, Fred. « La danse à Lurette », *Dans mon village, il y a belle Lurette*, Montréal, Planète rebelle, 2001, p. 111-116.

ROBITAILLE, Renée. « La nounou russe », *La Désilet s'est fait engrosser par un lièvre. Le Temps des semailles*, Montréal, Planète rebelle, 2005, p. 85-92.

TACHÉ, Joseph-Charles. « Ikès le jongleur ». Dans Victor-Lévy Beaulieu, *Contes, légendes et récits du Bas-du-Fleuve. 1. Les Temps sauvages*, Trois-Pistoles, Éditions Trois-Pistoles, 2003, p. 79-90.

THÉRIAULT, Yves. « Valère et le grand canot », *Valère et le grand canot. Récits*, Montréal, VLB éditeur, 1981, p. 31-42.

TREMBLAY, Michel. « Le fantôme de Don Carlos », *Contes pour buveurs attardés*, Stanké, coll. 10/10, 1985, p. 35-46.

Sources des textes